燕赵文艺名家丛书·艺术

郑一民 著

郑一民序文选集

河北出版传媒集团

河北教育出版社

图书在版编目（CIP）数据

郑一民序文选集 / 郑一民著 . -- 石家庄 : 河北教
育出版社 , 2025.3. -- （燕赵文艺名家丛书 : 艺术）. -- ISBN
978-7-5545-9021-8

Ⅰ . I267

中国国家版本馆 CIP 数据核字第 2025H7C622 号

燕赵文艺名家丛书·艺术

郑一民序文选集

ZHENG YIMIN XUWEN XUANJI

作　　者　郑一民

出 版 人　董素山

选题策划　汪雅瑛

责任编辑　张　畅　赵　萌

装帧设计　郝　旭

出版发行　河北出版传媒集团

　　　　　河北教育出版社 http://www.hbep.com

　　　　　（石家庄市联盟路 705 号，050061）

印　　制　石家庄名伦印刷有限公司

开　　本　787 mm×1092 mm　　1/16

印　　张　20.5

字　　数　273 千字

版　　次　2025 年 3 月第 1 版

印　　次　2025 年 3 月第 1 次印刷

书　　号　ISBN 978-7-5545-9021-8

定　　价　128.00 元

序言

文化兴则国家兴，文化强则民族强。燕赵文化源远流长、博大精深，形成了慷慨悲歌的燕赵精神，孕育了灿若星河的文艺名家。他们立时代之潮头、发时代之先声，传承着河北文艺的优良传统，书写和记录着人民的伟大实践，为河北文化事业的繁荣发展做出了巨大贡献。

星河灿烂，艺道日新。为了继承和发扬老一辈文艺名家的宝贵精神，发挥好他们在文艺创作道路上的"传帮带"作用，推动文艺繁荣发展，河北省坚持以习近平文化思想为指导，组织实施了文艺名家推出工程、中青年文艺人才"秀林计划"、文艺后备人才"春苗行动"、文艺名家情系河北"故乡创作计划"，通过每年为文艺名家出版专著、召开研讨会、成立工作室等方式，支持名家开展创作、发展事业，鼓励名家收徒传艺、扶携后辈，勉励新一代文艺工作者见贤思齐、接续奋斗，努力形成河北文艺事业长江后浪推前浪的生动局面，构建"老中青梯次衔接、省内外交相辉映"的人才格局。

作为文艺名家推出工程的重要内容，省委宣传部会同省文联、省作协开展"燕赵文艺名家丛书"的编辑出版工作，将按照"一人一书"的原则，为我省文艺名家出版作品集或个人专著，集中展示文艺名家的创作历程、奋斗精神和创作成果，强化文艺名家的行业引领效应，带领人才成长、带动文艺事业发展。首批文艺名家包括张峻、尧山壁、封秋昌、蔡子谔、刘小放、边国政、梅洁、刘家科、何玉茹、傅剑仁、谈歌等11位著名作家，以及边发吉、旭宇、郑一民、铁扬、孙德民、曹贤邦、刘瑞新等7位著名艺术家。

择一事，终一生。这18位著名作家、艺术家，是河北文艺发展的实践者和见证人，代表着一个时代的文艺水平和精神。他们用一生的文艺实践，走出了一条扎根时代、扎根人民的创作之路；他们用无愧时代的精品，绘就了欣欣向荣的文艺画卷；他们用发自内心的真诚和热爱，传递了生生不息的文艺薪火。全省广大文艺工作者要以名家为榜样，不忘初心、牢记使命，不负时代、不负人民，创作更多思想精深、艺术精湛、制作精良的优秀作品，热忱描绘新时代新征程的恢宏气象，书写生生不息的人民史诗，奋力攀登新时代文艺新高峰！

编委会

2024年9月

目　录

燕赵文艺名家丛书·艺术

郑一民序文选集

第五辑

燕赵文艺名家丛书·艺术

前　言

岁月如梭，往事如烟。

屈指算来，我已是迈进耄耋乐园的老人了。若从1964年我在天津晚报发表人生第一篇处女作《山草》算起，已从文六十年了；若从1984年调进河北省文联工作算起，也有四十个年头了。在这些岁月中，我从一个懵懂学子成为一名白发染霜的老文艺工作者；从事过文学创作，也从事过编辑工作；从事过民族民间文化研究和管理，也参与和组织过一些有影响的文化艺术活动；出版过几十部书，也获得不少奖项。在成长和进取的路上，我曾请师长和前辈为我的著作点评作序，也曾因友人之邀和工作需要为他人的作品和自己参与的作品作序。于是，作序也成了我从文生涯中的一部分。

作序是一件苦差事。它不同于文学创作，可以信马由缰、张开想象的翅膀，而要画猫如猫、画虎如虎，还要运用多学科知识，透过猫虎之皮写出猫骨虎骨的个性、品格和精气神，即精辟指出一部著作的精髓、价值与特色所在。一篇好序文，实际就是一篇好评论文章，读者通过它可更好地理解和掌握该书的精华、内涵与真谛。因此，我每提笔作序，不仅要反复翻阅书稿，了解作者的履历和创作目的与经过，还要查阅大量相关典籍与史料，有时还常常为一个词、一句话查史究典，所花时间和精力往往是写其他文章的几倍十几倍。这便是自古至今，人们在读书之前喜欢先读序文的原因所在。

盘点书房存书，几十年来由我写序或前言的书约有百部，收录本书的序言为七十六篇，大致可以分为六类：一是为主持和承担的国家和省级重点学术研究成果作序，二是为研究历史文化的专著作序，三是为各地作者和朋友搜集整理的民间故事专集作序，四是为研究河北民间工艺美术专集作序，五是为研究民间文艺理论和习俗的专集作序，六是综合类。站在历史桥头看，这些序文内容，涉及众多学科和门类，其中有的还是我学养知识的短板。讲老实话，不少序文是我在边学习边研究中写出来的，虽然很苦很累，但很有收获。从另一个角度讲，作为一部新书的第一个读者，序文既是作序人向广大读者隆重推出作品和作者的窗口，也是开阔学术领域和视野、增长学识和才干的感悟与答卷。

纵览古今中外各种图书序言，虽因著作类别、题材、内容、作者、用途不同而各异，但却有一个共性，那就是篇篇充满激情、真挚、创新和希冀。许多人因此而成为情深谊长的知己、相互惦念的好友和兄弟，甚至结成师生情、忘年交等佳话。同时，我们还能从序文的内容、著作题材、作者介绍中了解作序文者的朋友圈和学业特长。研究一个人的序文，实际也是研究一个人的阅历、品格和学养成就。因此，翻阅那些散发着浓郁墨香的印刷在一部部书正文之前的一篇篇序文，犹如走进历史隧道，又浮现出那些熟悉的音容笑貌，又感受到作者那些充满期望的目光和热手的温暖……

这些年，社会上出版了不少关于序、跋的读物。如果问，这部序文选在编纂方法和内容上与其他序文集的区别，我觉得有两点值得大家关注：一是在每篇序文中配了原书图照，以便大家读序知书；二是在每篇序文之后加写了"附记"。为此，我特意查找史料、电话联系原书作者，回忆成书和写序的过程、环境背景等，从而增加了此书的科学性、趣味性和可读性。这是本书的亮点，也是本书不同于其他序、跋读物的价值所在。

今天，我把这些挑选出的序文结集出版，既是梳理总结历史，也是重温与大家携手共襄文化盛世的那些美好难忘岁月。愿序文中所阐释的文化理念和精神、学养知识和追求、作品成功的经验和不足，能为当代人的学业进取带来启迪与借鉴，催生出更多更好的精品力作来！

2024年6月于一名书屋

郑一民序文选集

第一辑

《河北省传统村落图典》序

　　站在21世纪桥头，审视五千年中华文明，由历代劳动人民创造并守护的数以千计的传统村落，堪称中华民族可以在世界上引以为豪的国家财富。遵照习近平总书记"让居民望得见山、看得见水，记得住乡愁"指示，2014年，中国文联、中国民协、中国摄协在全国实施了"中国传统村落立档调查"工程，这是建设文化强国中一项史无前例的保护和弘扬传统村落文化的壮举。在这项活动中，河北文艺工作者展现了强烈的责任感与使命感，在短短一年中普查、发掘、记录了217个传统村落，共获得图片近25万张，文字600余万字，成为全国瞩目的典范。本套书收录的99个传统村落，就是其中最具代表性、文化内涵最丰富、民俗风情特色最鲜明的典型。

　　国家和社会重视传统村落保护，因为她是我们各族人民在漫长历史中生存繁衍的摇篮和家园，是不可复制的珍贵文化财富。她所承载的物质与非物质文化遗产，既是传递民族血脉和熏陶民族美德、优秀品格的重要精神食粮，也是构建社会主义核心价值观和具有中国特色美好家园的重要基石。在我国现代化建设快速发展中，科学记录和保护传统村落的人文历史、自然风貌和各种原生态信息，不仅是一件功在当代、利在千秋的公益性文化工程，对研究、传承、弘扬、创新中国传统文化和实现中华民族伟大复兴也具有重要历史和现实意义。

　　一个古老的村落如同一个经世久远的老人，既有深厚的文化积淀又承载着世代子孙魂牵梦萦的"乡愁"，是中华文明绵延不断的精神家园。

但在数千年农耕历史中，这些古村落既无村志也无村史，甚至无人能说清楚她的年轮，道明她的由来与身世。特别是在当代迅疾的社会转型与城镇化过程中，一个个古村落在奔腾时势中无声无息消泯的现象造成我们不知道从哪儿来到哪儿去的忧患。为了为社会树正气，倡世人弘美德，让"乡愁"永存于世，使传统村落资源成为服务当代两个文明的社会财富和在海内外叫响河北声音的文化品牌，在省委宣传部的大力支持下和省文联的精心组织下，汇聚全省著名文化学者和编撰精英，将编辑出版《河北省传统村落图典》列为省级重点文化项目实施。

家园需要呵护，文化需要传承。《河北省传统村落图典》虽不能呈现河北传统村落的全貌，却是一项填补河北省文化建设空白的重大文化成果，在全国也属开先河之举。编纂体例以图文并茂形式全方位展示传统村落的自然风貌、人文历史、街道民居、生产生活方式、信仰习俗、集贸物产、重要历史人物与事件、村规家训、古树古桥古庙与非物质文化遗产，力求从史学、社会学、民俗学、建筑学、文化学视角，客观、准确、简洁、鲜活、深刻记述传统村落的历史与现状，阐释每个传统村落独有的文化内涵与价值，彰显河北历史文化博大精深的形象与魅力。此套文献式传

统村落集成，既为海内外专家学者提供了研究河北历史文化的珍贵翔实史料，又为各级政府在京津冀协同发展中发挥和利用地域特有资源优势提供了科学依据。令人兴奋的是，这套书受到冯骥才主席高度关注和评价，并且冯主席在百忙中题写书名鼓励；国家新闻出版广电总局将这套书列为"十三五"国家重点图书出版规划项目；中国民协在此套书的出版中给予经费资助；中国民协原分党组书记、原驻会副主席罗杨同志为此套书欣然作序。借此一并表示衷心感谢！

《河北省传统村落图典》是一项科学性、知识性和技术性很强的大型文献式著作，由于前无古人可资借鉴，加之成书时间紧迫、编者知识水平有限，书中难免存在谬误之处，敬祈专家学者和广大读者批评指正。

2017年10月

附记：留住"乡愁"的画卷

为了不使承载着中华民族五千年文明基因的古村古镇在经济社会的快速发展中消散，2014年4月，中国文联和中国民协、中国摄协联合在全国实施了"中国传统村落立档调查"工程。《河北省传统村落图典》就是这项工程结出的硕果，此项成果列入"十三五"国家重点图书出版规划项目和中国文学艺术基金资助项目。本书原计划出10册，因其中的2个地方编纂的稿件达不到要求，结果只出了8册。按照设计，每册书收录12个古村落，《邯郸·涉县卷》主编李淑英舍不得砍掉已整理好的资料，就在卷中多加了3个古村落，这样8个卷本共收录了99个古村落，造成一个耐人多思的吉数。

我是第一次主持编撰这种图文并茂、涉及多学科知识的大型图典，特

燕赵文艺名家丛书·艺术

邀请河北出版界大家李保平、邓子平共同担任丛书主编。这部书于2017年12月由河北教育出版社出版，并在省会太行国宾馆隆重举行"《河北省传统村落图典》出版新闻发布暨座谈会"。河北是全国率先完成传统村落立档调查并出版传统村落图典的省份，社会反响很强烈，中国民协为参加此书的编撰人员颁发"中国传统村落守望者"证书给予鼓励，冯骥才主席来信祝贺。从出版角度审视，《河北省传统村落图典》的出版填补了全国出版物在诸多方面的空白。因此，回忆我参与此书采风、编纂并为此书写序的往事，我感慨万千。

《中国千年古县丛书》序

燕赵文艺名家丛书·艺术

站在21世纪桥头，审视由中华民族历代先贤所创造并守护的浩瀚历史文化遗产，千年古县堪称是在世界上引以为豪的珍贵国家财富。

众所周知，地名是人类历史的产物，承载这种产物的重要载体就是千年古县。她所承载的历史与文化信息具有民族和地域人群的认同性和延续性，联合国地名标准化会议将地名的这种价值，称为"民族文化遗产"。按照联合国制定的千年古县标准与条件，经联合国地名组织和民政部审查和认定，在我国近3000个县级行政区中，被确认为千年古县的有800多个，并列入中国地名文化遗产重点保护对象。一个国家能拥有800多个千年古县，这在世界上绝无仅有！

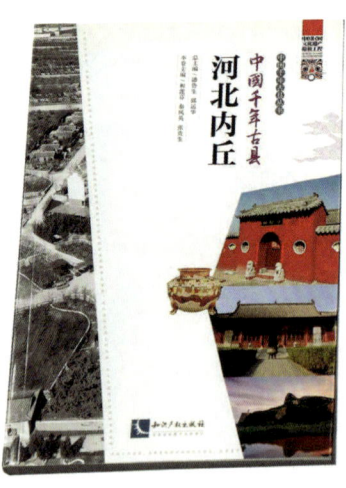

千年，对历史老人来说只是一段短暂时光，但对人类有文字记载的历史来说，却是一条很长很长的河。在这条河中，不仅到处闪烁着古代物质文明和非物质文明之光，近现代的创造与建设更是举目可见。她用生生不息书写着中华民族的自尊自强，用各种遗迹和现状鲜活地诠释着我们走过的坎坷与辉煌！但在现代化、全球化的飓风席卷地球，强势文化疯狂吞噬各民族固有文化的现实中，千年古县也受到不同程度的侵袭，曾出现一些地方为了解决眼前的贫困和一时利益而把凝聚着历代先人智慧业绩和精神的珍贵古迹当作"陈迹""包袱"扫荡的现象，给世人留下扼腕的叹惜与伤痛！庆幸这种苗头很快被国家适时实施的抢救与保护民族文化遗产工程和建设文化强国的浩荡东风迅速扑灭，并回归正确之途。当前，保护千年古县，弘扬千年古县所承载的中华优秀传统文化和精神，开发利用千年古县的各种历史文化资源服务于当代两个文明建设，在神州大地已蔚然成风！

　　历史的价值在于熔古铸今，文化的价值在于传承中发展与创新。中国民间文艺家协会将编纂出版《中国千年古县丛书》纳入中国民间文化遗产抢救工程，并在全国组织实施，意在通过专家学者们对一个个千年古县历史文化的科学梳理研究，追溯中国地名文化、探秘中国地域文化、解读中华传统文化，系统挖掘祖国各地的特色文化，记录中华传统文化的众多要素，展现民族文化的绚丽靓彩，彰显中华民族的光辉形象，让中华民族古老的文化、经验和智慧在服务中华民族伟大复兴中国梦的同时，也能让世界各国人民分享，促进人类文化多元发展，促进和谐世界繁荣兴旺。如果用一句话来概括这项宏大文化工程的社会价值，那就是"寻找中华历史之根，探秘中华文明之源"的一项盛举！

　　在千年古县历史文化的保护与弘扬中，河北是很荣幸的。这种荣幸体现在两个方面：一是在联合国地名组织和民政部认定的全国800多个千年古县中，河北省拥有84个；二是当中国民间文艺家协会在全国实施编纂出版

《中国千年古县丛书》工程时，河北又被指定为率先启动省。根据编纂方案要求，我们将对河北省每个千年古县单独立卷，每卷从历史溯源、山川名胜、文化集萃、风俗大观、凝固艺术、趣闻逸事、人物风采、名优特产等八个方面来叙述，力求以质朴、简明、科学的文字，图文并茂的形式，从历史学、社会学、文化学、人类学、民俗学、建筑学、考古学等视角，客观、准确、简洁、鲜活、生动地记述千年古县的历史与现状，阐释每个千年古县独有的魅力与精彩，为学者研究和各级政府开发利用提供翔实的科学史料，为后世留下祖先完整的足印，知道我们从哪里来、该走向何方，如何讲唱着中国故事由富裕走向富强，由悠久实现辉煌！

编纂出版《中国千年古县丛书》是一项浩大的文化工程。就河北的84个卷本来说，投入的编纂人员已达200余人。完成书稿，不仅需要查阅大量史书方志碑文，还要进行大量田野调查，进行去伪存真、纠误补缺的鉴别与考证工作。凡此种种皆充满艰辛与探索，但为了构筑《中国千年古县丛书》这座文化大厦，每位编撰者都在默默奉献着自己的才智与年华，他们用激情与担当书写着当代文化和编纂工作者的使命与职责之歌。借此机会，我由衷地向他们和知识产权出版社的编辑们表达崇高敬意！

由于《中国千年古县丛书》是前无古人成果可借鉴的项目，加之编者知识水平有限，书中难免有错漏不当之处，敬请各位方家和读者不吝赐教指正。

2018年2月6日

附记：这篇序文为何有标题

经联合国地名组织和民政部认定，河北省有84个千年古县。一个"千"字，足以表现出这个县历史悠久，文化积累丰富奇特。它所承载的文明和密码，既是地域的骄傲和特色，也是中华文明不可或缺的组成部分。在建设文化强国和抢救保护民族文化遗产的过程中，中国民间文艺家协会举起了编纂出版《中国千年古县丛书》的旗帜，将丛书的编纂工作列入中国民间文化遗产抢救工程项目在全国实施。河北省民间文艺家协会根据中国民间文艺家协会的文件要求和布置，在全省开展了河北卷的编纂工作。为了使编纂者掌握出版要求和规定，省卷编委会以河北内丘的卷本为示范进行编纂，在2019年1月由知识产权出版社率先出版。这部图文并茂的示范卷，由和莲芬、秦凤英、张贵生三位同志克服多种困难，按照编纂大纲要求完成，无论从文字语言、内容体例、版式图片等方面都得到各界好评。本书序文本无标题，出版社按照统一设计的版式要求，选择序文中"寻找中华历史之根，探秘中华文明之源"这句话，作为序文的标题。

《中国历史文化名城·名镇·名村丛书》序

　　站在21世纪桥头，审视中华五千年文明，由历代劳动人民创造并守护的数以万计的历史文化名村、名镇、名城，堪称中华民族可以在世界上引以为豪的珍贵国家财富。在经济全球化、现代化高速发展，城市化进程汹涌而来的今天，保护历史文化名村、名镇、名城，不仅是时代赋予当代国人的神圣历史使命与责任，也是中华民族屹立于世界之林、实现伟大复兴的必然选择。

　　一个古老的村镇或城市，犹如一位饱经沧桑阅世甚深的老人，既有深厚的文化积淀，又承载着世代子孙魂牵梦萦的"乡愁"。在古村、古镇、古城之前冠以"名"字，其历史文化价值更是非同凡响。她所承载的物质与非物质文化遗产，既是传递民族血脉和熏陶锤炼民族美德、优秀品格的重要精神食粮，也是构建社会主义核心价值观和具有中国特色美好家园的重要基石。在我国现代化建设快速发展中，科学记录和保护历史文化名村、名镇、名城的人文历史、自然风貌和各种原生态信息，是一件功在当代、利在千秋的伟大事业，对研究、传承、弘扬、创新中国传统文化和实现中华民族伟大复兴，具有深远的历史意义和重要的现实意义。

　　探究中华文明之河，始于涓涓，终于浩浩。历史文化名村、名镇、名城就是其中的"涓涓"，数以万计的涓涓才汇就中华文明的浩浩大河。作为"涓涓"，每一个名村、名镇、名城虽有体量大小之别，但都是一个自然的社会单元。她们是历代先人适应自然、利用自然、实现"天人合一"的见证，也是创造文明、积淀文明、传承文明的家园。其保存的年轮印

痕、光阴故事、人生观、审美观、习俗信仰和生产、生活、居住方式等，犹如一部部五彩缤纷的百科全书，承载着民族的历史记忆和文化基因，闪烁着民族的智慧与品格，慰藉着我们的心田与灵魂，涵养着泱泱中华。从这个意义上讲，历史文化名村、名镇、名城是中华民族物质与非物质文化最大最重要的载体，保护名村、名镇、名城就是保护中华优秀传统文化。著名文化学者罗杨在论述古村镇保护时说："人类文明的进化不能没有积累和继承，历史的车轮可以碾过如梭的岁月，但不应拆毁我们心灵回归故里之路。"遗憾的是，在经济社会快速发展中，对古村镇和古城的保护还没有引起世人的应有关注和重视，致使不少古村镇和城市古街区在既无完整文字记载又缺乏图片记录的情况下，便在时代洪流中消失了。针对这种现状，中国文联、中国民协在全国实施了"中国传统村落立档调查"工程。在此基础上，我们在中国民协和河北省委宣传部大力支持下，于2016年10月在全国率先启动了《中国历史文化名城·名镇·名村丛书》河北卷的编纂出版工作。

《中国历史文化名城·名镇·名村丛书》是由中国民协承担并在全国组织实施的中国民间文化遗产抢救工程重点项目之一，也是继中国民间文学三套集成之后在全国开展的又一项具有重要影响的浩大基础文化建设项目。河北列入这项文化工程的历史文化名村有190个、名镇18个、名城12个。根据编纂方案要求，我们将对每个历史文化名村、名镇、名城单独立卷，力求以质朴、简明的文字，图文并茂的形式，从历史学、社会学、民俗学、建筑学、文化学等视角，客观、准确、简洁、鲜活记述名村、名镇、名城的历史与现状，阐释每个名村、名镇、名城独有的文化内涵与价值，彰显河北历史文化名村、名镇、名城特有的魅力与精彩，惠及当代，传之后世。为了使读者检索、查阅、研究方便，本套丛书在编纂过程中将以"中国历史文化名村河北卷""中国历史文化名镇河北卷""中国历史文化名城河北卷"三个系列问世。

　　家园需要呵护，硕果需要众人浇筑。完成这项浩大的文化工程，需要数以百计的作者和知识产权出版社编辑们几年的奋斗，无论田野调查拍摄还是梳理编撰，皆充满艰辛与探索。但耕耘者向来是不怕困难的，硕果会因此更香甜，社会发展会因这些成果更精彩，共和国文化建设会因大家的奉献更加炫目！

　　俗话讲，金无足赤。由于编者知识水平有限又无前人研究成果可借鉴，书中谬误之处难免，敬请各位方家和读者批评指正。

2016年10月30日

附记：芬芳"乡愁"彰中华

　　编纂出版《中国历史文化名城·名镇·名村丛书》是中国民协于2016年在全国实施的一项重要文化工程，全国成立总编委会，各省、自治区、直辖市成立省级编委会组织编撰，由知识产权出版社设计统一版式出版。河北省在省委宣传部、省文联的支持下，成立由我担任主编的编委会，召开了"《中国历史文化名城·名镇·名村丛书》河北卷编撰工作会议"。自2016年12月至2021年12月，先后收到各市、县报送的历史文化名城、名镇、名村书稿共43部，因稿件质量问题、经费问题及其他问题，只出版了16部。其中井陉县出版了5部，内丘县出版了2部。此项工程虽然由我挑旗，但真正担负组稿、审稿、修订、上下联络和往出版社送稿等职责的是刘贤女士，她是省卷编委会副主编，也是此项文化工程的功臣。给序文冠名《芬芳"乡愁"彰中华》，是出版社根据统一设计的丛书版式要求在排版中加上的。

郑一民序文选集

《中国民间故事全书·河北卷》序

在民族文化研究中，民间文学作为文化之根，一直是中外学界致力探究的重要课题。而这个课题又包罗万象，涉及众多学科，是一个民族和国家的重要文化财富。为了探索人类成长和社会发展真谛，固化和弘扬民族优秀品德和思想，中国民间文艺家协会在开展中国民间文化遗产抢救工程中启动了《中国民间故事全书》的编纂工程。河北各市县编纂出版的民间故事卷，就是这一工程的重要组成部分。

河北，地处京畿周围，古称燕赵。所谓燕赵，是指春秋战国时代的燕国和赵国的政治、经济、文化中心和大部分疆域都在今日河北境内。追溯河北的历史，早在两百万年前，这里便有人类聚居，数代考古学家发掘的阳原泥河湾古人类遗址就是证明，至今尚存的新石器时代的仰韶文化遗址更是遍布太行山东麓各地。在武安磁山文化遗址发掘出的人类七千年前从

事农牧业生产和打制工具留下的粟坑、陶窑和鸡骨遗骸，堪称世界之最。数以百计标志人类已进入四千年前父系社会的龙山文化遗址发现，又给这块大地带来无数奥秘。黄帝迁居涿鹿，并与九黎族首领蚩尤发生"涿鹿之战"，又与炎帝部落在这里发生"阪泉之战"，于釜山举行部族会盟，在涿鹿筑黄帝城，在易县后山建祖庙，首次在中华大地创建多民族大统一的理念，更给这块大地增添了追宗究祖的无穷魅力。大禹治水，自冀州始，以山川大势划全国为九州，冀州为首，由此奠定了河北在中国历史上的地位和文化的灿烂。从殷商到春秋战国，从秦始皇统一六国到汉、晋、南北朝，从隋唐五代到宋元明清，从辛亥革命到抗日战争、解放战争，河北省这块大地堪称战争走廊，厮杀硝烟不断，称王建都地多达一百余处。更朝换代，称王争霸，给豪者带来辉煌，却给劳动人民带来无尽的灾难和战乱。河北人民在天灾人祸中觅生，在厮杀和战乱中求存，在汉族与少数民族争夺地盘和财产中融汇传衍，不仅留下无数可歌可泣的壮丽民族史诗，也留下数以万计的被世代劳动人民耳承口传的民间故事。归纳这些口传文学，大致有七大特点：

一、神话传说传递着远古先民的历史和文明

神话是反映远古人类对客观世界长期的观察和思考，含有原始人的"万物有灵"哲学，也有科学思维的萌芽。也有一些神话，是进入阶级社会之后才走向完美、稳定的，其内容主要是人类与大自然的关系，包括天地起源、宇宙起源、各种自然变化，人类起源和动植物起源，以及原始神灵与大自然的斗争，原始部落之间的战争等。它应当是一门独立的人文科学。就我看到的在燕赵大地流传的百余篇神话，是活在人民口头上的已经地方化的、有的已经宗教化了的作品。但其主干还是远古人类生活的场景，是神化了的人类和人格化了的自然。河北青县《盘古爷坐井》的故事讲，盘古把天地分开后躺下睡了一觉，醒来发现一条蛟龙涌水为害人类，

19

于是两斗蛟龙，将龙塞进斧子把戳成的井里，并坐到了井口上，决心永镇之。石斧是原始人最重要的武器，用斧子开天辟地斗蛟龙合情合理。故事既反映了人性化的神的巨大力量，也透露出人对大自然（洪水）的恐惧和对龙的恐惧与崇拜，因可怕而产生对治水先贤的崇拜。古籍里记载的盘古神话，大都说他的肢体化生了日月星辰和山川河流，但《盘古爷坐井》却讲的是如何斗龙，体现了远古先民征服自然灾害的英武与气概。另一则《开天辟地老君生》神话却被道教化了，说的是老君的母亲补天。"补天"本是女娲娘娘的事，女娲是远古的"三皇"之一，东周的老聃与女娲相差几千年，怎能成了她的儿子呢！道教由东汉张道陵创立后，极力搜罗远古上古人物进入他们的神仙谱系，才造成把老聃说成女娲儿子的荒谬，很显然这则神话被人为披上了道家的光环。《鱼为啥没腿》的故事，讲的是女娲用鱼的四条腿去支天，和古载"断鳌足以立四极"类似，这与现实的鱼儿用鳃呼吸用鳍滑动很一致，读来优美动听。

关于天体来源、自然变化的神话，一类是女娲、天皇、地皇造了日月；一类是羿射九日，年轻夫妇舍身找日月；一类是神仙助人。在动植物神话中，有《人皇和五谷的战争》《五谷杂粮是咋来的》，说的是人皇率领人们打败五谷，天神下令人仍要吃五谷，并赋予管种管收的职责。这是对农耕文化的艺术反映，谁若浪费粮食，上天就要惩罚。狗求食，天才赐予人类五谷，让人吃五谷，狗吃人屎，反映了人类与动植物（狗）之间互依互存并由一条食物链维系的自然法则。

在人类起源方面，有《三皇治世》等传说。说的是捏泥人吹气而活，因浪费米面不得不去劳动，体现了不劳动者不得食的民族美德。在燕赵大地神话传说里，盘古和女娲都造人，奇妙之处是女娲用柳条蘸稀泥一甩就成了胖瘦高矮不一的人，女比男聪明，既是母系社会孑遗的写照，也是现实生活中女人心灵手巧的实录。关于洪水漫世、兄妹（姐弟）成婚重新繁衍人类的神话有八篇，一说伏羲女娲兄妹滚石成婚，生百子成百姓；一说青哥红姐滚磨成婚，又捏泥人，又来洪水，再救天下人，从而才有了流传至今的内丘县哥姐庙；一说盘儿和古儿水后成婚，老土地为媒，才繁衍出后世人类。古人对人类问世的构想，可谓神奇又充满情理。

在神和神性英雄中，河北关于羿和嫦娥的传说最有代表性：一说嫦娥不贞，与羿的徒弟吴刚偷情，被罚上月宫；一说羿与嫦娥两分离是仙药作用，二人只能相思不能团聚。两种说法，前者产生年代晚，伦理关系成了故事主旨，显然受儒道佛重男轻女思想影响，比较起来后者更符合古人神话思维。《二郎担山赶太阳》在河北流传很广，但各地说法不一。主要说二郎压住十一个日，跑了一个，才有了今日太阳光照人间；但异文却把二郎神话与日本、朝鲜的来历联系了起来，很耐人寻味。

关于炎黄二帝神话，张家口和涿鹿出了几部书，其中三篇很有代表性：一是《黄帝战蚩尤》，二是《炎黄二帝定五果》，即尝百草确定可食用的五种果子（悬果、圆果、角果、穗果、根果）的故事。这两篇都充满科学精神，但第三篇却说神农死于吃虫子。这篇看来荒唐，却真实反映远古先贤为人类生存冒险探索食品的献身精神。黄帝是中华文明的创始人，是华夏第一帝，炎帝、蚩尤也是上古开创文明的重要部落联盟首领，他们都是功垂千古的先贤人物。

纵观上述，河北神话传说虽然掺入了历代各种思想意识和生活的杂质，但仍不失为有河北特色的口头佳作，反映了人类开天辟地的艰难和勇敢，在全国神话传说中占有重要的地位。

二、人物传说（包括历史人物、仙道和宗教人物的传说）呈现河北历史文化的厚重

据笔者调查研究，由于特殊的地理位置、环境和历史经历，河北有一个古今人物传说文化层，这个文化层中的一个个历史人物又形成一个个传说故事圈。这个故事圈可以数以百计，但最有影响和价值的，可归纳为

十大历史人物传说圈。一是黄帝神话传说圈（包括炎帝、蚩尤和尧、舜、禹），它以冀北涿鹿和保定西北、隆尧大陆泽一带为中心，遍布全省，已知其故事多达三百篇以上。二是秦始皇传说圈，以秦皇岛和盐山（古称千童县）为中心，遍及全省，不少与渤海、长城、孟姜女及入海求仙药有关。三是刘秀走国传说圈，遍及全省及河南、山东、辽宁诸地，并与大量地方山川风物相附，中心思想是贬王（莽）褒刘（秀）。1989年，我和同仁曾编辑出版《王莽赶刘秀》故事专集。四是董仲舒的传说圈。董为衡水景县人，汉武帝时大儒，在其故里已发现传说百余篇，量虽不大，弥足珍贵。五是三国刘关张赵传说圈。刘关张"桃园三结义"发生在涿州，使忠义二字成了中华人的重要品质，这里便成了传说发生传承的中心地带；赵云是常山真定（今正定县）人，他的传说大多数与刘备有关。于是以涿州、正定为中心的刘关张赵传说圈便形成了一蛋之二黄的现象。六是唐初名相魏徵传说圈，中心在晋州和邯郸馆陶县，故事逾百篇，同样是"一蛋二黄"。七是五代后周郭威、柴荣二帝传说圈，主要在冀南和隆尧县一带。那里是他们的诞生地，也是他们的发迹地。《旧五代史》称：周太祖郭威"邢州尧山人也"，也记载柴荣是太祖郭威的义子，圣穆皇后之侄儿。传说与史载相吻合成为一大特色。宋孟寅、冯平印两位隆尧人由此编撰出版了《父子马上皇帝》。八是元代大剧作家关汉卿的传说。清乾隆二十年《祁州志》载，关为"祁州伍仁村人"。祁州便是安国，其故里有旧居和多处遗址尚存。关汉卿本是一位故事家，一生写杂剧六十余种，由他产生的故事也多达百余篇盛传乡里，被保定作家晏文光等结集《关汉卿的传说》出版。九是清代帝后君臣传说圈。主要是康熙、乾隆、慈禧和纪晓岚、刘罗锅等人的传说，有五百篇以上。河北地处北京周围，承德为清代帝王行宫，东、西陵两大陵墓群又坐落在河北境内，传说故事众多自在情理之中。故事中最有特点的是《康熙叫关》，塑造了一个挨了打也遵纪守法的明君形象。而《乾隆寻父》中，则宣扬了乾隆的孝德，表达了满汉人民是一家的主题。纪晓岚和刘罗锅都是足智多谋、才高八斗的清代才子名臣，与皇上吟诗联对或动心眼儿纠君之误、造福于民，自然便成了百姓们津津乐道的佳话。十是中国共产党的创始人之一李大钊的传说。李大钊是京东乐亭人，其儿时的志向、青年时的生活和英勇就义的浩然气节，形成传说广为颂扬，既是人们对革命领袖的由衷敬仰，也是承先志弘精神的必然现象。令人兴奋的是，多年来各地民间文艺工作者坚持不懈地对上述十大历史人物传说进行发掘、整理并集结成书，无疑显示出河北民间文学研究工作的深广程度和在当代精神文明建设中对优秀传统文化的重视。

除了十大历史人物传说圈，河北还有战国时期的名医扁鹊，思想家荀子，军事名将乐毅、廉颇、李牧，名相蔺相如；西汉南越王赵佗；东汉儒学宗师卢植；南北朝数学家祖冲之，地理学家郦道元；唐代名相宋璟，诗人高适、贾岛；宋代开国皇帝赵匡胤，哲学家邵雍，文学家苏东坡、李昉，名臣包拯、吕端，名将杨延昭；金代名医刘完素；元代大科学家郭守敬，名医刘完素，政治家刘秉忠，剧作家王实甫；明代重臣杨继盛、赵南星、戚继光，名儒孙奇逢；清代儒臣魏象枢，颜李学派创始人李塨，重臣方观承、张之洞，名医王清任，文学家曹雪芹，义和团领袖赵三多、景廷宾等人的传说。这些和史事、地方风物传说共同构成了一部中国口头文学史，也给文字史册提供了丰富的史料和广阔的思维空间。因此，河北的历史人物传说被专家学者称为河北民间文学的"重头戏"。

三、史事传说在河北独具特色

翻阅史册，历朝历代发生在河北的重要历史事件数以千计，但最重大并形成口传文学群的事件主要有七个：一是秦时徐福东渡日本列岛的传说。秦始皇派方士徐福以寻找长生不老药为名去东探海疆，在盐山（千童县）一带招募培训童男童女和百工巧匠并携带五谷良种、大量财宝一去不回，带去了中国的文明。千童镇一带至今还传衍着六十年一度的"信子节"，保存着遗迹十六处，由此被誉为"千童故里，第一侨乡"，成为国内外专家研究的热题。二是汉末黄巾起义传说。巨鹿人张角、张宝、张梁三兄弟发动了大规模的"太平道"农民起义，从根本上动摇了汉朝封建统治地位，造成了魏、蜀、吴三国鼎立。张角故乡巨鹿、广宗一带，一千八百多年来一直沿袭着头裹白手巾（戴孝）和不供奉关公的习俗，即与黄巾起义被刘关张镇压有关。著名作家郝宝铭出版的《黄巾起义的传说》集记录了这一史实。三是北宋时代杨家将戍边传说。杨继业、佘太君和杨六郎、穆桂英的抗辽故事在保定、廊坊、张家口、沧州各县传承广泛。杨六郎镇守的三关即在这一带，并有宋辽时代修筑的二百余华里地道分布在永清、雄县、霸州境内佐证，由此使杨家将在河北人民心中极其高大，赵宋皇帝却成了昏庸无能、丧土卖权的耻辱和陪衬。四是明初燕王扫北坐北京的传说。燕王朱棣乃朱元璋第四子，其侄建文帝登基后，他以"清君侧"为名发动了一场叔叔打侄儿的"靖难之役"，北攻南守杀人如麻，河北大地被他们杀得地荒人稀了。本人1989年编辑出版的《燕王扫北》一书，就是这一传说的集萃。五是明初洪武、永乐年间从山西向河北大移民的传说。据《明史》载，洪武初，帝见北方地广人稀，田园荒芜，便从江苏、南京、安徽向河北、山东迁民。明成祖迁都北京后也几次从山西迁民河北。千村万户的家谱都记载着祖先们被官兵从山西洪洞县大槐树底下押送而来，然后落地河北各地生根的史实并衍生出许多悲凄壮烈的故事。六是1900年风起云涌的义和团（拳）运动传说。素有慷慨悲歌之誉的燕赵儿女不堪列强入侵，以河北威县沙柳寨拳师赵三多创建的义和拳为主力，举起"扶清灭洋"的大旗，在天津和廊坊等地沉重打击了八国联军的英勇事迹可歌可泣、永传民间。已故民间故事搜集家张士杰就是依据这些史实，出版了《洪大海》等多部反映义和团扫清灭洋的故事集。七是抗日战争传说。地处华北腹地的河北几乎县县、村村都有抗战传说，可以说数以万计。《狼牙山五壮士》《冉庄地道战》《雁翎队的传说》《百团大战》等，生动形象地再现了抗日军民在共产党领导下与日伪汉奸做斗争的大智大勇和浩然正气，更是重塑民族之魂的重要精神财富。

上述古今七大史事传说，是史事传说中最具代表性的传说故事，其次还有赵氏托孤、燕筑黄金台、荆轲刺秦王、将相和、沙丘兵变、韩信背水一战、戚继光抗倭、杨继盛抗清、吴三桂献关等史事传说，数量虽不如七大史事多，同样高扬反侵略反封建反压迫和勇于开拓、敢于斗争、强国富民等民族精神，思想分量之重，历史感之强，无不彰显着燕赵民族的个性和品质。

四、"四大传说"家喻户晓

在中国四大传说中除白蛇与许仙外，牛郎织女、梁山伯与祝英台、孟姜女哭长城的传说在河北都有风物遗存。牛郎与织女的故事发生在邢台一带，不仅有庙宇和众多遗迹可证，而且古老奇特的祭祀仪式至今还活跃在民间；梁祝故事本生在南方，在河北封龙山书院却有一系列景物相附；孟姜女虽非河北人，耸立在山海关附近的宋代姜女祠、孟姜村、望夫石、姜女坟等古迹，却使这里成了孟姜女传说产生和研究的中心。看来，美好传说的产生和传承，都必有特殊历史背景和生存传承环境相伴。

五、科学文化（技艺）的传说充满神奇

这些传说都与历史人物、工艺工匠、地方风物、风俗、土特产等相连，是一个充满趣味而教人长知识的宝库。武强年画的传说、名酒的传说、蔚县剪纸的传说、吴桥杂技的传说、磁州窑的传说、曲阳石雕的传说、保定酱菜和铁球的传说、皮影戏与张绳武的传说、评剧与成兆才及乐亭大鼓的传说，这九种在众多类似传说中最突出。武强年画一年鼓一张，从画上走下来的人不仅漂亮勤劳还能当媳妇。刘伶尝酒几天几夜醉不醒，才使名酒得名"刘伶醉"。中国白瓷自邢窑始，定窑技艺名垂青史，而磁

州窑启于七千年前的磁山文化，陶器盛于宋，其传说《磁州红缸"亲娘"声》《彭城缸上"夫妻"手》和来自冀北丰宁的《兰花瓷的传说》，都是脍炙人口的佳篇。人类的每一项创造都需要聪明才智，也需要做出重大牺牲。一敲那缸发出的"亲娘"声，便让后人想起古代窑工妻子跳入烈火的悲壮。传说人血和头发对烧瓷是有作用的，但"血祭"太残酷，因残酷才揭示出窑工生活的苦难和技艺进步的艰辛。美的东西被"打碎"了，才有了悲剧的艺术和思想价值。郭守敬量日影造历法和开渠的传说来自他的故乡邢台，激励无数中外科学家和学子刻苦进取。名医传说有战国时期神医扁鹊、汉代邳彤、唐代孙思邈、金代刘守真（完素）、清代王清任等人的传说。他们因高超的医术和高尚的医德被老百姓尊为医圣、药王。武林人物传说以沧州和永年最有代表性。沧州是武术杂技之乡，永年是杨（露禅）氏、武（禹襄）氏太极拳发源地，故乡人赞叹先人的武功武德，敬佩他们除暴安良、巧制强敌，自然故事多。著名民间文艺家周宝忠几十年从事武林故事挖掘，他出版的《沧州武林故事》和《水浒外传》中的人物柴进、燕青、林冲等英雄好汉，情节更奇妙，人物形象也更加鲜明。科学文化（技艺）传说故事虽非一定是史实，但却从多角度多层面展现了河北人的勤劳勇敢和富于创造创新精神。

六、地方人文景观传说绚丽多彩

历史的悠久和历代智慧的沉淀，使河北许多人文景观在全国和世界驰名，由此产生的众多脍炙人口的传说便成了它们的灵魂和飞越历史时空的翅膀。其中最有代表性的，一是从宇宙飞船上都可看到的万里长城。秦时修，明代重修大修，至今仍雄踞于世界东方，为世界七大奇迹之一，在河北境内有两千多千米。其传说既与秦始皇、孟姜女及众多帝王、将帅、工匠有关，也与众多战争有关。麻姑、韩信、徐达、刘伯温、戚继光、吴三桂、书法家肖显和王羲之等一大批历史人物都与长城相连，反映了建长城、修长城、守长城的苦难与艰辛。二是邯郸武灵丛台的传说。这组独具特色的传说，记载着赵武灵王"胡服骑射"，开创封建诸侯"革新图治"的业绩。三是山海关与秦皇岛景物传说群。四是隋开皇年间修筑的赵州桥传说，讲述了河北工匠李春开创世界桥梁先河的奇迹。五是正定大佛寺的传说。大佛寺初建于隋，重修于宋，千手千眼大铜佛站立千秋亦为世界之最。六是井陉苍岩山福庆寺的传说。隋代三皇姑割肉救父的故事与寺院建筑及风格奇特的桥楼殿相互辉映、浑然天成。七是娲皇宫的传说。沿太行山东麓有一条伏羲女娲传说带，北起易县后山、新乐伏羲台，经赵县兄妹庙、内丘哥姐庙，到涉县娲皇宫，再到河南淮阳伏羲陵，位于涉县中皇山的娲皇宫居其中心地带，相传是女娲炼石补天、治世处，不仅依山悬空的建筑奇绝，而且庙会极其盛大，为整个传说的中心区。《太昊纪》说"女娲起于承筐之山（属河南），都于中皇之山，葬于风陵则此"。八是沧州铁狮子传说。五代后周年间由铁水浇铸的铁狮子位于沧县旧州镇东关，史称"镇海吼"，重约四十吨，其镇海和防恶龙水怪的"功能"与堪称世界之最的浇制工艺传说千年不衰。九是清代东陵、西陵传说。那里埋葬着清代九帝二十四后一百九十二嫔妃，座座陵墓都是一部传说故事大书。十是承德离宫及外八庙传说。承德避暑山庄是世界上现存规模最大、保存最好的古代皇家园林，不仅处处秀色美景有传说和故事，而且清代众多帝王后妃在这里处理政务和生活留下的种种轶事趣闻都是民间常讲不衰的故事话题。

上述十大人文景观传说虽然令人称叹叫好，但只能称为景观传说的代表，却不能囊括全貌。因为除了十大人文景观，河北还有白洋淀的传说、扁鹊庙的传说、黄粱梦的传说、邺城"三台"（铜雀台、金凤台、冰井台）的传说、沙丘行宫的传说、黄金台的传说、荆轲塔的传说、燕下都的传说、柏人城的传说、景州塔的传说、定州塔的传说、东光铁菩萨的传说、响堂山石窟的传说、黄巾寨的传说、广府古城的传说、冉庄地道战的传说、西柏坡的传说，等等。他们的故事量虽赶不上十大人文景观多，也同样能彰显河北大地的悠久壮美和神奇绚丽。

七、生活故事、动植物故事彰显河北历史文化的浑厚和农耕社会的百态万象

在田野调查中，我们发现河北的生活故事、幻想故事、鬼狐精怪故事、动物故事量之多，简直可以数以万计。

生活故事按类别划分多达十余种，但最有感染力的是智慧男人、聪明女子的故事及有关婚恋、公案的故事。他们来自生活现实，贴近生活实际，凝结着创作者的情感和智慧，幻想成分很少，但新奇巧特的构思常使误会与巧合成趣，悲苦与幸运相连，浓厚地方风情与传奇色彩成篇，或奇人奇相办奇事，与作家文学迥然不同。例如《大能人智斗耗子》《智斗张扒皮》就是智慧男人与刁钻诡滑的坏人做斗争的故事典范，其中长工给地主捣蛋的手法既高明又耐人寻味；《刘秀才与张小姐》《舍郎和采采》是久经磨难的婚恋故事；《老倪乐三难凤姑》《罗才女救夫》《二乔考女婿》等都是聪明女性（巧女）的写照；《丁郎寻父》《打狗拾娘》是孝子故事；《员外考子》是教子故事，《酒令》《会试苏东坡》《三女婿拜寿》是对诗故事；《假药救命》是歪打正着、反祸为福的故事。《砸尿壶》是自吓自怕，弄清了鬼怪的叫声是风吹尿壶嘴发出的便把它砸掉了，主题是世上本无鬼，庸人自扰之。封建社会的不平等制度，使一批长工斗地主和贫民斗恶官故事构成了机智人物故事群。唐山秦玉林、王国新出版的《韩老大五娘子故事》、衡水傅新友的《王八吾》、丰润的《王二戏官的故事》、迁安的《二檩头的故事》、南皮的《巧女黄三姐》、保定的《孔嘎咕的故事》等，都是脍炙人口、意趣盎然的民间佳作代表。至于流传在广大城乡的寓言与笑话，那就更精彩奇妙、令人拍案叫绝了，这里不再赘述。

幻想故事也称民间童话。运用幻想的神奇因素与现实生活相交织的方式，反映人民同自然力的斗争，表现主人公反抗阶级压迫，渴望获得美满生活等。如《震天鼓》《娶蛤蟆》是天女下凡故事，《茶仙》《敬穷神》等是神仙助人故事，通称为人神成婚型故事。《小三和龙女》《龙女出海》是龙女故事，它们和《画中人》《葫芦告状》构成异类成婚型故事。在这些故事中，总是因青年小伙儿勤劳、忠诚、善良而打动仙女之心，而结为夫妻，过上幸福的日子。但《震天鼓》中，婚姻遭到破坏，男主人公王附到天上战胜了恶老头才与妻子团圆了。《茶仙》也属考验型故事，老太婆对小伙子考验之后才把女儿托付于他。《渔童》是河北幻想故事的名篇，在20世纪50年代拍过动画片，影响了几代人。《长鼻子》《狗耕田》等贬兄褒弟，丑化了贪心的兄长和嫂嫂，很有讽刺喜剧色彩。《摘瘤子和贴瘤子》褒贬分明，对恶人鞭笞得辛辣淋漓。其中不少故事还有异文，虽然情节各地稍有变化，但异路同途，总以大团圆结尾。例如《不见黄鹤不死心》，即使门第不配，无法成亲，也要等见了黄姑娘，小伙子才心死箫停。这些故事能流传千古，表达了人间男女相爱而不得其爱的痛苦心理和心诚事则成的坚强信念。

鬼狐精怪故事如《认钱不认爹》《阳救妻身阴救妻命》《人鬼姻缘》《刘二嘎子斗阎王》等，在空间上打破了人间与阴间、天堂与地狱的界限，充满着神幻色彩，揭露了封建社会人间的世态炎凉、人情冷暖，展示了人的智慧和力量无穷。所以人是没必要怕鬼的，怕鬼是心中有鬼。狐仙故事大致分为两类：一类是美丽、善良的狐女与人成婚，一类是狐妖害人受惩。这种异类成婚和神仙助人等类型的复合故事不仅在河北独具特色，而且思想性很强，反映了古人的美好愿望。

也许是河北地处中原，人类生存繁衍早的缘故，动植物故事相当精彩。其中《漏》（《不怕老虎就怕漏》）、《老狼报恩》（也有老虎报恩）等反映了动物习性及与人的相互关系。《虱子告状》《小猫打呼噜骂包公》各有新意，前者反映蒙冤的虱子不畏艰辛困苦寻求正义的不屈精神，后者是金毛鼠（《人到六十就活埋》）传说的变异，因狸猫吃了外国的老鼠又被留在人间，而骂借它来的包公是"光借不送"的"杂种"。这些故事不仅构思奇巧、经过千锤百炼，而且大多都被人格化了，反映他们的恩怨和苦难，实际是借故事喻人。

读听上述作品，每个人都会被河北老百姓的文化素养和才能折服，那些奇巧的故事构思，绝妙精伦、充满浓郁地方特色和情感的语言，绝非文人能杜撰得出来的！在中国文学史上应该有论述民间口头文学的章节，书上故事家们的大名。因为他们才是真正的中国文化特色，而且是孕育和催生各种文学佳作的母亲与土壤。如果用现代词语来评价上述燕赵民间故事的价值，可以说是很讲政治、讲正气、讲道德的中华民族的珍贵文化财富和精神食粮。

我把河北民间故事的流布与特色列为七个方面，但绝非七个方面就能概括全貌。仅从上面谈到的河北民间故事流布和特色看，就可以推断出，民间文学虽是世代劳动人民的口传嘴承之作，确向我们叙述了一部形象化的民族发展史，一部古老的中华文明史，也是一部中国农耕社会百相生活史，堪称是自古至今人类社会生活的口头百科全书。它所折射的政治思想、经济观念、伦理道德、风情习俗等内容极其丰富，其中虽然有良莠芜杂并存的现象，但良远远大于莠。

从文化类型看，河北民间故事属于中原文化、黄河农耕文化的沉淀和积蓄，也是农耕文化与少数民族游牧文化多次碰撞交融的结晶。内中儒道佛三家的东西都有，小农经济、平等意识、自由婚恋观、传统伦理、推崇创新、崇尚自然、乡风陋俗等并存。若剖析归纳，河北民间故事在文化价值上呈现十二大特点：一是宣扬正统思想、忠君思想，但在大声歌颂皇帝的同时也颂扬反叛意识、嘲骂皇帝、颂扬农民起义；二是歌颂清官与抨击贪官污吏、揭露封建统治的黑暗并存；三是尊孔、尊儒，希望儿子中状元与反孔批孔、嘲讽书生并存；四是既有佛道入世经世思想，也有斗争哲学和出世逃世观念；五是敬鬼神也斗鬼神，最终是否定鬼神的存在；六是宣传"三从四德"，也高歌婚姻自由；七是有保守心理也推崇发明创造；八是提倡忠孝，但不一定忠君，却要忠于国家、民族，在家里敬老爱幼，批判任何不孝不悌行为；九是颂扬惩恶扬善、大义灭亲、公而忘私、救贫济困美德；十是倡导"天人合一"、人与自然和谐发展，鞭笞为富不仁，自私自利、个人主义；十一是歌颂勤劳、节俭、奋发、图强等美德，批判懒惰懦弱和挥霍浪费劣行；十二是理性思维占主导，但原始思维仍彰显于故事中，根本上是"万物有灵"、自然崇拜观念残存。若用一句话概括河北民间故事的内涵特点，即王道与霸道兼有，主体文化与多元文化并存。

一个民族的伟大源于民族性格的伟大，而民族性格的伟大则源于民族文化和民族精神的继承与弘扬。对传统文化的这种价值和作用，在当今社会经济文化建设中并不是每个人都有清醒深刻的认识。有人说民间故事是老百姓瞎编乱想的，幻想的东西往往是不科学的。但人人都科学了，也就不会产生和传承这些神奇、美妙的口头作品了。殊不知，人类需要幻想，文明进步更需要幻想，幻想是可以激发人的创造力和开启智慧的。一个作家如果没有想象力是可悲的，一个民族如果没有幻想和想象力便不会有科学和文化的进步与发展，中华民族就是靠着丰富的幻想和想象力才创造了五千年的灿烂文明。纵观河北的民间故事，可以说是充满幻想和想象力的佳作。这些佳作在一代又一代的传颂中，陶冶了燕赵人的品行，塑造了燕赵人的形象，并且至今仍在广大城乡发挥着传递和教化文化血脉的作用，因此才被称为孕育和繁衍民族之魂的重要食粮。在近年研究河北精神文化建设活动中，人们已意识到传统文化和民间文学的价值和作用，抢救保护民间文化遗产之风已经吹遍燕赵大地，保护弘扬优秀传统文化正在成为各地精神文明建设的亮点和品牌。从这一现实看，搜集整理燕赵民间故事，编辑出版《中国民间故事全书》河北各县卷应当是一件功在当今、利在千秋万世的事业。

借此，向各位为编辑出版《中国民间故事全书》河北各县卷而辛勤劳作的朋友们表示衷心的谢忱！感谢你们为文化大省建设又增添新的光辉，做出新的贡献。

附记：燕赵民间故事的特点及影响

《中国民间故事全书》是中国民间文艺家协会在开展中国民间文化遗产抢救工程中实施的一项子项工程。这项工程自2006年启动，由《中国民间故事全书》总编委会组织实施，知识产权出版社出版发行。各省、自治区、直辖市成立的编委会负责组织本省的《中国民间故事全书》各县（区）卷本的编撰和送审工作，省内的县卷本编纂以市为单位送审出版。其目的是将20世纪80年代国家开展中国民间文学三套集成作品大普查时，发掘的民间故事和近年田野调查发现的民间故事，都以《中国民间故事全书》县卷形式出版，构筑中国民间故事宝库。河北省最早完成这项任务的是秦皇岛市，其次是廊坊市、承德市和保定市。其他各市虽有不少县完成县卷编撰工作，因达不到全市完成的送审条件而搁浅。

《中国民间故事全书·河北卷》的序文是我一生中写得最长的一篇序文。说是序文，实际上也是一篇论述河北民间故事特点与影响的论文。我也不愿这样写、写这么长，但总编委会却坚持让河北做个示范，文字在万字左右，让读者全面了解地域民间故事的发展史和全貌，既使县卷编纂者开阔思路和眼界，也为后世研究者抛砖引玉。用意虽好，但也因序文占的版面多而成为一种"诟病"，闻知后即在后期编卷中改成一个短序文。

《燕赵老字号大观》序

庚子春，河北省文学艺术界联合会和河北省民间文艺家协会启动了编纂出版《燕赵老字号大观》项目。这个项目，既是河北开展"燕赵老字号、古代贡品普查认定工程"进展到深层次的一项硕果，又是一部向海内外展示河北燕赵老字号品牌魅力与风采的佳作宏著。

老字号，是历代劳动人民在生产生活实践中创造的最具中国特色的精神与物质财富，在我国经济社会和文化发展中发挥着

重要作用，是民间传统技艺与社会紧密结合的典范。传承在河北各地的老字号，既具有鲜明的地域特征，又具有广泛的适用性，类别丰富，底蕴深厚，内容涵盖服饰家居、美食佳肴、工艺美术、文玩医药、干鲜特产、休闲娱乐、身心保健等诸方面，不仅传承历史悠久，文化内涵丰富，还承载着浓郁的乡风乡情与审美信仰，是中华优秀传统文化的重要代表和组成部分。由于河北古称"燕赵"，世代传承在这块土地上的老字号便称"燕赵老字号"。

站在历史桥头审视，燕赵老字号既是河北人聪明才智的结晶与写照，也是河北特有的自然环境和人文历史造就的文化与艺术奇葩，蕴含着巨大的经济与文化价值，是构筑中国特色文化、特色经济产业和提高广大群众生活质量、幸福指数的珍贵资源与财富。在贯彻落实中共中央办公厅、国务院办公厅《关于实施中华优秀传统文化传承与发展工程的意见》中，为了使世代传承在民间的各种燕赵老字号成为助力国家乡村振兴和京津冀协同发展战略的品牌与抓手，在中国民间文艺家协会和中共河北省委宣传部的大力支持下，河北省文学艺术界联合会和河北省民间文艺家协会于2018年12月至2020年12月底，组织动员市、县文联、民协会员和各行各业热爱老字号的工作者600余人成立普查队，在全省城乡开展了"燕赵老字号、古代贡品普查与认定工程"，由此在燕赵大地上掀起发掘、研究、保护、传承、弘扬、创新燕赵老字号的热潮。

　　两年间，普查者们怀着弘扬传统、创新经典的豪情壮志，冒酷暑顶严寒，跋山涉水、走村串镇在城乡访贤问古，不仅发掘出数以千计的老字号，还涌现出许多可歌可泣的动人事迹。根据各地普查进度和申报情况，专家审核认定组先后六次召开专家审核认定会议。按照"燕赵老字号"和"古代贡品"认定标准，专家组从各市、县、区推荐申报的2145项老字号中，先后六次召开会议，确认其中521项为"燕赵老字号"，22项为"古代贡品"，通过媒体向社会公示七天无异议后，颁发证书、牌匾予以鼓励。《燕赵老字号大观》一书，就是集"燕赵老字号、古代贡品普查与认定工程"成果之大成的一部宏著。

　　俗话讲，金贵赤，术贵精。一部书的价值在于科学与创新。《燕赵老字号大观》一书从十个方面介绍了河北老字号，主要成就体现在四点：一是题材新内容新，填补了河北老字号学术研究和出版物的空白；二是集河北各门类燕赵老字号之大成；三是俗而不凡，所谓"俗"是指书中所讲老字号多为地域人所熟知，所谓"不凡"是指该书遵循"优中选优"的原则，所选项目皆是燕赵老字号中最具特色的项目；四是诠释方法新颖，不仅文字内涵丰富、精雕细琢，还辅以大量图片展现了燕赵老字号独有的魅力与风采。为实现这种效果，主编杨荣国、副主编刘贤、周鹏及各位编委多次研讨、反复推敲书稿的每一个细节，文字力求精益求精，图片力求美雅达意，版式设计力求科学新颖，处处闪现着编纂者在弘扬优秀传统文化中追求卓越、创新经典的良苦匠心。他们奉献给读者的不仅是一部气韵万千、精彩典雅、立意独特的学术专著，也是一部承载着燕赵工匠精神、工匠风骨和大美大德的河北大地人文和物产风貌的画卷。《燕赵老字号大观》不仅为各级政府在当代弘扬创新燕赵老字号和专家学者们研究燕赵老字号提供了科学翔实的珍贵史料，也将地域特有文化艺术品牌构筑成了叫响河北声音与形象的夺目奇观。

　　站在前人肩头的当代人，发掘、研究、弘扬燕赵老字号，旨在使优秀传统文化实现创造性转化、创新性发展。发掘燕赵老字号，就是发掘燕赵优秀传统文化；研究燕赵老字号，就是探索燕赵老字号在当代的创新发展之路；弘扬燕赵老字号，就是让燕赵老字号所承载的民族智慧、品格与精神在当代发扬光大。品味《燕赵老字号大观》一书，这些燕赵老字号，犹如一个个灵动在燕赵大地青山绿水间的精灵，它们在历史上滋润了燕赵儿女和中华民族。今天，披上"燕赵老字号"荣光的它们正满面笑容地向游子招手，向世人问候，期待着更多的人来触摸来握手，来聆听它们的传奇与故事，来品赏感受它们独有的风韵、滋味与内涵，来解密它们的经济文化密码，来激发它们的当代价值，让它们在国家"一带一路"倡议中，由小作坊变成大产业，由河北走向世界，由特色产业转化为播撒中华文明和友谊的使者！这是编者的愿望，也是《燕赵老字号大观》一书的责任与使命。

　　在《燕赵老字号大观》一书即将付梓之际，我写了上面的话，既是发自内心的感慨，也与参与此书编纂的同志共勉。愿此书的出版，能助力燕赵老字号在新时代不断谱写新辉煌！

2020年12月于石家庄

附记：为老字号立传的宏著

在河北开展"燕赵老字号、古代贡品普查认定工程"，是在中国民协和省委宣传部的支持下进行的。为此，中国民协成立"中国老字号文化研究中心"，将河北列为全国率先示范省，下达红头文件列入中国民间文化遗产抢救工程项目实施。河北省文联印发冀文联通〔2018〕23号文件，成立"河北省燕赵老字号和历代贡品审核认定工程组织委员会"和"河北省燕赵老字号和历代贡品审核认定工程专家委员会"组织实施。这项工程由我牵头组织实施，自2018年12月启动，至2020年12月结束，根据各市县申报材料，共召开6次审核认定专家委员会，先后公布6批河北省燕赵老字号和古代贡品保护名录，其中燕赵老字号521项，古代贡品22项。《燕赵老字号大观》这部书就是全省普查、审核、认定燕赵老字号、古代贡品成果的总结和展现。这部书的出版，既是为燕赵老字号立传，也是省民协工作创新发展的写照。

《中国民间剪纸集成·蔚县卷》前言

郑
一
民
序
文
选
集

蔚县剪纸，俗称"蔚县窗花"，因其家家户户把它贴在窗户上而得名。窗花之誉，既是当地民众对这一古老民族民间艺术充满昵爱和深情的美谓，又是艺术生存景观的真实写照。它以阴刻点彩的奇异技艺、精美鲜艳的画面和浓郁的地域特色，在全国独树一帜并蜚声海内外。

中国是个剪纸大国，蔚县剪纸能盛名远播，久传不衰，源于它质朴、率真、热情、浓烈的艺术特点和丰富、饱满、深邃、广阔的文化内涵。在一代又一代艺人的探索和凝练中，蔚县剪纸不仅构成了地域民俗生活的壮美景观，而且早已成为国人亲朋好友之间相互寄托美好情谊乃至馈赠外国宾客的上佳礼品。专家学者们将这种由农家粗手世代孕育和传承的艺术品，称作中华民族传统艺术的奇葩和象征符号，誉为研究中国农耕社会历史、文化、思想、习俗、审美的活化石而受到世人格外青睐。

蔚县人把贴窗花称为"挂喜"，即张贴喜庆的意思。在方圆百里的大地上，蔚然成风。最能展现蔚县人酷爱剪纸、迷恋剪纸、陶醉剪纸风采的是隆冬腊月。当千里冰封、万里雪飘覆盖北方大地的季节，蔚县城乡却是最为欢乐火爆热闹的日子。忙完一年农事的农民们，家家户户都在忙着赶制剪纸、销售和购买剪纸。夜晚家家灯火通明赶制剪纸，白天肩挑车推从一个集市赶往另一个集市摆摊亮货推销。在那些日子里，蔚县八大镇的集市犹如开锅的饺子，卖家们竖起一架架"亮子"，摆出一溜溜桌子，亮出一摞摞精细勾画刻制的成双配对、幅全套整的窗花，要比一比、赛一赛，看谁的窗花最招人爱，将十里长街装扮得五彩缤纷，春意盎然；买家扶老

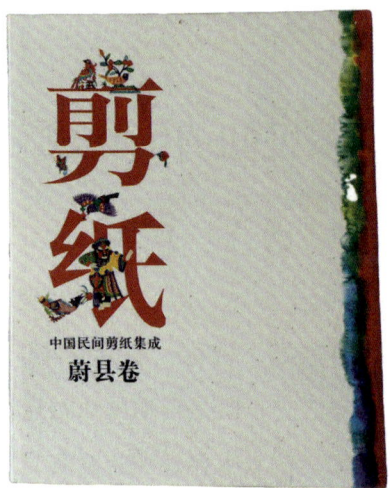

携幼、满脸喜悦、摩肩接踵地指指点点，看完了这家看那家，货比三家才肯买下自己最喜欢的剪纸。尽管沿街的小吃店刀勺山响、叫声震天、佳味飘香，目眩神迷陶醉在窗花海洋的人们却不为所动。当地人将这种盛景称为"看窗花"，并积久成习，实际却是一年一度的全县窗花艺术的大展览、大评比、大交流。正是这种群众性自发的大交流和大评鉴，使蔚县剪纸不断推陈出新、人才辈出，日益繁荣和完美，成为中华民族艺园中一枝充满泥土芳香和异彩纷呈的奇葩。

在改革开放年代，古老的蔚县剪纸与时俱进，在各级政府的关怀和扶植下，已经发展成一项地域特色鲜明、艺术风格独具的东方文化品牌。它犹如展翅飞翔的凤凰，已从自娱自乐的农家小院走进大都市的高楼殿堂，从蔚县走向全国各地，从中国走向世界，畅销70多个国家和地区，成为农民发家致富的摇钱树。据统计，目前全县22个乡镇中有16个乡镇108个行政村中分布着剪纸艺人，其中剪纸专业村28个，剪纸专业户1100多户，从业人员多达28000多人；年产剪纸300多万套，年收入3000多万元，已成为区域特色经济的拳头产品和重要支柱产业。蔚县剪纸的这种生态状况，在全国剪纸事业中是独一无二的辉煌。因此，被文化部授予"中国民间艺术之乡"，被中国民间文艺家协会授予"中国剪纸艺术之乡"，并挂牌"中国剪纸艺术研究基地"。

一

世界上任何一种文化现象的生成，都与所在地域的地理生态和人文历史密切相关。研究蔚县窗花的产生与发展史发现，它们无不折射着地域文化和自然生态的光芒。

从地理环境看，蔚县位于冀西北的太行山、恒山和燕山三山余脉交会之处，是个四面环山的壶形盆地，因此一条贯穿全境的大河也得名壶流河，并与清水河、定安河共同汇成一马平川的沃野，形成三山聚会、三河交合、地貌齐全、气候温和的自然地貌。山脉之外，它东邻京津大都市，西依山西雁北，北接内蒙古草原，南连华北平原。这种特殊的地理环境和位置，使蔚县自古就成为中原地区通往蒙古大漠、西北和东北的天然古道和兵家必争之地，形成既封闭又开放的生产经营环境。所谓开放，是指南来北往的骡马商队，既给这里的人民带来生产生活所需的物质文明和商贸繁荣，又带来外部世界的各种各样的文化和精神文明，虽地域闭塞五行八作却极其兴盛。所谓封闭，是指群山环抱的蔚县盆地依赖水美地肥的天然条件，长期过着自给自足的农牧生活，文化信仰虽与中原无异，生活习俗却自成一统。在更朝换代中，这种特殊的地貌环境和生活方式，既为游牧民族和农耕民族的文化交融和沉淀创造了条件，也为蔚县剪纸艺术的萌生、发展和传衍提供了得天独厚的沃土和条件。

从人文历史看，远在石器时代，这里便有人类繁衍生息，著名的泥河湾古人类遗址的大部就坐落在蔚县境内。据考古学家发掘考证，在横穿县境的壶流河两岸新石器时代曾分布着50余处氏族部落生活的遗迹，堪称是我国古代北方先民的重要发祥地之一。黄帝统一各部族建都于涿鹿矾山黄帝城，蔚县为近畿屏障。夏、商时代，虽然国都已迁往中原，蔚县仍为炎黄后裔生存之地。商末戎族东迁占据这块盆地并创建代国，从此在整个春秋战国时代蔚县为代国政治经济中心所在地，至今尚存代王城遗迹。秦统一六国分天下为三十六郡，蔚县属代郡。北周大象二年（公元580年）始称蔚州，在州前冠以"蔚"字有两种解释，一说该地林草茂盛、田肥水美而称蔚；一说为纪念古代国最后一位国君蔚而称蔚。唐宋时期蔚州为汉族与少数民族争夺的战场和多民族杂居之地。明初，蔚州被列为军事要塞，设蔚州卫屯兵戍边，再次成为北方一个重要军事、经济、文化中心。清初袭明制仍为州，属山西大同府，后改县，隶属直隶宣化府，后又改称蔚州。民国时改称蔚县至今。

在蔚县历史上，虽然戎族建国称都的时间只有150年，但代王朝的经济文化辉煌却给这块大地留下随处可见的烙印。房屋建筑讲究雕梁画栋、窗敞几明，村镇设计追求气派实用、百业兴盛。特别是明初的戍边政策，使蔚县迎来长达600年的安定和繁荣，并形成以村为堡，筑城修寨，出现800个村庄800个堡的奇特建筑风貌。虽然当今的蔚县经济文化正在向小康社会迈进，但历史上骡马商队和战争留下的种种遗迹、戍边修建的各种各样古堡攻防工事，仍然让人惊叹和震撼。尽管更多的历史阶段是少数民族进军中原和中原军队征伐少数民族的战争不断，曾给这里的人民带来无数次的灾难和毁灭，但这两个相对安定的阶段却给这里带来休养生息的繁荣。据考古发现，蔚县地上地下文物分布之多，在全国罕见，仅不可移动的文物古迹就达783处，至今尚存的国家级文物保护单位北魏南安寺塔、元朝建筑的释迦寺、明代玉皇阁等，仍在昭示着昔日的繁荣和辉煌。透过这些古迹和文物，呈现在人们面前的不仅是浓厚的历史气息和文化氛围，更重要的是蔚县人在这种历史和文化中凝练和熏陶出的心理品性和人格气度。那就是古朴敦厚、勤奋坚毅，深沉而有血性，聪颖而善商的民风。

对蔚县人的品性，历代史书有不少记述。司马迁在《史记》中说，代地"人民矜懻忮，好气，任侠为奸"。宋《夏疏》曰："人性劲悍闲于戎马崇尚气节可以义动。"苏东坡则说蔚人"劲勇而沉静"。历史留给蔚县人的思想和气节，在现实生活中又化成一代又一代光耀史册的民族精英。名扬天下的有明代镇守宣化府、战功显赫的大将马芳，英勇善战、击退入侵朝鲜倭寇而升任兵部尚书的郝杰，清代两次出仕、不畏权贵、一生与贪官污吏斗争的一代名臣魏象枢，等等，载入《县志》的就多达千人。民间传说蔚县出的官六部尚书齐全，文臣武将众多，县官有一斗芝麻之多。虽然过于夸张，但却是蔚县地灵人杰的写照。他们生于斯长于斯，无不在潜移默化地影响着蔚州人心理品性的发展和成长。而文化基因连绵不断的传承和沉淀，又为蔚县窗花阳刚之气艺术特色的萌生和发展奠定了思想文化基础。

"八百村堡八百戏楼"，是蔚县人对村堡文化生活引以为豪的一句口头禅，但村村有戏楼、四季有演出绝非妄语虚言。有的村中戏楼多达三四个，甚至在富家大户庭院内也建有戏楼。据文物部门统计，该县目前保存比较完好和还在使用的古戏楼尚有360多座，不仅式样繁多、建筑精美，而且还绘有各种各样宣扬英武忠孝的绘画，堪称是我国北方戏楼文化大观园，并由此形成了人人热衷看戏、讲戏、唱戏和参与花会演出的民风。据《县志》记载，光绪年间活跃在蔚县的剧种就有蔚州秧歌、蔚州大戏、蔚州弦子腔、蔚州道情、山西梆子、蔚州灯影戏、蔚州罗罗腔、蔚州耍孩儿及京都班社等十种之多，仅秧歌就多达420多个班社，且名角辈出，敢于闯京走卫与名伶大班媲美。每逢年节庙会，常出现对台多台演出的盛况。与此相映，蔚县民间闹元宵、闹社火的活动更是流光溢彩，表演艺术有背阁、抬阁、旱船、斗龙、活马、跑驴、推车、高跷、舞狮、曲艺、杂耍、武术、花灯、烟花等，集会小演，年节大演，人人参与，个个争要。因此，逛会看戏，不仅是蔚县的又一道文化风景线，也是昔日生活繁华富庶的生动体现。这种狂热追求精神享受的习俗和历史，无疑为蔚县剪纸形成以戏剧人物和历史故事为特色的艺术萌生奠定了坚实的生活基础，提供了丰富的生活素材。

戏剧的鼎盛，又引来百业的繁荣。据《县志》记载，自明初屯兵戍边以来，蔚县形成了以县城为中心的西河营、代王城、暖泉、吉家庄、白乐、北水泉、桃花、白草窑等八大商贸聚散地，行业涉及皮革、造纸、贩运、客栈、钱庄、银匠、鞋匠、铁匠、染坊、木匠、织布、饮食等。每遇集市，商贩纷至沓来，摆满县城十里长街的两厢，数十里内的人们相聚，热闹非凡，构成一幅塞北地区的《清明上河图》。能工巧匠们精心细作的皮革皮衣、金银首饰、箱柜雕花、美食佳肴等，精美绝伦，不仅点缀本地的生活，也远销北疆和内地。于是，"蔚县人能、灵"之类的赞誉就传往四方，并由此被誉为"张家口的犹太人"的雅号。这些对蔚县人群体的评价，既是对蔚县人杰地灵的赞美，也是对其普遍具有较高智商和善于经营的人格和品性的颂扬。如果我们穿越时空的隧道看待这种现象，就会发现蔚县人聪明好客、善钻研和经营的品德是悠远而多磨难的历史锻造的结果。他们继承了先祖开创这块大地文明的英武和坚毅，又在艰难生存中练就了灵活和聪颖。而正是这种品性，为他们探索对传统技艺创新提供了勇气和力量。当那些剪裁皮革、打造银器、修鞋雕花的能工巧匠们的粗手拿起足刀，刻向一张张一摞摞雪白的麻纸时，蔚县窗花这项令世人称奇叫绝的民族艺术之花，就在他们一次次的试验中诞生了。因此说，蔚县五行八作的兴盛，为蔚县剪纸的孕育提供了技术条件和保障。

上述地理和人文环境，使蔚县剪纸在萌生之日就打上了深刻而鲜明的地域特色，呈现出与众不同的丰厚文化底蕴和品格。艺人们勇于对传统艺术的创新性超越和实践，为形成在中华剪纸艺术中独领风骚的重要流派和世界民族艺术大花园中的奇葩奠定了坚实基础。

二

点彩剪纸，是蔚县人特有的发明和创造，是数代剪纸艺人刻苦探索的思想和智慧结晶。它采用广大群众喜闻乐见的剪纸艺术形式，用薄薄的白色宣纸，拿小巧锐利的雕刀刻出各种各样的图案来，再点染上鲜艳亮丽的颜色而成。这种技艺以阴刻见色功、阳刻见刀功著称于世，以色彩浓艳及阴阳刻技巧妙结合的特色享誉海内外。其内容涉及戏剧人物、脸谱、故事、花卉、草木、鸟兽、虫鱼、节俗等，艺术形象构图精巧、造型别致、晶莹剔透、栩栩如生，深受群众喜爱。它所展现的文化内涵，既是农耕社会劳动人民对历史、人物和生活的立体精湛描写，又是中华民族人生哲理和道德观念的尽情抒发，而且充满了浓郁的乡土气息，因此对其艺术特色的探讨就受到格外关注。

对这一技艺诞生的确切年代，史书和方志没有记载。在"万般皆下品，唯有读书高"的封建社会，由农家粗手世代创造和传承的艺术尽管风靡大半个中国，人人喜爱，却没有在史书中留下片言只语，这是可以理解的。在封建统治者眼里，蔚县窗花是庄稼人手里的"把戏"，登不得大雅之堂，当然也就没有入书入志的资格了。也正因如此，蔚县点彩剪纸才极少受到上层社会文化观念的渗透，保持了原汁原味的乡土风貌，愈发显得珍贵和有价值。据已发现的蔚县古代剪纸推断，蔚县的剪纸活动可追溯到明代成化年间，距今已有500多年历史。当时的剪纸为单色（红纸或白纸），形象古朴粗拙，主要用于绣鞋花样、枕头顶花样、婚丧吉祥物和年节炕头、窗户、灯笼装饰等，多为自产自用的女工作品。虽遍及家家户户，其式样和技艺与全国各地剪纸并没有多大差异。由单色剪纸发展成"以阴刻为主，以阳刻为辅"的点彩剪纸，才是蔚县剪纸发生重大技艺革新和品格升华的里程碑。据田野调查和对一代又一代艺人的传承祖谱推算，蔚县点彩剪纸始创年代为清代咸丰年间，距今已有近200年的历史。

蔚县剪纸的成长和传承没有受到历史沿革中更朝换代的冲击，得益于其特殊的地理生存环境。明初屯兵戍边使这块大地出现了相对稳定，即使1840年鸦片战争以后清王朝进入衰败没落阶段，远离京师地处封闭盆地的蔚县人仍然过着安定自足的农耕生活。从县境内完好保留的大量明清时代建筑和古朴淳厚的民风可知，清王朝的衰败浪潮并没有波及这里的百业繁荣，割地赔款和八国联军的灾难也没有祸及这个地方人民群众的安定和衣食，古驿道飞狐峪照常是京津杂货、苏杭丝绸、木梳、茶叶和西北、东北及蒙古大漠皮货、中草药、白麻、木耳、干山货等交易的通衢大道，集市贸易仍在繁荣昌盛，戏班仍在走堡赶会地演出。人们在安享天伦之乐的同时，总要千方百计地装点自己的生活，这样就在蔚县经济文化中心的县城应时而生了刘老布（银匠）、张道士（绘画、纸扎）、王质（私塾先生）、翟文玉（手工艺人）、聋哑人翟姓夫妇等第一代点彩剪纸艺人。他们的贡献是借鉴年画、绘画、刺绣、皮影等艺术的色彩美，将颜色用于剪纸。剪纸上染色，在今天看来是小事，但在从来没有人做过的时代，却是一个了不起的发明和创造。它使蔚县剪纸摆脱了传统单色剪纸的单调和平淡，升华到缤纷和斑斓，铺开了独树一帜的大道。

当时参与创造点彩剪纸的艺人有多少，由于没有文字记载，至今还是个未知数。刘老布等六位是众多年逾古稀老艺人推算承师祖谱公认的一代蔚县点彩剪纸的先贤人物，他们以心灵手巧和有文化有手艺而闻名乡邻。据调查，他们将传统剪纸发展成点彩剪纸的创意，源于冀中武强年画的大量流入对传统剪纸艺术的巨大冲击和启发。初时用色，多为就地取材的槐花汁等天然染料加糖稀而成，点彩也只能在透明的云母片上，多用于商家门窗装饰，因此被称为"天皮亮"。后来随着国外化学色的输入、宣纸运用和技艺提高，才出现今天蔚县窗花大红大绿的亮丽、鲜艳和多彩。

追溯蔚县窗花的发生发展史，在长达200年的历史中，大致经历了初创、成熟、创新三个阶段，共有五代艺人为此进行了不懈的努力和奉献了聪明才智。继刘老布等六位代表人物之后，技艺成熟阶段的代表人物有蔚县南张庄农民周瑶、画匠韩文业等。技艺创新阶段的代表人物为南张庄村民王老赏、李生、李佃士、赵金城、宗大发、杨容芳、段文清、王泓等。其中尤以王老赏（1890—1951年）著名，他集大成于一身，不仅技艺全面精湛、收徒众多，将画、刻、染、卖形成一条龙产业，而且形成了以戏剧人物和花卉为主题的独特艺术风格。他的作品姿态生动、色彩鲜明，雕琢精美、充满风情，不仅受到当地广大群众和艺人的喜爱和尊崇，广销内蒙古、东北、西北及全国各地，也成了国内外专家和博物馆争相收藏的精品。由于他生长在南张庄、创业传业于南张庄，蔚县南张庄便成了名扬中外的剪纸艺术专业村。据调查，全村276户，886人，村民中从事剪纸艺术的有543人，占居民总数的61%。

世人对王老赏的推崇和赞扬，也是对蔚县剪纸艺术的推崇和赞扬。王老赏作为蔚县剪纸的杰出代表人物，成长之路却是极其坎坷和艰难的。他出身贫寒却秉承了古蔚州人的敦厚刚毅，生活无着却练就了好学善思，以聪颖耐苦名播乡邻。他先师承本村窗花师周瑶，又师承县城南关的吕、翟两家，但三家的窗花均呆板、粗糙、不够精细完美，故被后世群众贬称为"口袋戏""五大色"。意思是剪刻出的戏剧人物形似"口袋"，颜色也只有五种，形象呆板、颜色扎眼。自幼酷爱戏文和手艺的王老赏，对周、吕、翟三家的作品不足之处大胆改革，对技艺苦心揣摩，探索刀具和刻艺创新，历经数载，终于青出于蓝而胜于蓝，形成蔚县窗花的独特艺术风格和流派，并把二百四十多出戏和戏里数以千计的人物，以鲜活优美的形象，性格各异的造型，重染轻点，栩栩如生展现人间。这一巨大贡献和技艺突破，不仅奠定了蔚县剪纸成为全国独树一帜的剪纸艺术地位，而且也使点彩剪纸一跃成为宝贵的民族文化重要遗产，同时也使王老赏这位农民子弟成为一代当之无愧的声名远播的民间剪纸艺术大师。

从艺术视角审视蔚县剪纸，可以说由王老赏开创的艺术风格，就是蔚县剪纸的艺术风格。王老赏虽然去世多年，但他的作品、人品、艺术造诣，却影响着蔚县几代人，至今还在发挥着旗帜和榜样的作用。尽管在这项艺术发展成长中，做出贡献的不仅仅是王老赏一个人，许多革新和创造是由众多人探索试验完成的，例如同时代的李家庄艺人李生、李佃仕对本土戏剧人物"仕女无肩，勇将无项"的造型创造，西合营段文清对花鸟鱼虫的抓神造型成就等，构成群星璀璨的群体，但人们往往把功劳和贡献记在王老赏名下，并由此留下许多脍炙人口的传说和故事在民间广为流传。在蔚县人眼中，王老赏是蔚县点彩剪纸艺术的祖师式人物，他的一生充满了神奇和奥秘，是庄稼人的骄傲和品牌！正是这种民风和品格，使蔚县人把剪纸艺术从一个巅峰推向另一个巅峰，不断创新和发展，人才辈出，成为中外闻名的剪纸艺术之乡。

蔚县剪纸是一种纯手工制作的平面镂空艺术，题材取于当地人都熟悉和热爱的戏剧、花卉、历史故事、习俗和风情。但究其技艺之秘，艺人们并不遵循教科书透视学及色彩学的法则，不受解剖学和比例关系的制约，也不追求自然光真实感的形似，而是在生活感觉的驱使下，靠直觉、意念和想象刻意追求艺术的神似，用感情之刀释放自己的喜怒哀乐，表达对忠臣良将的崇敬爱慕，对奸佞叛逆的仇视鄙夷，对生活的美好憧憬和追求。这些来源于生活又高于生活、饱含庄稼汉一腔热情的艺术品，以造型夸张生动、构图奇巧、神态细腻逼真、刀工利落精细享誉四方。它所散发的浓烈原始意味和稚拙美感，犹如一只只小手，抓住了人民群众的心，形象真实地反映了农耕社会人民的情感。因此，自它诞生之日就深受广大群众喜爱和青睐。这是蔚县剪纸经久不衰的原因之一，也是蔚县剪纸商品性所在。

在研究蔚县剪纸中，专家学者很容易发现，这里的剪纸在制作技巧和从业人员上有两个明显不同于全国其他地方的特点。其一，不管剪纸图案多么细致复杂，不是用剪刀剪而是用刻刀刻。其中固然有增加同一图案生产数量的追求，但由剪刀剪变成刻刀刻却是蔚县剪纸艺术一次脱俗鼎新的革命和升华。由于初始刻制窗花所用刀具是旧时修脚用的足形刀，当地老乡便把这种工具刻成的剪纸称为"足窗花"。尽管后世艺人早已把这种刀具发展成刻窗花专用的大刀、小刀和扭子三种，因其源于修足刀且形状似人之足型，至今在当地仍有人称它为"足窗花"。其二，外地从事剪纸的艺人多以女工著称，而蔚县从事剪纸的艺人却以男工领军，且大多有着鞋匠、银匠、木匠、皮革匠、裁缝、绘画及从事各种手艺的经历。由女工改为男工，由剪刀剪变为刻刀刻，这不仅仅是从业主体和工具的变革，而是对传统剪纸艺术一次质和神的飞跃。有人据此评价说：蔚县剪纸是男人的艺术。真是透骨点髓，恰如其分！

欣赏蔚县剪纸，犹如阅读历史和感受中华民族传统美德画卷。在数以千计的蔚县剪纸作品中，无论是挥戟舞枪、撩袍纵马、掩面含羞、弄裙舞帕的戏剧人物，还是张牙舞爪的猛虎雄狮、摆尾昂首腾云驾雾的巨龙麒麟，奔驰的骏马、安卧的耕牛、飞云茂木，处处渗透着北方民族和燕赵壮士的浩然正气。即使牡丹、荷花、石榴、菊花、彩凤、鱼虫、喜鹊、红梅等等，在女工剪刀下曾呈现的温柔和昵爱、纤秀和轻俏，一旦经过蔚县剪纸艺人之手的刀刻、加工和点染，也变得更加秀美、刚劲、英武和喜庆。这种艺术美，无处不展现着庄稼汉的精神世界和审美观。在饱经战乱之苦的蔚县男人眼中，崇尚英雄豪杰是天经地义，追求生活幸福美满却不带半点媚气。他们刀下的艺术，既是对当地男人喜怒哀乐思想的真实写照，又是对当地男人审美情趣的真实抒发，从而构成了蔚县剪纸艺术充满阳刚之气的浓郁地域文化特色。

蔚县剪纸的另一个特色，就是它和它的载体窗户的和谐统一。在蔚县人眼里，窗户不仅能御寒采光、追求明亮，而且是一个家庭文明或龌龊的标志。因此，不论穷家还是富户，都十分讲究窗户的设计和建设，面向院落的屋墙离地四尺后一律是顶梁夹柱的大窗户，几乎占了大半个墙体。

富户精细雕刻、饰花纹图、造型复杂多样，穷家粗木拼做，虽无豪华富贵之气却也淡雅敞亮。窗分对扇窗、四扇窗、条屏窗、子母窗、姊妹窗等，窗格有方八空、方九空、方十空等。这种建筑风格，既是古代国京华都风遗存，也是蔚县人世代讲究生活追求美和光明的体现。糊上白麻纸的大窗户，空荡荡白晃晃，缺乏生气和喜悦，将经过点染的五颜六色、鲜艳夺目的窗花，贴在一个个窗格内的白麻纸上，便组成了一块既给家庭带来欢乐和喜庆，又便于对子孙开展传统美德教育的文化内涵极其丰富的展板。于是，看窗花讲故事，以古喻今；看戏文创窗花，比学赶帮，成了风尚。过年节办喜事，这种风俗便在蔚县城乡遍地开花，形成一条风格奇异、蔚县独有的窗花方阵文化风景线。他们自我欣赏，自我陶醉，把受左邻右舍称赞叫好的剪纸大量制作送往集市销售，把众人不喜欢和提出批评的剪纸进行修改加工重新制作。从这一点来说，蔚县窗户既是优秀窗花发祥的处女地又是传播地，既是剪纸艺术交流地又是技艺升华的群众论坛。

三

作为民间艺术，蔚县点彩剪纸虽然走过近200年的历程，但真正把它作为一种艺术，作为民族文化瑰宝和珍贵文化遗产进行保护和弘扬，是新中国成立后。

首次将蔚县剪纸艺术以图文画册形式公布于世的，是1950年。当时正是新中国成立之初，察哈尔省文联组织部分艺术家到蔚县下乡采风（蔚县当时属察哈尔省管辖），拜访了这项艺术的第三代著名传人王老赏，并由古塞、钱君匋执笔编写了《民间刻纸记》一书，由上海万叶书店于1950年出版，才引起了社会和众多学者对蔚县剪纸艺术的关注。于是，一些酷爱剪纸艺术的专家先后到蔚县采风调查，并于1954年在人民美术出版社出版了佟波等编著的《民间窗花记》和傅扬编著的《王老赏的窗花艺术》两部书。1955年上海人民美术出版社出版了古塞编著的《王老赏戏剧刻纸》一书。这四部书问世，使在民间埋没多年的许多弥足珍贵的蔚县剪纸史料和精品得以传世留存，为后世研究打下基础。但由于这四册书只注重对王老赏本人及作品的介绍和研究，虽扩大了蔚县剪纸的社会影响，而对蔚县剪纸艺术产生的深厚历史渊源和文化流脉却缺乏深刻而明晰的考究。

对蔚县剪纸开展大规模的群众性大普查，是1979年。改革开放之初，蔚县剪纸已经在国内外有相当的知名度，党和政府为了弘扬和保护民族优秀文化，1979年决定在北京中国美术馆举办"蔚县民间剪纸展览"。为了全面深刻地向国内外观众介绍这一民族奇葩的发生发展史，在各级党委和政府的关怀下，由市群艺馆和县文化馆组成普查队，对8个乡镇28个村庄进行了为期一个月的普查，并由叶永辉、田永翔同志执笔撰写出了2万字的《蔚县剪纸流源》一文。文中第一次明确提出蔚县点彩剪纸始创于清咸丰年间，距今已有近200年历史；第一次清晰列出蔚县点彩剪纸的历史沿革和传承流脉；第一次有根有据阐述了蔚县点彩剪纸产生的历史和文化根源，并获得大量实物资料。由此，使蔚县点彩剪纸艺术以更加科学、全面的艺术形态展现在世人面前，为研究、保护和弘扬蔚县点彩剪纸艺术提供了科学依据。

第二次群众性大普查发生在1986年。这次普查时间最长，是配合全国开展的民间文学三套集成大普查而展开的，普查的重点是搜集整理关于蔚县剪纸及艺人的传说和故事。在长达一年时间中，以田永翔为首的普查者，严格遵照科学性、代表性、全面性的原则，先后深入6个乡镇21个村庄，走家串户访问古稀老人，搜集整理了有关蔚县剪纸及艺人的传说和故事156个。虽然传说和故事不是史料，却从社会学和民俗学的角度揭示了蔚县点彩剪纸创业的艰难和艺人们追求完美的高风亮节。这在全国剪纸研究中，可以说是弥足珍贵的发现，也是蔚县剪纸艺术底蕴深厚的佐证和亮点。因此本书选择88则收入卷本，让读者从一个崭新的角度了解蔚县剪纸的发生发展和传承史。

第三次群众性大普查是2003年9月至2004年3月。在全国开展的中国民间文化遗产抢救工程中，2003年8月，中国民间文艺家协会和中国民间文化遗产抢救工程办公室在蔚县召开了"中国民间文化遗产抢救工程剪纸专项工作会议"。来自全国各省、自治区、直辖市的260位专家学者和新闻记者，共睹蔚县剪纸风采和共商全国剪纸遗产抢救大计。会议不仅把全国剪纸艺术的研究推向巅峰，而且还授予蔚县"中国剪纸艺术之乡"称号，挂牌"中国剪纸艺术研究基地"。会上发表《蔚县宣言》，明确提出要把《中国剪纸集成·蔚县卷》作为范本，率先编纂出版。这不仅是对蔚县的鼓励和鞭策，也是蔚县剪纸艺术发展的一个重要里程碑。蔚县县委和县政府把完成卷本编纂当作大事，借会议东风组织普查队伍，在全县22个乡镇108个村庄开展了地毯式大普查。在历时半年多的时间中，走访古稀艺人567人，搜集各种资料3835份，特别是在李家庄村李佃士家中发现存放的新中国成立前贴满窗花的"亮子"等，填补了遗失精品的空白，为卷本的编纂和蔚县剪纸研究提供了珍贵资料。如果说，前两次大普查各有千秋，那么这第三次大普查就是意外惊喜 。这个惊喜体现在三个方面：一发现了几位已经被历史湮没的著名艺人及家史，使蔚县点彩剪纸初创阶段的艺人成了群体；二对1979年第一次普查排出的艺人传承祖系进行了重大修订和丰富；三发掘出一批极有价值的古剪纸和剪纸所用的各种用具。

在祖国版图上，蔚县只是个普通的县份，但由蔚县剪纸构成的地域文化品牌，却使这个普通的县份成了中华民族文化乃至世界民族文化宝库的重要组成部分。它所呈现的品性，既展现着中华民族母体文化的共性，也呈现着地域文化的个性。由这些共性和个性交汇而成的特性，造就了蔚县点彩剪纸的不同凡响，而这些不同凡响正在把蔚县推向世界，把世界引向中国，使蔚县点彩剪纸这朵中华民间艺术之花在改革开放中变得更加不同凡响！

附记：众人共襄的文化硕果

《中国民间剪纸集成·蔚县卷》是中国民间文化遗产抢救工程中中国民间剪纸集成的示范卷，由田永翔、薄松年与我三人担任主编，由河北教育出版社于2006年6月出版发行。此书作为中国民间文化遗产抢救工程的首批成果，当年8月，由中国文联、中国民协主办，在北京人民大会堂隆重举行了新闻发布会。此书在编纂过程中，由冯骥才、乔晓光、向云驹等众多专家参加修订、审改，是一部集众人智慧的学术成果，作为国家示范卷，在编辑体例、版式设计、内容结构、封面装帧等方面都有突破和创新。成书问世后，在社会各界引起强烈反响，先后获得河北省文艺振兴奖，第八届中国民间文艺山花奖民间文艺学术著作一等奖，香港第八届国际图书印制大展金奖、装帧冠军、全场唯一大奖（王中王），第二届中华优秀出版物图书提名奖。金庸在凤凰卫视对此书发表了30分钟的评论。

让我担任此书的第一主编是冯骥才先生指定的，目的是按计划高质量完成国家样板卷。田永翔先生为此书出版做了大量田野工作，许多时候是带病坚持工作。薄松年先生是国内著名剪纸艺术研究家，他的加入为作品认证和版式设计把关。一部好书不是哪个人的功劳，而是众多学者共襄的成果。河北教育出版社投入最精锐的编辑和版式设计人才，至今回忆编纂和出版过程仍令人激动难忘。

《探秘河北古村·古镇·古城》序

　　这是一部揭示燕赵历史文化密码的书，也是一部探秘中华传统文化根与魂的书。密码藏于民间，根与魂蕴蓄在生我们养我们的古村古镇古城中，世称"我们的家园"。

　　悠悠五千年，在由太行山与燕山牵手拥抱黄河与渤海所形成的神奇河北大地上，自炎、黄、蚩三族在此融合立国造就"千古文明开涿鹿"的壮丽史歌，历代先人在此创建过多少抚育我们民族生息成长的家园？又有多少承载着我们"乡愁"的家园连一张照片和半句文字记载也没留下就在滚滚历史进程中销声匿迹了？没有人能回答，没有人能说清。走进21世纪，当我们梳理如烟往事和漫漫历史时，那些至今仍然完好屹立于天地间的古村古镇古城，就成了记载和彰显我们中华民族坎坷而辉煌历史的活化石和珍贵的国家财富。

　　世界上不管什么事物，一旦被冠上"古"字，就是与我们有了时间与空间的距离。这个距离，不仅使我们对她产生久别的思念与魂牵，还让我们对她产生亲切与神秘感。因此我们给本书定名《探秘河北古村·古镇·古城》。其意，不仅让读者重回故乡欣赏童年曾奔跑游戏其中的古街、老宅、乡庙、村桥、戏台构筑艺术的之美之奇，还要让读者领略、感悟凝结在古老建筑中和深烙在民众心灵中的各种习俗、礼仪、节庆、岁时与村规、族训、家训的深邃内涵与魅力。至于古村、古镇、古城中那些至今未解的传说、奇人、奇事、奇物与异象，更是"探秘"二字的所期所望了。

例如，伏羲女娲推磨成婚的故事为什么会发生在涉县"磨石村"？那两块形似磨扇的巨石是用什么力量从山上推下，又在那个神奇的大坑中重合相依至今而不变呢？又如，战国时代赵武灵王为什么将长子章封在坝上荒原（今阳原县），治所"开阳堡"为什么建成灵龟型？再如，四面围水的永年县广府城（今称永年区广府镇）为什么地下会有四通八达的砖砌的藏兵运兵的地道？是隋末农民起义领袖窦建德所为还是何朝官府所筑？还有，大清陪都承德繁华沉浮背后蕴藏的解决民族问题的妙策与国运兴衰，等等。她们犹如一个个灵动的生命隐藏在燕赵大地的青山绿水间，向游子招手，向世人问候，等待着人们去触摸去握手，去聆听她们的故事，去发掘她们的奥秘与价值。

探究中华文明之河，始于涓涓，终于浩浩。本书所选散布于燕赵大地的十座古城、十座古镇、三十个古村就是其中的"涓涓"，数以万计的涓涓才汇就中华文明的浩浩大河。作为"涓涓"，每一个古村古镇古城虽有体量大小之别，但都是一个自然的社会单元。他们是历代先人适应自然、利用自然、实现"天人合一"的见证，也是创造文明、积淀文明、传承文明的家园。其保存的年轮印痕、光阴故事、人生观、审美观、习俗信仰和生产、生活、居住方式等，犹如一部部五彩缤纷的百科全书，承载着民族的历史记忆和文化基因，闪烁着民族的智慧与品格，慰藉着我们的心田与灵魂，世代涵养着泱泱中华由一个辉煌走向另一个辉煌！

京津冀协同发展、雄安新区的设立和大运河经济文化带建设等一系列国家战略实施，使河北向海内外全方位展开自己的胸膛。多年沉寂的古村古镇古城，犹如中华传统文化的形象使者，从不同角度向世人展示着中国智慧、中国经验和中国创造，形成当代中国承前启后的又一道亮丽景观。在这道景观中，燕赵大地的古村、古镇、古城风采独具，气象万千！

由于成书时间紧迫，编者知识水平有限，书中难免谬误之处，敬请各位专家学者和广大读者批评指正。

附记：王凤同志策划立项的一部书

这是一部与中共河北省委对外宣传局、河北省人民政府新闻办公室合作的书。事情源于2016年10月，我与时任中共河北省委对外宣传局常务副局长、河北省人民政府新闻办公室主任的王凤同志相聚在滦州市举办的第五届中国滦河文化节上。她是个时刻注意发掘宣传河北素材和典型的人，当得知我们开展的"中国传统村落立档调查"工程获得大量图片和史料，便兴奋地说："古村古镇古城，都是对外宣传河北的好题材。我找经费，你组织写书，咱们合作一把吧。"原以为说说而已，没想到她是个话不虚言的人，回到单位便派景宏处长和郑婷及河北美术出版社副总编辑李彬来找我商谈具体落实事宜，将图书定名为《探秘河北古村·古镇·古城》。但当时我正忙着编纂出版《河北省传统村落图典》丛书，便推荐才女刘贤女士担纲。刘贤果不负众望，不到半年即完成图文并茂的书稿，并于2018年2月由河北美术出版社出版。书的扉页上虽署"撰稿／刘贤"，但刘贤实为本书名副其实的主编。遗憾的是，在此书的编纂过程中王凤同志调走了，书上没留下这位策划立项人的名字。也许王凤老部长（我喜欢称她为部长）早忘了这件事，也许她不在乎署不署名这样的小事，我却觉得吃水不能忘了挖井人。

《中国民俗影视》序言

郑一民序文选集

在社会科学中，民俗影视是一个只有近百年历史的新生儿。它伴随着电影艺术的诞生而滋生，伴随着电视艺术的发达而形成。将它称为学科，是在影视艺术风靡全球城乡的20世纪后半叶。因此，研究这项艺术的发生发展规律、艺术特色、文化内涵和价值，是一项具有开拓性的事业。

自1840年英国学者汤姆斯提出民俗学的概念，这个学说在世界各地迅速发展，成为人

类文化中一项被各界人士广泛关注的重要课题，并由此留下数以万计的研究成果，使活跃在人类生活中的众多生产风俗、生活风俗、节日风俗、信仰风俗、社交风俗、婚丧风俗、文化娱乐风俗等得以记录和传承。但由于缺乏鲜活影像和音容的记录再现资料，专家学者们只能靠文字描述和有限的图片去想象历史的真实。科学技术的发展，特别是科学技术促生的影视艺术出现和繁荣，使记录各种民俗事象的工作进入到立体全方位记录的时代。毫无疑问，影视艺术的涉入不仅使民俗学的研究扩展了领域和视角，

也为新的学科——民俗影视学的建立提供了条件和土壤。

中国的民俗影视事业，如果从20世纪初的无声电影算起，也只有百余年的历史。但无论从无声到有声，从黑白片到彩色片，普通银幕到宽银幕，还是近年兴起的立体电影、环形银幕电影、全景电影等，都记录了大量的在各族民众中传承的各种各样的民俗资料。特别是受到广大民众赞誉的优秀影片，例如《红楼梦》《三国演义》《水浒》《茶馆》《神医喜来乐》等，无一不是充满民族风情的画卷。国外由名著改编的电影《红与黑》《静静的顿河》《乱世佳人》等，更是异域民族民风民俗的写照。由此，许多专家学者断言：民俗是文学和艺术产生力度和影响的源泉。这是很有道理的！

影视作为高科技武装的强势媒体，在当今人类生活中起着重要作用。一部《少林寺》使河南嵩山成为世界著名的旅游景区，一部《神医喜来乐》使沧州名吃"铁狮子头"名闻天下，一部《宰相刘罗锅》使广西"芋头"城乡争尝。实践证明，反映大众生活的影视民俗，还在生产着大众文化，正在推动着民族优秀文化的弘扬和传播。

商界有一句话，叫"谁抓住商机，谁就是骄子"。黄凤兰同志积多年从事民俗影视实践和研究之经验，淘沙澄金，撰写出《中国民俗影视》一书，从中国民俗影视的回顾与前瞻、民俗片的结构与思维特征、民俗影视类型思考、民俗影视片的表现手法、中国民俗影视片创作走向、寻找中华民族的精神源泉、中国民俗影视的思考等七个方面，运用实践与理论相结合的方法，论述了我国民俗影视的历史、现状和未来，是迄今为止国内同类学术研究中最全面、最系统、最丰富、最有代表性的学术专著。可谓匠心独运，开创了我国民俗影视研究学说之先！

我称《中国民俗影视》一书为开先河的学说，不是说作者的学术成果在我国民俗影视研究领域是唯一的，是第一个提出民俗影视学说的，而是说作者是第一个运用专著的形式，比较系统地构建了中国民俗影视学理论框架的学者。也许书中的某些观点还不够成熟，或阐述还不够深刻、明晰，但她是第一个"敢吃螃蟹的人"，敢于大张旗鼓打出中国民俗影视学旗帜的人。这对一个学者来说是极其难能可贵的，并不是每位熟知或涉足这项事业的人都能做到的。这需要胆识、需要慧眼、需要占有大量第一手资料，更需要具有对田野资料提炼和升华的能力和水平。思维的敏捷和预见力的超前，当是《中国民俗影视》一书社会和学术价值的关键。

在科学研究中倡导创新，鼓励发明，在文化研究中更应该这样。敢于打破前人的禁忌，敢于填补民族文化研究的空白，是落实和实践科学发展观的行为，应该给予支持和鞭策！可惜在现实生活中，照本宣科的人多，崇拜权威和迷信大师者多，勇于与时俱进和创新的人少。因此，我们要为《中国民俗影视》一书提出的中国民俗影视学的见解鼓与呼！使这门年轻而蓬勃发展的学科，在众多关爱和支持中更加丰满和璀璨。

2013年7月1日

附记：开创先河的先说

民俗影视学是个只有百余年历史的学科。在改革开放中，用影视技术记录民俗事象是个快速发展的事业。在学习和运用这项技术中，无论是影视工作者还是民俗工作者，多着眼于影视技术的学习和提高，而对民俗影视学的理论研究一直处于薄弱环节。在多年从事中国民间文艺山花奖的评选中，黄凤兰同志根据自己多年对民俗影视作品的观摩和研究，梳理总结这项事业在发展成长中的经验与问题，参照和借鉴国际民俗影视学的研究成果，撰写出《中国民俗影视》一书，旗帜鲜明地提出中国民俗影视学的理论概念，并对其思维特征、结构要素、内容类型、表现手法、发展走向、社会价值等进行了有创建的阐述。虽然书中论述的学术理念还有稚嫩之嫌，却开创了中国民俗影视学专著之先河。我赞赏她这种敢为人先的精神和勇立学术研究潮头的胆识，以序鞭策和鼓励。

《长城·河北民间故事》序

站在历史桥头审视，中国长城是人类文明的丰碑，是中华民族的文化象征与骄傲。它宛如一条蜿蜒起伏、气势磅礴的巨龙，飞舞在华夏崇山峻岭之巅，逶迤盘旋在莽原戈壁之上，中国人称它为"万里长城"，外国人则称它为中古"世界七大奇迹"之一。但很少有人知道，造就这一伟大军事工程的构思与实践，竟源于河北人智慧与力量的升华。

古称长城为"边墙"。据秦汉典籍记载，修筑"边墙"，源于春秋战国时代诸侯之间疆域固防和抵御漠北游牧部族侵袭；秦始皇统一六国后，为抗拒北方匈奴的侵袭与威胁，举倾国之力征调五十万民夫，历时五年，

将燕、赵、秦三国修筑的边墙相连，并在边墙上筑堡修关，于是一项震古烁今、开创历史先河的伟大军事防御工程便耸立在中国北方大地上。

这项工程，西起甘肃临洮（今甘肃岷县），北傍阴山，东至辽东鸭绿江，长达万余里，由于军情如火、君命如山，在限期完成的暴政苦役中，无数体疲力竭的民夫惨死在烈日酷暑和风雪饥寒中。北魏地理学家郦道元（今涿州人）在勘查山河中从民间采集到一首人民口头世代传诵的《长城民歌》，收录《水经注》中，歌词唱道："生男慎勿举，生女哺用脯。不见长城下，尸骸相支柱。"生动揭示出举世闻名的万里长城，是广大劳动人民用血汗和尸骸铸造出来的人间奇迹。因此，在燕赵大地世代传讲着《孟姜女千里寻夫》《孟姜女哭倒长城》等故事。特别是在秦始皇东巡行宫所在的秦皇岛一带，不仅有孟姜村、望夫石、姜女坟等景物佐证，还修庙塑形世代奉祀讴歌着这位役夫之妻的忠贞爱情和不畏强暴、勇于斗争的精神。

据史学家们考证，若将历朝历代在中华大地上修筑的长城相加，总长度已超十万里，但由燕、赵、秦三国边墙相连所承载的军事和文化价值，一直都是长城文化的精魂所在。河北古称"燕赵"，当历史老人揭开中国最早的万里长城三分之二由燕赵二国边墙建成，长城所彰显的中华民族威武不屈、万里疆土神圣不可侵犯的文化内涵，是由燕赵两国军民修筑边墙抗击北方游牧民族侵扰的创建升华而成，谁能不对河北先民为缔造人类奇迹万里长城和长城文化所做的贡献感到惊叹和震撼呢！

但谁也没料到，从此之后，河北却因中原民族修长城守长城，漠北游牧民族攻长城窥中原，而成了连年腥风血雨的战争走廊。有学者依据这种史实感叹，自秦始皇让燕赵两国的边墙化为长城在燕赵大地高耸崛起，河北好像就成了中国万里长城的故乡。

历史的发展也果真如此。据《明史》记载，亡国的元朝蒙古贵族退居塞外后，其实力仍有"引弓之士，不下百万众也，归附之部落，不下数千里也"，严重威胁着明王朝的安全。为此，明太祖朱元璋先后八次派遣大军北征，在"封子弟于要地"国策中将其九个儿子封镇在北部边塞，并派大将徐达修缮镇守长城。特别是明成祖朱棣将国都由南京迁北京，河北变为畿辅重地，征伐剿灭逃遁大漠的蒙古贵族残余势力和修筑保卫国都的长城军事防御体系，便成了国家头等大事。在朱棣五次亲自率兵北征的同时，一道由徐达、戚继光等连年修缮添筑的气势恢宏的明长城，便成了中国长城的新形象。这条长城以镇城、路城、卫城、关城、堡城等不同等级，城墙、烟墩、亭障、烽火台、战墙等不同形式不同用途的建筑物组成，东起辽宁鸭绿江边，南接河北秦皇岛山海关，西至甘肃嘉峪关，全长一万五千多里，横跨今辽宁、河北、天津、北京、山西、内蒙古、陕西、宁夏、甘肃九省、自治区、直辖市，设置九边重镇构成明王朝北疆防御屏障，将中国长城建设推上巅峰，也将河北与长城的关系推到极致。

所谓巅峰，不仅是明长城的规模超过秦长城，而且建筑规格、建筑质量、所用材料、体系设计、构筑技巧、施工难度等，皆体现了当时国家建筑科学的最高水平和民族形象，构成了人类文明史上独一无二的古建筑最雄伟壮观的奇观。从此，长城便成为中华民族历史的象征，国家形象的代称。这就是我们今天引以为豪的享誉全球的万里长城，也是1987年联合国教科文组织评定长城为"世界文化遗产"时，令国际专家组叹服的活化石式依据。

所谓极致，标志有三：

其一，河北境内是全国各省、自治区、直辖市中修筑长城最多最长的地方。据史学家们考查，战国至金代在河北境内修筑的长城有六千余里，明代在河北境内修筑长城约四千里，因此史称"长城大省"。

其二，作为京畿之地，河北境内的明长城是拱卫京都的屏障，建筑水平之高、形制构造之多样、攻防体系之坚固复杂，几乎囊括了明长城所有类型与精华，堪称汇聚了河北和全国各地能工巧匠的智慧。从空中俯览，在东起山海关老龙头，横贯河北北部的万里长城南部，河北境内还有两道长城：一道自北京居庸关向西北，经河北赤城、崇礼、张家口、万全、怀安进入山西境内，达山西与内蒙古交界处的偏关，史称"北线长城"（亦称外长城），沿线筑有闻名史册的外三关，即雁门关、宁武关、偏关；一道自北京居庸关向西南，经河北易县、涞源、阜平，进入山西灵丘通往偏关老营，史称"南线长城"（亦称内长城），沿线筑有闻名史册的内三关，即居庸关、倒马关、紫荆关。这两道奇绝、宏伟、壮观的长城，都是为保卫国都北京而建，所谓"南线""北线"的内长城、外长城皆是以北京为支点而言。其中六百多里由蓟镇总兵戚继光设计督造，例如深入渤海二十三米的石城老龙头，扼守燕山峡谷险峰要塞喜峰口与潘家口的松亭关三道关门，被称为"万里长城之最"的金山岭长城等。这些由河北和全国能工巧匠智慧和血汗构筑的土木石工程奇迹，也留下许多充满神秘和传奇的传说故事。

其三，河北境内的长城都是久经战火洗礼的"雄关漫道"。翻阅史册，战国时代的赵灭中山、燕赵互伐、秦灭赵灭燕，秦末楚汉相争，韩信背水之战，皆使河北境内的长城血流成河、尸骨如山。汉代大将霍去病率军北出代郡（今河北蔚县）伐匈奴，汉光武帝遣车骑将军杜茂等治理飞狐道（今蔚县境内、太行八陉之一），南北朝各朝在今河北西北部筑长城战柔然与突厥，隋文帝北征突厥、唐太宗东征，宋辽相峙杨家将镇守三关，明代北征元朝残余蒙古贵族，满族金戈铁马叩关夺隘争夺天下，不仅留下河北是战争走廊的史话，也留下"千古长城由血染"的种种佳话。特别是抗日战争，河北军民利用奇雄险峻的长城关卡隘口消灭敌人的事迹，被誉为"长城抗战"。

古老而神秘的河北境内长城，犹如一位历经沧桑和风雨的老人，既见证着中国更朝换代中河北地域的历史变迁，也承载着中国古代社会政治、经济、军事、科技、建筑、文学、艺术、历史、地理、环境、考古等众多学科的奥秘。这座举世罕见的巨大人工雕塑，对国家和民族来说，是形象是屏障是骄傲，但对从事建设、守护、保卫这项工程的民众和家庭来说，特别是在科学技术和生产力不发达的封建社会，那可是血泪和生死苦难呀！古往今来，有多少热血将士和民众葬身在修长城、守长城之战中，没有人能说清楚。但河北是修筑长城最多最长的地方，也是长城战火最频繁、惨烈的地方，确是学界共识，因此在河北民间流传的长城故事也最多。游览长城，聆听故事中所讲河北人民为长城所遭受的痛苦和灾难，常使史学家和文人墨客感慨万千、浮想联翩！由此，史书上便出现"燕赵多慷慨悲歌之士"的赞叹。

万里长城，作为中国古代军事防御工程，已经完成了它的历史使命，但它那巍峨壮观、蜿蜒腾翔的巨大身躯，高耸林立的垛口哨台，雄奇险峻的关卡隘塞，战火和风雨摧残的断垣颓壁，无时无刻不在向拜瞻参观者们诉说着那些悲壮凄婉、鬼斧神工、惊天地泣鬼神的民间故事，展现着一个伟大民族的意志力量和尊严，生发着爱家乡、爱民族、爱国家的伟大情怀。它与历代修长城、守长城、讴歌长城所留下的铭记碑文、诗词歌赋、楹联匾额、雕刻构筑、水墨丹青、传说戏曲等，共同构成博大精深的长城文化。在探索长城文化服务当代经济文化建设中，杨荣国、赵云旺主持搜集整理世代流传在河北民间有关长城的传说故事，编辑出版《长城·河北民间故事》一书，可谓匠心大成、慧眼独具。

所谓匠心大成，是讲《长城·河北民间故事》这部书的选题站位高、立意深，使散落民间的传统文化资源化成了助力国家创建长城文化公园战略的精品力作；所谓慧眼独具，是指在长城文化众多资源中，作者独独选择世代流传在人民口头的民间故事成书，其内容既接地气又具人民性，堪称化平淡为神奇。

《长城·河北民间故事》一书，是编者们将从数以千计的流传在河北民间长城传说故事中筛选出的精品，归纳为传说篇、故事篇、歌谣篇三大部分，而每部分又分若干小类，从不同角度彰显了流传在河北的长城民间故事丰富多彩和价值非凡。在民间文学作品中，谚语传承经验，歌谣传承生活，故事传承信仰。世代流传在河北大地上的长城传说故事，既是广大人民群众对历代先人修长城守长城所受磨难疾苦、哀怨悲欢的生动记录和鲜活写照，也是对奋战牺牲的戍边将士、民族英雄和民间侠客、能工巧匠的由衷敬仰和赞颂！编者精选这些发自人民群众肺腑的心声，将承载着民族信仰、品格、气节、风骨、智慧和浓郁乡风乡情的河北长城民间故事奉献给时代，无疑是一道弘扬中华优秀传统文化的美餐盛宴。

回顾历史，自长城成为中国最大的文化古迹和物质文化遗产那天起，河北便被戴上了"中国万里长城故乡"的桂冠。世代流传在河北境内长城内外的有关长城的民间故事，犹如桂冠上的五彩珍珠，在岁月变迁中释放着千姿百态的绚丽光彩。在人类步入命运共同体的时代，肩负着弘扬中华优秀传统文化使命的河北民间文艺家们，拾遗于民间，串珠于案头，编辑出版《长城·河北民间故事》一书，将桂冠上的珍珠擦得更亮，让故乡的泥土更芬芳，既是用河北长城民间故事叫响河北声音，也是展现万里长城的非凡神奇与伟大。愿此书如一簇五彩缤纷香气四溢的灿烂山花，承载着河北长城历史文化的密码，饱含着浓浓乡情和燕赵特有的风骨与气韵，扮靓长城，扮靓中华，成为海内外读者喜欢的优秀佳作！

2022年9月18日写于石家庄一民书屋

附记：万里长城话河北

《长城·河北民间故事》这部书是得到省委宣传部大力支持的河北省文联重点创作项目，在2022年9月由河北人民出版社出版。书中作品大多选自20世纪80年代普查编印的河北民间文学三套集成市、县（区）卷，以及近年采录和刊印的长城民间故事。河北是万里长城的重要发源地之一，也是万里长城修筑和遗存最多最长的省份。筑长城、守长城、攻长城，使河北成了金戈铁马的战场、民族融合的熔炉，千姿百态的攻防工事又使河北境内的长城被誉为"中国长城博物馆"。史学家们感叹河北境内长城的悲壮历史和建筑奇观，誉河北为"中国长城文化之乡"，牌子就挂在秦皇岛市的山海关，同时挂的牌子还有"中国长城文化研究中心"。由此可知河北境内的长城在中国万里长城中的影响和地位，在这种历史中形成的民间故事，世代传颂在河北民间，是一道极具特色的燕赵文化奇观。在构筑国家长城文化公园工程中，河北省文联组织编辑《长城·河北民间故事》这部书，既是助力国家发展战略，也是发挥河北长城文化资源优势、叫响河北声音的义举。从这个角度诠释河北，是河北文艺工作者奉献给时代的又一曲颂歌。

郑一民序文选集

第二辑

《国学河北简明读本》序

这是一部认识河北的书，也是一部让国人激情澎湃的书。

认识河北有很多角度，让人激情澎湃也有多种方法，我们奉献给读者的法宝是"国学河北"。

国学，乃国家历史文化经典之学。国学河北，乃河北历史文化的经典之学。

何谓经典？在悠悠五千年岁月中，我们历代先贤创造和凝结的记录中华文明的文史典籍浩如烟海，但从传统根源性来梳理，史学家们摘其要归举为"三玄、四书、五经"。三玄，即《老子》《庄子》和《周易》；四书，即《大学》《中庸》《论语》和《孟子》；五经，即《易经》《尚

书》《诗经》《礼记》和《春秋》。其中"四书五经"为儒家学说经典之作，由孔子创立，经历代儒家巨子们编修、校正、注疏而成。纵览上述古籍之内容，中华传统文化的根源与价值观尽蕴其中，堪称是滋生"民族文化的圣土"，造就"民族精神与品格的摇篮"。专家学者们将具有这种价值的著述，称为"国学"，誉为民族自立于世界之林的"文化根基"，繁荣昌盛的"精神宝库"。这种"文化根基"和"精神宝库"，源于民族发祥的"原生文明"。

世界上每个民族都有自己值得骄傲和炫耀的原生文明。中国的原生文明生发于夏商周，绽放于春秋战国。回顾那段流光溢彩的岁月，春秋战国时期的伟大之处，不在于群雄争王图霸的波涛，而在于在百家争鸣中对中华上古文明进行大碰撞、大融合、大总结、大升华、大结晶，这才有了"三玄、四书、五经"问世。由此形成的以儒家学说为旗帜、"仁、义、礼、智、信"为核心价值观的中华传统文化，便犹如血液和基因永远流淌在中华民族每个族人的肌体里，并以各种各样的方式影响决定着个人和族群的生命轨迹，创造着一项项震古烁今的业绩，谱写出一曲又一曲"革故鼎新""求变图存"的大争精神的壮丽颂歌，为人类世界留下唯一数千年绵延不断的中华文明！

构筑"三玄、四书、五经"圣典的先贤们虽非河北人，但河北却是炎、黄、蚩三族开创"千古文明开涿鹿"的圣地；战国时期集诸子百家之大成、兼具儒法两家大师的巨儒荀子的故乡；西汉时期首倡"罢黜百家，独尊儒术"，将儒学推到治国理政经学的巨儒董仲舒的故乡；实践国学的巨子、开创盛唐和经济强国的唐宗宋祖的故乡；宋代"程朱理学"创建者程颢、程颐的故乡；明末清初大儒孙奇逢的故乡；清代巨儒、《四库全书》总纂官纪晓岚的故乡；清末洋务派首领、首倡"旧学为体，新学为用"的张之洞的故乡；中国共产党创始人李大钊的故乡等。他们所凝练和承载的国学之光，同样普照着泱泱中华，感动和激励着一代又一代华夏子孙，开拓进取、筑梦图强。

翻阅河北的历史，在由太行山与燕山牵手拥抱黄河与渤海所形成的这片神奇大地上，如果用符号学的概念与原理来标注河北的历史与文化，到处都是让国人感到骄傲与自豪的崇山峻岭和奇花珍草。当代人用的宣传词为"京畿福地，乐享河北"，福地名副其实，乐享却要靠认真触摸与品味。本书择其在中华文明史上最具代表性和影响力的人物与事件，从不同角度给予客观解读，意在发掘国学精魂所在，为读者提供认识河北的别样画卷。他们虽然各自成景成形，却共同构筑着共和国巍峨高耸的文化大厦，从不同方面阐释着中华国学的博大精深，展现着河北对中华五千年文明和国学的独有贡献与风采！

习近平总书记在党的十九大报告中说："文化是一个国家、一个民族的灵魂。文化兴国运兴，文化强民族强。没有高度的文化自信，没有文化的繁荣兴盛，就没有中华民族伟大复兴。"站在21世纪桥头审视中国，审视正由富起来到强起来跨越的中国，我们的生命已与人类世界共久远，我们的文明已与天地宇宙共始终。由历代先人创造和不断发展丰富的具有"为天地立心，为生民立命，为往圣继绝学，为万世开太平"（宋代张载《横渠语录》）价值的中华国学，不仅是实现中华民族伟大复兴中国梦的珍贵文化财富，也成了世界各国人民向往和追求的中国智慧、中国方案和中国道路的源头。作为世界公民的中国人，学习国学，传播国学，不仅是责任与使命，也是历史与时代赋予我们神圣的意蕴深远的高端追求和让国学圣光不断与时俱进、照耀千秋万代的必然抉择！

中华文明的发展是一个无极世界。

人类文明的发展也是一个无极世界。

探索国学，弘扬国学，同样也是一个无极世界。让我们在承继先贤丰厚遗产和智慧荣光的同时，用21世纪的新思维、新理念、新进取，开启国学在当代的新辉煌！

附记：《国学河北简明读本》问世的经过

《国学河北简明读本》这部书，在书的封底竖写着两行字，即"河北省文学艺术界联合会、河北省文学艺术发展基金会策划"，实际是由时任河北省文联党组书记、副主席的解晓勇同志创意并鼎力支持的一个文化项目。在弘扬中华优秀传统文化大潮中，国学之风成时尚，但河北还没有一部简明讲述"国学河北"的著作，解书记认为这是河北省文联义不容辞的职责，便选兵点将组织了一个编纂班子，并起意由著名学者何香久担纲。但无奈何先生肩头任务众多，因劳累过度而无暇顾及，解书记便动员我接手，于是便组成了本人、夏子正、梁勇、张俊敏、裴赞芬、刘宏、周鹏等七人参加的编纂小组，分工协作，历时半年完成书稿。河北人民出版社派出责任编辑付聪女士参与此书编纂的全过程，并跟踪进行指导修订。付聪是一位编辑功力深厚、极其认真严谨的编辑家，逐篇推文敲字严把质量关。2018年2月此书出版后，在省会呈明书店举行了"《国学河北简明读本》出版新闻发布会"。广大读者和新闻媒体评价这是一部图文并茂普及国学知识、鲜活介绍河北历代先贤、为国学贡献的佳作。我倒觉得这是临时受命、七人同心和责任编辑付聪共襄的一部普及国学知识精要的接地气的读物，展现了新时代的河北文学艺术家们是一支勇担当、敢创新的队伍。

《中国孤竹文化》序

燕赵文艺名家丛书·艺术

　　研究中华文明发展史，人们多以统治中原地区的王朝作为正统进行纪元和评价，往往忽略了在正统王朝更替换代中艰难生存的方（侯）国的奉献与价值。其实，许多光耀史册的民族骄傲和经济文化成就，就是由同时生存的方（侯）国创造的。本书中众多专家学者所论及的孤竹国，就是这样一个极富代表性的方（侯）国。

　　查史究籍，孤竹国是3500年前由商的始祖契的嫡系子孙墨胎氏创建的。这个国度的族群以"玄鸟"为图腾，以"玄水"（今青龙河）为母亲河，以"竹"为圣物，始立于公元前1600年商汤取代夏王朝时，到春秋公元前663年至前660年被齐桓公与管仲率齐国大军"北伐山戎，剃令支，斩孤竹"而灭，历时约940年。因此，史学界有"孤竹国兴于殷商，衰于西周，亡于春秋"之说。在中国历史列国中，商六百年，周八百年，存世近千年的国家只有一个，那就是孤竹国。其都城位于今河北省卢龙县境内，据《史记·伯夷列传》注引《括地志》记载，孤竹古城在卢龙县南十二里。其疆域西邻令支（今河北省迁安市境内），东部包括现在的秦皇岛市及所辖卢龙、青龙、抚宁、昌黎各县至渤海海岸，南部为唐山市所辖的滦县、滦南、乐亭、唐海诸县，北部与内蒙古自治区接壤，含河北省的宽城、承德、兴隆、平泉诸县和辽宁省的朝阳地区和锦州市所辖各县，面积大约相当于今天的半个河北省。在这块以青龙河（玄水）为母亲河的环渤海神奇大地上，孤竹人在千年蹉跎岁月中演绎出一曲又一曲人间壮歌，遗留下极其丰富的物质文化遗产和非物质文化遗产，专家学者将其称为"孤竹文化”，世代进行研究和弘扬，至今仍令人感慨万千和称颂咏唱。

任何历史和文化，一旦进入广大民众心灵，就是民族共有的财富，盛传不衰是因为它已经成了传递和熏陶民族品格的血液和精神食粮。从这个意义上讲，我以为孤竹文化有五大价值：其一，孤竹国涌现出以伯夷、叔齐为代表的伟大爱国主义先哲和廉让节义楷模，他们所尊奉、实践并倡导的崇礼、守廉、尚德、求仁、重

义、爱民精神，构成了燕赵乃至中华文化的精神内涵和民族品貌。其"不降其志，不辱其身"的节操，可与晚商"三仁"（箕子、比干、微子）媲美，共同促进了中华民族强暴不屈、贫贱不移、勤劳勇敢、精忠报国、仁孝信义等民族精神的形成。其二，以"和"立国，以包容共生共荣。孤竹国历经商、周两大王朝，所处之地为少数民族与中原争杀的走廊，但任何史册没有孤竹国征兵调将参与杀戮和倚强欺弱的记载。尽管她时常受到攻击而遭毁灭的威胁，却生生不息约940年，让所辖之地成为华夏多民族融合的熔炉，造就中国历史上唯一一个千年古国。其三，倡农桑重畜牧，置冶炼办学堂，开创了滦河流域的早期文明，锤炼了开拓进取、刚健自强、不屈不挠的民族品格。其四，爱民护疆，担当了商、周两大王朝的北部屏障，为中原社会安定发展创造了环境和条件。其五，倾举国之力，支持箕子率众北上东迁，开创中朝、中韩友好之源和人类先进民族无偿支援落后

民族发展进步之先河。孤竹文化所呈现的上述五大特点，不仅是今天构建社会主义价值体系的重要基石，也是打造地域文化品貌和形象的得天独厚的文化财富。特别是商代著名政治家、思想家、教育家箕子，从孤竹国率领其家族和五千民族精英、携带大量史籍和科学技术等移居朝鲜半岛传播中华文明的史实，更具深远的国际意义和巨大研究开发价值。

关于箕子率众入朝建国的史实，不仅中国史籍《尚书大传》《史记·宋微子世家》《汉书·地理志下》《后汉书·东夷传》《三国志·东夷传》等中有明确记载，朝鲜传世史书《三国遗事》《三国史记》《三国史略》《高丽史》《丽史提纲》《东国通鉴》《东史纂要》《东史会纲》等中也有明确记载。朝鲜半岛著名史学家安鼎福依据上述史书，所编纂的《东史纲目》中记述得更系统和明细。书中说：箕子率五千人到朝鲜半岛后，定都平壤，筑城郭传播中原文化，推广先进生产技术，制定了"八条成法"（即法律），采用殷商的田亩制度治理规划管理耕地等，使所治理之地出现经济文化空前繁荣并留下众多遗迹。箕子去世后，葬于平壤北郊的兔山。其创建的箕氏王朝一直传承到四十一代孙箕准，汉惠帝二年（公元前193年）才被燕人卫满攻灭，历时930年。箕准亡国后逃到马韩，又建立新王朝，史称"南康王"。这个王朝一直传到西汉末王莽始建国元年（公元9年），方被朝鲜半岛后起的百济国所灭，历时201年。前后两个箕氏王朝加起来，共1131年，这在世界人类史上是罕见的奇迹。箕氏和孤竹国五千精英，这种在异域献了终身献子孙的伟大壮举和国际主义精神，堪称是世界人类文明史上交融互携的典范和楷模！尽管他们在长期繁衍生息中融入了朝鲜半岛的族群，至今朝、韩两国中的箕姓、韩姓、齐姓、黄姓等后世子孙仍尊奉箕子为祖先。有人据此评价箕子对朝鲜半岛历史文化经济发展的贡献说，这是其著名学说《尚书·洪范》在异域他乡实践而盛开的硕果。我是同意这个观点的。

辉煌由历史凝聚，未来靠文化点燃。多年来，中共卢龙县委、县政府高度重视孤竹文化的发掘、保护、传承和研究，编辑出版多部学术研究成果，使世代卢龙人守护的孤竹文化在当代释放出绚丽的异彩，吸引着海内外众多专家学者的目光，掀起一个又一个探索研究的热潮。首届中国孤竹文化研讨会有这么多名家参加并发表了那么多精辟的见解，就是证明。愿卢龙人民在县委、县政府领导下，高举孤竹文化的旗帜，不断发挥历史文化资源的优势，广泛团结各界精英，高水平塑造金色文化品牌，搭建中韩、中朝经济文化交流的圣坛，在当代谱写出孤竹文化的新颂歌和辉煌！

2011年1月25日于石家庄

附记：孤竹文化是卢龙文化的底色

在学术研讨中，发掘研究孤竹国历史文化由来已久，但真正重视并将其作为地域文化品牌建设，基于21世纪初国家实施中国民间文化遗产抢救工程的推动。我曾担任中国民协专家组组长，到卢龙县论证评审"中国孤竹文化之乡"和"中国孤竹文化研究中心"。2010年初夏，受卢龙县领导委托，由我执笔创作了大型历史歌舞剧《孤竹浩歌》，演出后在当地受到好评。所以，卢龙县举行"中国孤竹文化研讨会"时，特邀我主持。参加这次研讨会的著名学者有刘锡诚、陶立璠、李耀宗、刘晔原等，大家从不同学科不同角度探讨论证了孤竹国的历史与文化价值在当代的意义，提出许多真知灼见，将孤竹文化是卢龙文化的底色和品牌的问题讲得很深透，并结集《中国孤竹文化》存世。我写的这篇序文，就是对研讨会成果的梳理和总结，意在推动这项研究不断深化并助力当代社会发展。

《蚕姑圣母易州人》序

燕赵文艺名家丛书·艺术

在全国开展的中国民间文化遗产抢救工程中，河北专家学者依据多年的查史觅踪和实地考察，提出了一个令中外学界瞩目的课题——后山文化，并列入省级重点项目组织力量进行普查、发掘和研究。保定市为此还成立了"保定市后山文化研究会"，吸收众多学科的人才投入这一事业中，使被重重历史迷雾湮没的远古圣迹终于露出令人震撼的笑容。

所谓后山文化，从地理位置和内容讲有两个概念：一是指位于河北易县县城北三十五里处的后山所承载的黄帝部落东迁此地后在此长期居住的历史和文化；二是指以后山为中心横跨易县、涞水、涞源、徐水、涿鹿、涿州等一带山野河川所承载的炎、黄、蚩三部族在"涿鹿之野"征战、融合而形成的中华民族大一统理念的历史和文化。后者以前者为源头，前者以后者为依托。这两个不同范畴的历史和文化，无论从广义审视，还是从狭义探究，都紧紧联系着上古时代华夏民族的形成和开创史，都与中华民族的始祖炎帝、黄帝、蚩尤、嫘祖、大挠、伶伦、仓颉等一批受到历代人民尊崇颂扬的先贤人物密切相关。其内涵博大精深，其价值非同凡响。

后山作为黄帝部落发祥的根据地，历史上许多重大事件就发生在这里。他们生活的那个时代虽然没有文字或正处在文字初创阶段，没有留下多少记载，但至今尚存的黄帝崖、黄盦岭、黄帝洞、蚕姑坨、嫘祖洞、釜山、蟜极山、文祖山、钟模坑、伶山、洪涯山、蚩尤坟、蚩尤寨等遗迹，仍在验证和昭示着司马迁《史记》中所记载的炎黄大战、黄帝战蚩尤、釜山会盟诸侯、黄帝造车、嫘祖养蚕染五色衣、仓颉造字、大挠作干支、伶伦制乐器作五律及铸十二钟等事件就发生在这一带的史实。黄帝统一各部族后虽建都于涿鹿矶山，后山仍是其近畿和家庙祖祠所在地，并派大臣伶伦守护祭祀，其驻守之地因此得名"洪涯山"，传沿至今。

后山文化丛书

蚕姑圣母易州人

黄帝正妃嫘祖

中国文联出版社

据史料记载和实地考证，在炎、黄、蚩三大部族融合后的时代及夏、商、周三代长达五千年的史前历史长河中，炎黄的后裔颛顼、帝喾、尧、契、弃、舜、禹及夏商周先祖，有八十余位帝王诸侯曾生活在易县后山一带及其周边地区并留下业绩。他们称王后建都之地虽各异，但来后山举行祭祖、祭天、封禅等活动的传说和遗迹仍然脍炙人口。这些文化事象不仅彰显后山一带是炎、黄、蚩部族实现融合和创建华夏的政治、经济、文化之根脉所在，而且孕育出无数名垂千古的先哲圣贤人物。尽管受当时的文明程度和科学技术条件所限，没有留下典籍将这些功绩详尽地记录下来传世，但那里由此形成的数以百计的地名、村名、山名、水名和无数神奇的传说却永昭人间，并将开辟中华文明的始祖黄帝尊奉为掌管大地的"后土黄帝"，建庙立祠世代于每年农历三月十五日黄帝的忌日进行祭祀。史前时期在这里祭祀黄帝的国家和民间大典规模有多大多隆重尚在考证中，但今日的农历三月十五日前来朝山祭祖香客仍多达六十余万人，几乎遍及黄河上下各省市，既有汉族，也有少数民族代表。这种民间自发的数千年香火不衰的宏大罕见的崇祖祭祖景观，无疑就是历史事实留在历代人民群众心目中烙印的最生动写照。

在后山文化众多遗址中，最引人注目的有四处，即黄帝洞和黄帝庙，嫘祖洞和嫘祖庙，太阳殿，侯爷殿。据专家学者考证：侯爷殿是历代帝王诸侯封禅的地方，太阳殿是历代帝王诸侯祭天的地方，黄帝洞、黄帝庙和嫘祖洞、嫘祖庙则是历代帝王诸侯祭祖的地方。这三项活动进行的顺序是，先祭祖，再祭天，然后举行封禅大典，表达古人帝权神授、祈求祖灵护佑的理念。通过对这些遗迹的多年考察和研究，不少专家学者认为：在秦始皇去泰山举行祭天、封禅活动以前，历代绝大多数帝王诸侯的祭祖、祭天、封禅活动都是在河北易县后山进行的。因此，易县后山可称为中华第一祖山，易县后山黄帝庙可称为中华第一祖庙。这种史实所承载的内涵和价值，无疑是中华根脉文化的璀璨宝库。

历史在更朝换代中发展，时代在人类不断创造文明中进步。今人探古考史，一在揭示史前文明的疑团和奥秘，恢复历史的真面目；二是继承和弘扬远古先贤历经磨难开创中华文明的伟大精神，造福当代社会。保定后山文化研究会推出的这部研究后山文化的成果，虽然是第一部，其中不乏稚嫩不足之处，但却竖起一面旗帜，指出一个方向，为各级政府抢救、发掘、保护、开发后山文化提供了极其珍贵的科学依据。愿随着专家学者们的不懈努力和研究成果的不断问世，让祭祖圣地易县后山成为海内外研究中华民族产生和发展史的文化热点和寻根探秘的耀眼明珠。

2004年9月16日

附记："后山文化"考察引发的学术成果

据史学家考证，河北易县后山是轩辕黄帝部族沿黄河北岸东迁居住的一个重要聚居地，由此形成流传数千年的声势浩大的"后山庙会"。这是全国罕见的寻根祭祖活动，每年农历三月初一至十五，都有来自全国各地的几十万人参加。传说，这里曾是黄帝部族的根据地，史册所载的炎、黄、蚩三大部族融合、共推黄帝为共主的过程中，许多故事就发生在这里。黄帝在迁往涿鹿矶山黄帝城之前，祭天祭祖的地方就在易县后山，至今传沿在涞水县南高洛村的祭祀黄帝的古乐，就是这一史实的滥觞。为了研究这些奇异宏大、不见史册记载的历史文化现象，我曾多次带队到后山考察、访老问贤，在分析研究众多古迹、民俗事象和传说故事的基础上，首提"后山文化"概念，并将其列入河北省民间文化遗产抢救工程项目，同时进行有组织、有计划的普查活动。保定市为此成立"保定市后山文化研究会"，2004年，在他们集印第一部考察研究成果著作时，我写了这篇序文表示祝贺和鼓励，可惜这部书我已找不到了。没想到的是，由中国文联出版社在2007年出版的《蚕姑圣母易州人》这部书也采用了这篇序文。

《千童东渡》序

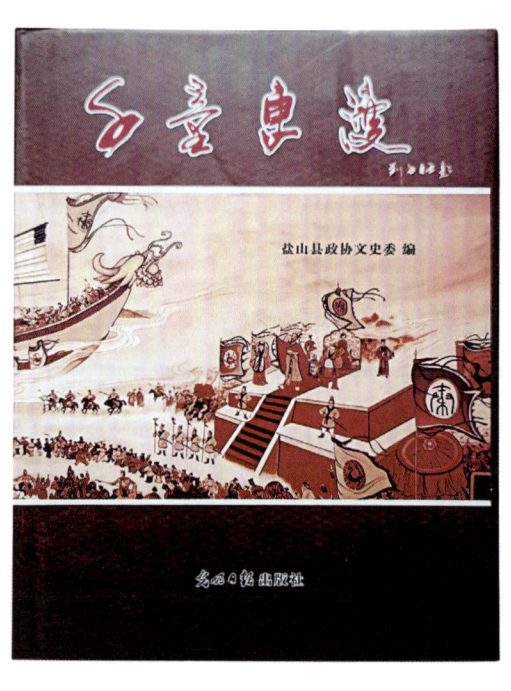

2200多年前，在中华民族的发展史上曾发生过一件震撼世界的伟大壮举，那就是秦代著名方士徐福在国家强力支持下，率领由数千童男童女、百工、侍卫等组成的探险队伍，携带五谷良种、珠宝玉器和其他各种物资，乘坐数十艘航船，从中国东部沿海的饶安县（今河北省盐山县）无棣河港口出发，穿越波涛滚滚的大海，途经韩国济州岛，落居东瀛友邦日本诸岛的"徐福千童百工集团东渡事件"。

在中日韩的史籍中，对这一重大事件虽有记载，但因文字简略，这一事件的功绩一直被湮没在史海疑团迷雾中，无法让后人完整了解历史真相。20世纪中叶以来，随着中日韩研究组织相继建立和专家学者的不断探析，长期笼罩在这一事件上的面纱才被逐渐揭开，人们越来越深刻地认识到这是人类文明史上一件史无前例的具有开拓性的伟大创举，它对推动东亚文明和世界文明的进步具有重大影响和深远意义。这件声势浩大的以

"求仙"和寻找"长生不老药"为名的国家行为，实是秦始皇统一六国后一系列政治、经济、文化改革的延伸，是中华民族由大河文明向大海文明跨入的成功尝试。数以万计的中华儿女落居东瀛，促使日本列岛政治经济文化产生跨越式发展，迅速由以采集、渔猎为主要特征的绳纹时代跃入以农耕使用铁器为主要特征的弥生时代，开创了中日友好交往的先河。这种由强大的秦王朝为后盾的大移民奇迹，比鉴真东渡早900多年，比郑和下西洋早1600多年，比哥伦布航海探险早1700多年，对东亚乃至世界航海史的发展做出了巨大的贡献。徐福千童百工集团东渡事件，不仅给人类和平交流和无私奉献科学文明成果树立了典范，更给后人留下一笔宝贵的永远值得效仿和尊崇的精神财富。其所承载的海纳百川的开放精神，自强不息、开拓进取的精神，崇尚科学、探求真理的求是精神，百折不挠、顽强拼搏的精神，助人为乐、无私奉献的精神，注重礼仪、热爱和平的友好精神，虽已穿越了2000多年的时空，但对当今国际社会开展友好交流和建设我们伟大的社会主义国家仍具有重要的现实意义。因此将这一历史事件和人物功绩恢复本来面貌，奉献给世人，是各国有志研究徐福千童百工集团东渡事件的专家学者的神圣职责，也是我们华夏子孙义不容辞的历史使命。

查史究古，中国河北省盐山县既是徐福千童百工集团东渡事件中童男童女、百工巧匠和五谷良种、其他各种物资的征募筹划地，也是成功东渡的始发地。据班固编撰的《汉书》说："渤海郡辖县二十六……千童……"这里所载的"千童"，即汉代千童县，由汉高帝刘邦于公元前202年置，此时距徐福千童百工集团东渡事件仅隔几年。唐代李吉甫撰写的《元和郡县图志》称："饶安县，本汉千童县，即秦千童城，始皇遣徐福将童男童女千人入海求蓬莱，置此城以居之，故名。汉以为县，属渤海郡……"从历代考古挖掘来看，招募和培训童男童女的千童城附近，有古黄河遗存——无棣河、鬲津河，募集储藏五谷良种和各种珍宝物资的屻兮城，还有东渡出发时杀鲛龙的斩鲛场、打造航船的荣庄、停泊航船的港口连船湾，招募百工集驻的百匠台，瓮棺墓葬群及大批秦代文物；从民俗遗存来看，在千童镇传沿2000余年、为祈盼东渡千童男女归来的奇俗"信子节"，被中外专家学者称为研究徐福千童百工集团东渡事件的"活化石"，2008年被国务院确定为国家级非物质文化遗产。至于在千童镇世代相传关于徐福千童百工东渡的各种传说，更是妇孺皆知、脍炙人口。这些都说明，中国河北省盐山县确为2200多年前徐福奉王命在这里招募童男童女、百工巧匠和募集五谷良种、各种出海物资之地，同时也是率领这支队伍和携带众多物资的出发之地。因此，多年来，中共盐山县委、县政府极其重视徐福千童百工集团东渡事件的发掘与研究，并从历史文献、考古发掘、民间传说、民俗事象等多角度多领域对徐福千童百工集团东渡事件进行考证，获得大量令人信服的丰硕成果。

为了把研究成果推向社会，让更多的人了解盐山人民为徐福千童百工集团东渡事件所做的巨大贡献，盐山县政协文史委将盐山徐福千童会20多年来的研究成果编辑成集，题名为《千童东渡》而出版，这是一件可贺之事。我期望此书问世后，能给读者以启迪，使研究者视野更开阔，推动海内外徐福千童百工集团东渡事件研究事业不断深入发展，促使有更多成果问世。

2010年1月2日

附记：揭开历史之谜的历程

秦代徐福带领千童百工集团和五谷良种等东渡日本列岛的大量传说，是我在1986年到盐山县了解中国民间文学三套集成作品普查情况时发现的；我之所以从事"徐福千童百工集团东渡事件"研究，是因为时任河北省委副书记、省政协主席的李文珊同志的鞭策鼓励。为了揭开这项在世界文明史上具有重大影响的事件的真相，河北省于1996年成立河北省徐福千童会，由我担任秘书长。在遍查史书和考察国内沿海地区历史遗迹的同时，我曾五次赴日本走访徐福千童百工集团所到之地和遗迹，撰写《东瀛圣迹考》一书，由河北教育出版社于2002年4月出版。我曾于1997年5月主持在河北省沧州市召开的"中国千童城徐福千童国际学术研讨会"，推动和引领了"徐福千童百工集团东渡事件"研究的热潮。河北省盐山县古称"饶安"，既是东渡事件的重要筹备谋划地，也是东渡事件的出发地和成功地。大量的史料、古迹和传说故事、民俗"信子节"等证实，东渡事件是由皇权力量支持的国家行为，是中华民族由大河文明向大海文明成功跨越的伟大壮举。由盐山县政协编纂的《千童东渡》一书，以大量鲜活的史料，生动揭示了古饶安（今盐山县）一带人民为这一伟大事件所做出的巨大牺牲。徐福千童百工集团为日本列岛由"绳纹时代"跨入"弥生时代"和开创中日友好之源做出了巨大贡献，同时也向世人讲出世代日本人民为何奉祀徐福为"神"的真相。我为此书作序，就是由衷赞叹这项学术成就。

《细说张家口》前言

燕赵文艺名家丛书·艺术

壬辰冬，当纷飞的瑞雪给大地披上银装的时候，我收到多年好友安俊杰主席用电子邮件发来的又一部大作《细说张家口》的书稿。开卷如晤友面，往事今情尽在其中，堪用"欣喜、震惊"四字来形容。已迈向耄耋之年的他，竟以超常的毅力和积沙成丘的精神写出43万字的皇皇大作，真是令人可敬可嘉可贺啊！

我认识安俊杰先生是在20世纪80年代。那时国家开展"三套集成"工作，我们到蔚县去采风，结识了这位县委书记。他文静儒雅、豪迈豁达，讲一口张家口普通话，对历史和文化那种充满由衷的激情和热爱，令人油然生敬，我们由此成为朋友。尽管他的岗位在变化、职务在升迁，却一直工作生活在张家口境内。他生于斯长于斯，建业于斯作文也于斯，从领导岗位退下来后又"养"于斯，研究张家口地域的历史与文化，成了他人生的重要组成部分，也成了他的责任与使命，他

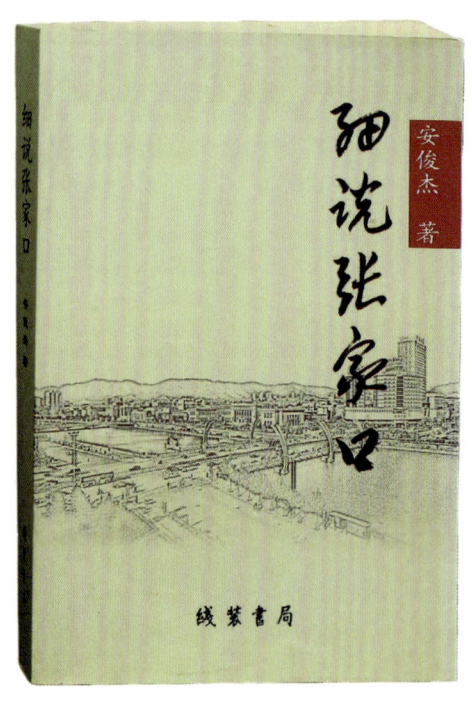

先后出版专著编著十余部。他与友交谈，上自泥河湾古人类、涿鹿炎黄蚩三祖、代国春秋，下至历代战事、政区变迁、城庙兴衰、名人轶事、黎民家什、典章制度、乡风民俗，娓娓道来如数家珍，足见其用功之深、治学之博。因此，在张家口坊间有"安公有史癖"之誉，于史中尤倾情于张家口。特别是在"养"期间，他以一个政治家的沉思与睿智、经验与修养，用多年积累的多学科知识和造诣，将对张家口历史与文化研究探索之火点燃得更旺更大，心沉得更静更深，把常人安度晚年的欢娱变成探史究秘的劳作，才凝练出《细说张家口》这部洋洋大著问世。

人都是历史的过客，早晚要由后人变先人。在这种变迁中，智者常思如何体现人生价值，让生命之火给世人留下哪些精神与物质财富。总览《细说张家口》全书，或前世追踪，或史海钩沉，或史事释析，或人物揭秘，或兴衰感悟，或亲历记述，或议往发论，可用"纵横捭阖、深挚纯笃、视角独具、见识超迈"十六个字来形容。茫茫岁月沉积在张家口这块神奇大地上的风雨往事，虽然有不少人致力探讨，但经安俊杰先生梳理点拨史实而撰写的《细说张家口》一书，使许多被历史尘封的记忆又激活和鲜亮了，众说纷纭的史实更清晰可鉴和有据可考了，焕发出地域文化的独有生机与活力，犹如一幅魅力四射的历史文化画卷，从信史的高度给人以启迪，从学者的视角揭示出历史的瑰丽与真谛。其意义与价值，才情与学力，不仅是为当今张家口的经济社会发展提供了文化支撑力，也为未来张家口的经济文化发展提供了宝贵精神财富和借鉴。

语云：文如其人。按职业划分，安俊杰是一位政治家，历任县长、书记、市政协副主席，因此洞察史实、思维敏锐、高屋建瓴、犀利深刻；按爱好划分，他是一位文史兼备的作家和学者，不管是当普通干部还是担任领导职务，从没停过笔耕案耘，诗书画艺都是行家，因此描述史实文笔沉稳厚重、窥斑知豹、诗笔画韵，解析人与事洞若观火、拨云见物、取粹彰神。一位作家作品的品位，在于有自己的特色和风格。《细说张家口》一书，就是安俊杰人品和作品品位的写照。

一个地区的文化，是一个地区的"魂"。它塑造着一个地区的历史辉煌和人群的品格与形象，支撑着地区的过去和现在，也孕育着地区的可持续发展和未来。研究探索地区文化，感悟其真谛与奥秘，不仅是总结前人的经验与教训，知道我们从哪里来，要到哪里去，为当今和未来社会进步发展提供借鉴，也是凝聚人心、创造新辉煌的不竭源泉和动力。古人讲，盛世修史，以史励志，就是对这种行为的精辟注释。近年，在弘扬民族文化中涌现不少精品佳作，《细说张家口》一书堪为其中的佼佼者和范例。

感谢安俊杰先生对我的信任，在龙年之末让我拜读了他即将付梓的大作《细说张家口》，掩卷之后在喜迎新年的欢庆声中写了上面的话。窗外的鞭炮声和空中的礼花，好像在祝贺他的大作问世，也好像在表达我对友人的衷心祝贺和祝福！我相信，凝聚着安俊杰多年心血和学识的《细说张家口》一书，一定会在地域人群中引起共鸣，在学界引起惊叹和喝彩！

2021年12月31日于石家庄

附记：揭示张家口历史文化密码的宏著

人，都有自己的追求。张家口人将安俊杰先生的追求颂为"安公有史癖"。《辞海》对"癖"字的注释是"积久成习的嗜好"；"公"即公有、公认、公事，是尊称。由此可知，张家口人称安俊杰为"安公"，那是对他最尊敬的称谓；称他的爱好为"史癖"，那是对他专业造诣和治学精神的最高赞誉。张家口是个神奇的地方，泥河湾考古揭示"东方人类从这里走来"，逐鹿黄帝城揭示"炎黄蚩三祖融合"，"千年文明开逐鹿"就发生在这片大地上，所以研究张家口的历史和文化，不仅需要深厚的多学科知识积累，还需要大量的田野调查和探究。安俊杰做到了，他的脚步遍踏张家口的山河与城乡，史海钩沉中还访老问贤和请教大家名家，因此在拜读他的巨著《细说张家口》书稿时，我立即被他的精辟论述征服了，被他的治学精神征服了。所谓序，实际是我学习《细说张家口》一书的感悟与体会，是向安俊杰先生致敬。

《刘海文化探源》序

甲午岁末，锁柱、庆新二位先生送来他们编撰的《刘海文化探源》书稿，我拜读后十分兴奋。这个成立只有几年的村级刘海文化研究会，竟取得这样丰硕的学术研究成果，真是可喜可贺！

刘海文化是可以与"四大传说"媲美的文化遗产，多年来我一直认为这项文化财富与河北关系不大，但2012年正月初九到藁城观摩考察刘海庄一年一度的传统庙会却颠覆了我的认知。那一天尽管寒风凛冽，一进村便被群众那种自发的红火热闹场面所感染。一个传承两千年的古老祭祀和纪念刘海的民间节日，至今仍鲜活于世，实在令人惊喜与振奋。在锁柱、庆新等众多乡亲们的陪同和引导下，我们先后观摩了刘海祭仪、汉秧歌展演、民间歌舞花会，考察了刘海庙、刘海寺遗址、刘海戏金蟾的古井、修田盖屋发现的历代有关刘海和刘海庄记载的众多残碑和文物，然后走进一个挂着"刘海文化研究会"牌子的平房里，聆听他们讲述世代传承在村民中的关于刘海庄来历和各种脍炙人口的刘海传说故事，大量物质与非物质史料豁然向世人揭开了一个千古之谜，这里竟是被历史湮没的刘海故乡和刘海文化的原生地！

藁城是我多次去过的地方，刘海庄和刘海文化的发现证明了一条真理：我们不知道的远比知道的多得多。同时也说明，人民群众是承载和保护民族文化的主人和英雄，只有深入生活走进人民中才能体会到中华文化的博大精深，才能发现文化的真谛所在。查史究典梳理刘海文化，其事象蕴含着礼让、崇贤、惩贪、扬善、清廉、仁爱、和谐、奉献和以民为本、修身励志的文化内涵，是中华民族珍贵的文化遗产。它虽然源于藁城刘海庄，却是中华民族共享的文化财富。尽管在全国各地传播中刘海故事的内容发生了不少变异，却使刘海文化更丰富更具感染力和亲和力。在中国成为世界第二大经济体的当代审视"刘海文化"的价值，不仅是彰显地域和国家文化品格与形象的珍贵文化资源，也是构建社会主义核心价值观和实现中华民族伟大复兴的重要基石。

文化是一条河，从古至今，源流相连；文化是一棵树，从里到外，血脉一致。两千年来，刘海庄人民为守护传承刘海文化这条河、这棵树做出了贡献，其精神可嘉可佩。但也毋庸讳言，天灾人祸已使刘海文化的许多载体遭到毁坏，要使沉睡的历史文化醒过来、记忆的历史文化站起来、现存的历史文化活起来，还有很多实实在在的事情要做。所幸，在锁柱、庆新等一大批刘海文化的热爱者不懈地奔走呼吁下，这项文化遗产已引起各级政府的高度重视，并于2013年先后列入石家庄市市级和河北省省级非物质文化遗产名录。愿刘海文化在众多专家学者和各界人士的关注浇灌下，在当代不断演绎出新的精彩与辉煌！

2015年9月20日

附记：为守护刘海文化的刘海庄人喝彩

在我的学术研究中，既重视历史典籍，也重视田野调查。许多时候田野调查不仅颠覆史书记载，还会有重大发现。河北藁城刘海庄所承载的刘海文化就是一个范例。2012年正月，河北省文史研究馆副馆长郭庆华邀我去藁城刘海庄观摩考察一年一度的传统庙会，发现源于东汉初年的刘海祭仪和刘海戏金蟾故事的原生地就在这里，至今仍鲜活于世。寒风凛冽中，众多古迹守护者边带领我们观看残碑破砖烂瓦，边讲述他们世代传讲的民间故事和奇俗。那情那景那真诚，不仅令人感动，还让人热血沸腾，原来与"四大传说"具有同样价值的刘海传说就是从刘海庄传往全国各地的。刘海庄成立"刘海文化研究会"，我支持。刘海研究会将他们的研究成果编撰为《刘海文化探源》一书，我写序表示祝贺。此书虽非出版物，其史料和文化价值却填补了全国刘海文化研究的空白。这也告诉我们一个道理：人民是历史文化的创造者，也是守护和传承历史文化的真正英雄！

《三国纵横》前言

在中国古典文学名著中，若论普及率及影响，恐怕没有哪部书能与《三国演义》相提并论了。由"忠""义"二字贯穿成书的《三国演义》问世，不仅从多角度揭示了东汉末年群雄风起争鹿称王及创建魏、蜀、吴三国鼎立时代的政治、经济、军事、文化、科技等的历史风貌，也刻画出一大批栩栩如生、脍炙人口的英雄人物在腥风血雨中壮志谋霸、恩怨情仇、智勇成败的画卷。并由此在当代衍生出一部长达84集的电视连续剧《三国演义》，倾醉国人，风靡海内外，把研究、讨论、传唱三国的热潮推向一个又一个巅峰。

纵览中外"三国"研究成果，既有伟人大家的点评论述，也有文学家和名嘴巧述的佳作，虽然各有千秋和精论获颂，但多以罗贯中的原著而发衍，却很少有人去考究生发《三国演义》的史料原生地去做田野调查而求本溯源。涿州人史简，积数十年搜史问贤、探迹查踪之成果，撰写出《三国纵横》一书，恰好填补了这一空白。虽然书中文字不如大家名嘴的华美锦绣，讲述的故事有许多不见于古籍经卷，论析评断却由衷而发、有情而生，字里行间充满了浓郁的乡俚俗情和雄厚的群众情感。一个作家，如果能挣脱原著的束缚，让人从一个崭新的角度去解读三国、三国人物和三国事件，也堪称独树一帜，功力不凡。如果当年罗贯中能够掌握这些史料和田野素材，他撰写的《三国演义》一定会比现在流行的版本更深刻、更精彩、更有价值。

研史之矢，意在晓今。当代人研究历史著作，一是解析历史谜团，二

91

是总结历史社会发展的经验教训，三是弘扬古人承载的民族精神和优秀品德。就"三国"而言，人们对后两者的追求和探索远远大于前者，常以"三国文化"称之。《三国纵横》一书中其人、其事、其史所展现的"忠、孝、智、勇、节、义"等传统文化，不仅表达了"天下大势，分久必合，合久必分"的大一统大团结的政治理念和规律，也为世人相交、朋友相处树立了友谊至死不渝的典范，从而孕育出中华民族思想道德宝库中"重义轻利""同心协力""患难与共""富贵不移""贫贱不弃"等品质精华，并在长达1800余年的传颂中影响着一代又一代中华儿女。即使在当今社会主义现代化建设和构建和谐社会中，这些文化财富仍然有着极其积极的现实意义。

涿州，是蜀主刘备和汉桓侯张飞的诞生之地，也是刘、关、张三兄弟"桃园结义"的发生地，由此这里成了凝聚"忠""义"文化的代表和胜地。自幼生活在这种文化氛围中的作者史简，可以说是听着三国故事长大的一代作家和三国文化研究家。他不畏艰辛史海钩沉，潜心求真踏山涉水，甘于清淡数十年如一日投身于"三国"研究，先于20世纪80年代推出《刘关张的传说》，又于1993年出版50余万字的《三国人物外传》，在沉寂十余年后的2007年又向社会捧出一部别开生面的力作《三国纵横》，堪称笔耕不辍、硕果累累，可喜可贺！

电视剧《三国演义》歌词唱道："滚滚长江东逝水，浪花淘尽英雄；是非成败转头空，青山依旧在，几度夕阳红。"读好友史简在花甲之年撰写的《三国纵横》，我觉得取材视野开阔、博知广闻，论析清新雄浑、精辟独到，沉甸甸的翰墨中不断升出一股股古代英雄的豪气睿智和今人对历史的锐利感悟，真是一部值得一读的宏著。他让我在此书出版前写几句话，我写了上述的体会，是为序。

2007年5月于石家庄

附记：点评"三国"的佳作

史简先生是位勤奋的笔耕不辍的作家，退休后仍然视事业大如天。他热爱"三国文化"，是从骨子里热爱，不用扬鞭自奋蹄。几十年来，他编著了多部书，大多与三国历史文化有关，与人交谈最有兴趣的话题还是"刘关张和三国"。他发掘的史料很多鲜为人知，解析角度也让人耳目一新，且充满情感和乡俗俚语，如果当年罗贯中能掌握这些史料和田野素材，他创作的《三国演义》，一定会更精彩更生动更感人。所以，当2007年史简先生完成《三国纵横》书稿，并让我作序时，我慨然挥笔。这是我第二次为他的著作第二次作序，内容都与三国相关。如果说《刘关张的传说》是一部故事集，《三国纵横》这部书则是史简先生多年研究刘关张和三国历史文化的感悟和升华之果。

《邢台民间文艺博览》序

这是一部认识邢台的书，也是一部让人神情振奋、爱不释手的读物。

认识邢台有多种渠道，让人神情振奋、爱不释手也有许多方法，乡友路少河先生奉献给读者的法宝是《邢台民间文艺博览》。

何谓"博览"？古今中外一网打尽也。翻阅《邢台民间文艺博览》，就是一部具有这种内涵与价值的宏著。全书共三卷，一是民间故事，二是民间艺术，三是风土民情；内容涉及神话传说、风物特产、名人轶事、艺术奇葩、百工巧匠和节日习俗等，几乎囊括了人生与社会的各个领域。它所阐释讲述的虽只是历史沉淀在邢襄大地上的物质与非物质文化遗产，却是人们认识邢台、解析邢台历史文化密码和地域民族精神特质的工具与钥匙。

俗话讲，拿来那些世人皆知的文化符号容易，若挑选出世人应知的文化符号并砌筑成放射着光芒的宝塔却很难。实现这一目的，不仅需要长期钩沉史海和田野，还要对各种史料进行去伪存真，反复比较筛选与推敲，才会使一部新著产生普及价值和时代意义。《邢台民间文艺博览》一书，通过一篇篇充满浓郁乡音乡情的故事，一项项凝聚着邢襄先人智慧与创造的五彩缤纷民间艺术，一个个传承千百年的令人陶醉与向往的民间节日与婚丧奇俗，把邢台的山川风情、人文历史、当代风貌汇聚成一个认知指南，似画卷一样图文并茂地介绍给中国人和外国人，使读者犹如畅游在神奇与"乡愁"的海洋，沉浸在中华优秀传统文化构筑的宝塔与殿堂……

在建设文化强国中，科学梳理总结地域民间文化各种事象并分类诠释，不仅具有地域民族民间文化史志价值和弘扬优秀传统文化的典型意义，也是在实现中华民族伟大复兴中塑造和唱响地域文化形象的战略之举。此事虽然很多地方都在做，填补邢台这项文化建设空白的是路少河与冀彤军、李振旭、黄俊里四位艺术家。他们独辟蹊径，觅"孤本""善本""珍本"于史海，汇精华与奇葩于大成，用砥砺学品和对家乡的爱，把心中的憧憬与追求化为现实，展现了当代文艺工作者勇于担当、敢于创新的品格与风采！

在国际语境中，人们把民间文化称为"人类文化之母""生发百艺之根"。一个国家，一个民族，一个省份，一个地区，文化之根在民间和传统。无论哪一个时代，没有根的营养，花树不会繁茂；不吸收外来的雨露阳光，瓜果不会香甜。今天的所谓传统，都有一个吸收、容纳、化合、凝聚的过程，没有一成不变的传统，也没有一成不变的当代。历史的花果曾经滋养过从前的人，今天的花果既要在根上生长，又要接纳与时俱进的时代风，经受过今天的雨雪风霜，吸收今天的雨露阳光，才能使传统更苗壮更芬芳更辉煌！

《邢台民间文艺博览》作为一部内容厚重、解析深刻的地域民族民间文化志书范本，既是数以百计文化工作者多年发掘、整理、研究成果的荟萃，也是各位主编辛勤耕耘、升华创新的硕果。在该书即将付梓之际，主编路少河先生盛情邀我写个序，欣然提笔写了上述话，既是共勉，也是自励。祝贺作者，祝福邢台。愿优秀传统文化的智慧与荣光在当代邢襄大地上——太行山最绿的地方，不断谱写出令海内外瞩目的诗性华章！

2020年5月6日于石家庄

附记：邢台民间文化的画卷

《邢台民间文艺博览》一书，由曾任邢台市民间文艺家协会主席的路少河主编，由学苑出版社2024年3月出版。此书共三卷，分别为民间故事卷、民间艺术卷和风土民情卷，是邢台市系统梳理和研究地域民间文艺的一项硕果，对地域民间文艺研究和繁荣发展具有借鉴价值。我是邢台人，又多年工作在民间文艺战线，书中所涉的不少事项是我曾参与和经历过的，因此读起来格外亲切，所写序言即心声诉说。有人让我用一句话评价这套书，我认为：这是邢台民间文化的画卷。

《衡水民俗风物》序

人人都有"乡愁"，作家赵云旺的"乡愁"是《衡水民俗风物》。拜读其著，犹如欣赏人类从洪荒到现代的文明画卷，篇篇都充满浓郁乡情俚音和诗情古韵，令人温馨陶醉又振奋向往。因为他所记述的衡水民俗与风物，是大禹治水划天下为九州的九州之首冀州至今尚存的文化密码。

每个地方都有自己独有的民俗与风物，但九州之首冀州的民俗与风物却有着非同寻常的意义与价值。在那片神奇的大地上，独特的地理位置与自然环境造就了独特的风物，独特的风物与经历造就了独特的人群，独特的人群便创造了风情奇异的独特民俗。虽说古冀州地域远大于今日衡水市所辖之地，但地处古冀州治所核心区的衡水市最有资格代表古冀州。世代生活在这块地方的劳动人民，用聪明与智慧创造并传承的民俗与风物，堪称中华民族文化的瑰宝与奇葩！

俗话说，风物是文化诞生的摇篮，经历是滋生民俗的沃土。阅尽华夏数千年沧桑与兴衰的冀州，既有引领中华文明之先的辉煌，也有金戈铁马、屡遭兵燹和天灾人患的苦难。苦难，造就衡水人坚强、勇敢、勇于担当和敢于开拓的品格；辉煌，铸就衡水人勤劳、务实、聪颖智慧、善于创新的基因。当历史的尘埃落定，诸多浮躁喧嚣烟消云散时，历代先人所凝练的各种优秀美德便化为异彩纷呈的各种村歌、花会、乡俗、技艺、传说、信仰等广流民间。她犹如一道道色味精美的盛宴，在年复一年的岁月流变中陶冶着地域人的血脉与基因，锤炼出衡水亮丽的人文精神与品格，在中华大地形成风情独具的文化景观。专家学者们将民间优秀传统文化的

这种价值，誉为民族长盛不衰的"根"与"魂"。

家园需要众人呵护，文化需要代代传承。在实现中华民族伟大复兴中国梦的进程中，每个中国人都在用自己的实践与进取奉献着赤子之心。云旺同志多年致力于衡水地方民俗与风物研究，曾先后出版《云旺走笔——品读衡水历史》《云旺走笔——衡水湖风物》《云旺走笔——衡水人文掬萃》等著作，可谓道有显成。猴年之初，他将自己多年耕耘于城乡、跋涉于田野、访贤问古搜集整理和撰写的文章分为风情掠影、市井庙会、衡湖风物、武林传奇、轶闻传说、民俗掬萃、名吃拾零等16个栏目，合计61万字，结集为《衡水民俗风物》出版，使他在民族民间文化研究上又跨上了一个崭新的台阶，可喜可贺！古冀州文化遗产博大精深，当代衡水充满创新魅力，愿云旺同志在这块古老又神奇的沃土上深耕勤作，不断推出精品力作，为建设文化强国强省做出新贡献。

作为同仁和好友，在云旺同志新作《衡水民俗风物》问世之际，我写了上面的话，既是共勉又是由衷祝贺！

2016年1月9日

附记：积沙成丘的著作

　　《衡水民俗风物》一书，由赵云旺著，2016年6月由河北人民出版社出版。该书是赵云旺多年研史和进行田野调查走笔的集萃结晶，从多角度介绍了衡水地域的古今民俗和风物。它是一个新闻工作者眼中的衡水，也是一个文艺工作者眼中的衡水，给读者提供了认识九州之首冀州的文化密码。

《赵匡胤传奇》序

在漫长的历史变迁中，中国曾出现过许多封建王朝。随着王朝的更替，也就出现了许多开国皇帝、守成之主和亡国之君。他们以不同的意志、性格和风貌活动在历史舞台上，有的成为励精图治、革旧鼎新的一代明君，也有的成为遭后人唾骂的千古罪人。因此，他们不仅在史册上留下了自己的传记，也在民间留下了无数脍炙人口的逸闻趣事和风流佳话。本书所讲述的宋代开国皇帝赵匡胤的传说故事，就是其中之一。

赵匡胤（927—976年），史称宋太祖，河北清苑人氏。据史册记载，他容貌雄伟，性格豪爽，明晓大度，气概非凡；领兵打仗，身先士卒，创建了许多不朽的战绩卓功；及为帝，名蕃大将俯首听命，四方列国次第削平，使盛唐以后出现的五代混乱割据局面又成了一统天下。继而"杯酒释兵权"，绳史重法，清浊治吏，慎罚薄敛，制礼倡学，从而为宋王朝奠定了三百余载的基业。但在民间传说中，赵匡胤却是另外一个形象。他自幼不喜读书，专好舞枪弄棒打抱不平，整日混迹四方结交不良之徒，最后发展到他父亲要与他断绝父子关系的程度。即使当了皇帝也经常大碗喝酒，大口吃肉，独自微服私访，惩除恶吏歹徒，粗鲁豪放完全不像天子的所作所为。或许正是这种性格鲜明的缘故，无论正史还是民间，都记载着他许多百听不厌的传奇故事。文人墨客也由此大发笔兴，有的将他的奇闻轶事编成戏曲公演，有的撰写成话本小说刊印出售或民间传唱。现在仍有籍可考的就有宋末元初的罗烨所著的《飞龙记》，明末清初通俗文学家冯梦龙所著的《赵太祖千里送京娘》，马致远的《西华山陈抟高卧》，高文秀的

《好酒赵元过上皇》，罗汉中的《赵太祖虎风云会》，关汉卿的《甲马营降生赵太祖》等。这些由文人整理加工而留给后世的作品，不仅使赵匡胤的历史风貌跃然纸上，也反映了当时中原人民对这位开国皇帝的推崇喜爱和期望再次出现赵匡胤那样帝王的愿望。但是，由于封建文人的思想和生活的局限性，却始终没有人把流传在人民群众中关于赵匡胤的各种传说故事汇集成册。刘正

祥、杜学德两位同志慧眼独具，抓住这一在中国历史上有着重大影响的历史人物，觅迹寻古，访老问贤，吸收同行佳作，把燕赵人民口中世代在民间相传的赵匡胤传说故事整理成文字记载，无疑是一件饶有意义的贡献。

这部书共辑入五十八篇故事，分为青少年成长时期的轶事，安邦治国的趣闻和由此而留下的一些风物传说，共三部分。由于这些作品皆来源于民间，语言幽默朴实，情节曲折动人，充满了传奇色彩，虽不为正史所载，却再现了历史的真实性和生动性。从这里，我们可以看到即使位居九五之尊的帝王，原来也是个有血有肉的普通人。他有常人的喜怒哀乐，也有常人的童年和无知，智慧和本事不是天生的，成长中也很少一帆风顺，而是经过众多磨难和坎坷锻炼出来的。这种口头文学独具的风采，远非文人记载的历史所能及，因为他是人民大众对历史的见证和评说。当然，传说中也反映了历史和农民阶级的局限性，甚至蒙上了一层神秘以至

迷信的色彩，不乏荒诞之处。然而，它的主流却是讴歌了赵匡胤由一个普通人登上九五之尊的坎坷经历。

传说反映历史，而又具有独特的艺术特点，包括人民思想愿望的艺术反映，也包括口头文学的发展规律。赵匡胤一生主要活动在黄河中游两岸一带，因此故事中就带有这一片地区的地理、民俗特点以及地方艺术特色，读后使人感到亲切可信、溢满乡土气息。近年，在民间文学普查中，许多名垂青史的历史人物传说从他们的家乡或活动过的地方被发掘出来，成为深受人们喜爱的佳作。这部专集的问世，又给这块绮丽的花园增添了芬芳和魅力。阅读全书，无论从哪个角度讲，都为史学研究和有关学科的研究提供了珍贵的资料，定会引起世人的注目和青睐。

1989年11月于石家庄

附记：二人合璧的佳作

《赵匡胤传奇》一书，由刘正祥、杜学德两位先生编著，由中国民间文艺出版社于1989年12月出版。刘正祥多年生活工作在赵匡胤的故乡保定清苑，杜学德多年生活工作在赵匡胤从军的邯郸临漳，二人合璧，编著出《赵匡胤传奇》一书，既体现了两位老文艺工作者的强烈事业心，也为不同地域作者在同一题材上合作树立了典范。此书的价值是填补了赵匡胤读物的出版空白，让宋代开国皇帝由神坛走向民间，给广大读者介绍了一位比正史记载更鲜活更接地气的凡人如何历经磨难至黄袍加身的传奇经历。书中许多脍炙人口的传说故事，既是世代劳动人民对赵匡胤的口碑评价，也纠正和补充了正史记载的缺憾。我为此书作序，就是赞扬两位编著者的这种贡献。

《行唐杨村秧歌》序

在河北，当人们谈及秧歌时，很快会联想到隆尧和定州，因为那里的秧歌久负盛名并已列入国家级非物质文化遗产名录。但当风尘仆仆的安素娟同志将一部沉甸甸、一百余万字的《行唐杨村秧歌》书稿送到我手中时，尽管在这项文化遗产列入省级非物质文化遗产名录时我是评委之一，我还是惊叹其厚重与丰富，慨然应允为这部巨著作序。

秧歌，源于田野，根发民间，是我国有着广泛群众基础的传统民间剧种之一。流传在河北地域的秧歌，分南路调秧歌和北路调秧歌，南路调秧歌以隆尧秧歌为代表，北路调秧歌以定州秧歌为代表。行唐杨村秧歌属北路调秧歌，其剧目大多以历史故事和民间传说为题材，有爱情、忠孝、节义、贞操、机智、公案等内容，源于生活却高于生活，具有较高的历史、文化、艺术、教化价值。经过艺人们一代又一代的传承与发展，其唱腔优美甜润、人物鲜活生动，在舞台表演中配以打击乐器伴奏，深受广大民众喜爱，被专家学者们誉为民间文化中一枝风情独具的奇葩。

文化是一条河，从古至今，源流相连；文化是一棵树，从里到外，血脉一致。剖析行唐杨村秧歌的产生、传承与发展历程，在漫长历史长河中尽管更朝换代中战火不断，天灾人祸中生活坎坷困苦，唱腔没有曲谱，剧目没有剧本，但没受过文化教育的杨村秧歌艺人们却靠口口相传将这项艺术传承了几百年。他们在苦累劳作中唱秧歌，在喜事白事中唱秧歌，在忧愁凄怨中唱秧歌，在农闲节日中也唱秧歌，使喜事更喜、愁事不愁、劳累不苦、闲日不忧。这种现象再次证明一条真理：地域文化一旦进入地域人的心里，就成了他们人生的重要组成部分，具有了不可逆性。著名文化学者余秋雨在《中国戏剧文化史述》中评价这种艺术说："以笑贯穿始终，以轻松、外在的笑开头和结尾，把苦涩而深刻的笑蕴涵其中。"对承载这种文化的地域人来说，唱秧歌看秧歌不仅是一种生活，一种情怀，更是理想追求和品格风貌的写照。但这种由民间自生自传、自娱自乐的文化，在由农耕社会转入现代化工业社会的过程中却受到巨大冲击，因老艺人相继去世、农村人口外流等原因而出现传承人后继乏人的危机，甚至到了濒临消亡的窘境。

民族文化遗产是历史留下的精华，保护民族文化遗产就是保护民族文化精华。在党和国家发出抢救、保护、弘扬优秀传统文化的号召中，出身于秧歌世家的本书作者安素娟，甘于奉献、勇于担当。她将抢救保护行唐杨村秧歌视为己任，在完成机关本职工作后将全部精力和时间投入搜集整理、抢救保护行唐杨村秧歌事业中。为了准确掌握第一手资料，她经常吃住在农村向老艺人探古问源，了解记录行唐杨村秧歌发展传承史，记录每一出秧歌的歌词曲谱、音调器乐和著名秧歌传承人的演艺趣闻，堪称废寝

忘食、如醉如痴。俗话讲，艰难困苦，玉汝于成。经过四年多坚持不懈的奋斗，无数日夜的艰苦劳作，安素娟在众多热心人的帮助支持下，终于搜集整理出五十多个杨村秧歌优秀剧目，并编撰出即将付梓的《行唐杨村秧歌》这部上、中、下三册组成的宏著。

翻阅《行唐杨村秧歌》这部书，共分两大部分：一是概述，详细叙述了杨村秧歌产生发展的历史、剧目及分类、特点、技法、主要传承人及艺术特色和杨村秧歌的逸闻轶事；二是剧目介绍及内容，在这部分中又将剧目分为传统剧目、移植剧目、压场戏。其记录整理之认真、原始资料之丰富完整、注释考证之科学、叙述解析之全面，不仅给广大读者展现了行唐杨村秧歌的鲜活画卷，也展现了作者在戏剧学、历史学、民俗学、语言学、音乐学等方面的素养与功力。毫无疑问，这是一部填补历史空白的著作，不仅给广大读者和研究者提供了解、探究和欣赏行唐杨村秧歌风采的珍贵史料，也为各级政府保护、弘扬行唐杨村秧歌提供了科学依据。它的出版，必将对行唐杨村秧歌的发展与繁荣起到重要的推动作用。愿杨村秧歌长盛不衰，愿安素娟同志不断为文化艺术的抢救保护做出新贡献，为当代社会主义文化建设事业增辉添彩！

2015年6月17日于石家庄

附记：高手在民间

在发掘、保护、弘扬中华优秀传统文化的过程中，许多奇迹是由我们基层文化工作者创造的。发掘、整理、编纂出版《行唐杨村秧歌》一书的安素娟，就是其中的一位代表。我过去不认识安素娟，也不知道行唐杨村竟是秧歌窝子，所以当她抱着这部一百多万字的《行唐杨村秧歌》打印书稿走进我的办公室，并向我讲述杨村秧歌和四年多的发掘整理过程时，我被感动了。古语讲，高手在民间。我们的民族，我们的国家，正是有了无数个像安素娟一样的基层文艺工作者和文艺爱好者，才使历代先人创造的各种文学艺术生生不息、代代相传。为这样的著作写序，既是学习和熏陶，也是向作品和作者致敬！

《民间习俗》序

古今中外，凡有人类聚居的地方，都有自己的风尚习俗。民族不同，风俗有异，地域不同，风俗也有异，这就是俗话中所讲的"十里不同风，百里不同俗"。其实，就是十里以内相邻的两个村庄，由于政治、经济、地理、气候、民族和历史等复杂缘故，有的也是风俗不同。因此，历史悠久、疆域辽阔、民族众多的中华民族，自古就以辉煌灿烂和绮丽缤纷的风尚习俗著称于世。

据《汉书·地理志》载："凡民函五常之性，而其刚柔缓急，音声不同，系水土之风气，故谓之风；好恶取舍，动静亡常，随君上之情欲，故谓之俗。"孔颖达疏："是解风俗之事也。风与俗对则小别，散则义通。"按照古人的解释，由自然条件不同而形成的习俗叫"风"，由社会环境不同而形成的习尚叫"俗"。因此，风俗是人类在漫长的繁衍生息中历代相沿积久而成的。这些瑰丽的民间文化，既是人们对美好生活和事物的追求和向往，也是人们对历史文化和民族传统的积淀和创造。它从不同角度、不同深度反映了不同民族、不同地域的群众情感和追求，在不同历史阶段、不同生存环境、不同民族思想意识、心理状态和生活状况。

习俗，是研究一个民族、一个地域政治、经济、历史、文化、宗教信仰、风土人情等生动形象的珍贵资料。所以我国历朝历代都十分重视观风赏俗，并把它作为了解民情、观察社会的窗口，教化和激励人民热爱生活的益举。荀子在《荀子·强国》中记载这种史实说："入境，观其风俗。"司马迁在《史记·乐书》中记载："以为州异国殊，情习不同，故

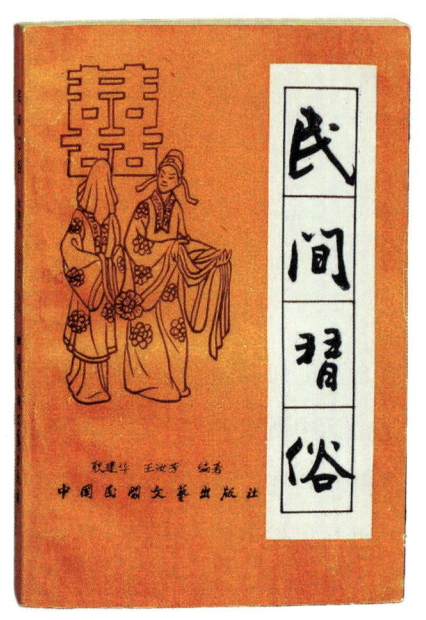

博采风俗，协比声律，以补短移化，助流政教。"汉平帝时则"遣太仆王恽等八人置副，假节，分行天下，览观风俗。"（见《汉书·平帝纪》。）随着历史的推移，人们对风俗的历史和现实价值认识更加深刻，这就形成了当前国际性的观风赏俗热潮。耿建华、王汝芳同志有志于此，几十年搜集整理和研究风俗资料孜孜不倦，可谓是有识之士。

　　风俗能够经久不衰受到历代统治者的重视和广大人民群众的欢迎，还在于这些有形有色的活动融合着人的艺术魅力和动人的传说故事。人们在这些表演和传说中，颂扬了自己敬仰的英雄人物和民族精神，鞭笞了阻止历史前进的丑恶和凶暴。比如端午节吃粽子、中秋节吃月饼，就是表达人民群众对蒙冤而死的古代著名爱国诗人屈原的怀念和反映中原人民在元代不堪忍受外族侵略、统治的历史；元宵节挂红灯和重阳节喝菊花酒，则反映了人民群众对农民起义领袖黄巢的热爱和颂扬医学家桓景降妖除瘟的业绩。一些记述风俗来历的传说故事，不仅结构曲折动人、语言形象简练，而且具有浓郁的民族和乡土的奇色异香，读之如泣如诉，思之赏心悦神，犹如置身于历史的画卷中，令人在史和美的享受中得到启迪和教益，激起对民族和家乡的无限眷恋和热爱。因此中华民族的风尚习俗，是文明古国值得向世界骄傲的文化瑰宝和艺术。

　　但是，我们也应看到，由于历史的原因，在我国传统风俗中也有糟粕和陋俗。比如尊卑有等的礼仪规定，男女有别的清规戒律，恭承曲顺的孝亲事夫、守节殉身，崇神拜鬼的宗教迷信和婚丧嫁娶的铺张侈靡，等等。

千百年来，它压抑着人们的思想，成为中国落后、保守的根源之一。对这些陋习恶风，我们必须坚决地摒除和诀别！

历史是割不断的。许多古老的风俗至今仍然在现实社会中受到人们喜爱并产生着重要的作用。当我们向现代化奋进时，怎样继承和弘扬古代风俗的精华，剔除其封建迷信和愚昧落后的糟粕，在传统文化的基础上建立起社会主义的新风尚新习俗，是摆在各族人民面前的一项不容忽视的重要任务。因此，搜集整理民间风尚习俗资料，研究风俗在历史和现实生活中的作用和意义，已成为一门备受青睐的重要学科。

挚友耿建华、王汝芳，几十年致力于民间风俗研究，现将他们日积月累的风俗传说故事汇编成集，奉献给广大读者和民俗学者们，实在是一件可嘉可贺的事。书中集节令、礼仪、衣食住行风俗之大全，语言精美，故事动人，史料丰富，读后令人赞叹。毫无疑问，这部大作的问世，又给祖国民族文化宝库增添了一项宝贵的财富。

郑一民序文选集

1989年12月于石家庄

附记：耿建华、王汝芳的新追求

河北研究民间习俗的人不少，出版这种内容的书也不少。特别是改革开放和在全省实施中国民间文学三套集成作品大普查以来，搜集整理和研究民间习俗成了热门话题。由耿建华和王汝芳两位同志编著、中国民间文艺出版社于1989年12月出版的《民间习俗》一书，就是在这种时代背景下涌现的一颗民俗文化硕果。他们两人多年工作在青县文化馆和青县文联，尤其是耿建华被当地人称为青县历史文化的"活字典"，因此他们搜集整理的各种民间习俗和民间习俗故事，既有温度也有深度，让人犹如置身于民间习俗画廊。

《砖路镇纪事》序

　　人生相识都有缘，我与鲁川同志的相识缘自定州市文联副主席杨跃平。戊戌岁末，他突然带着一位陌生的年轻人来造访，这个人就是鲁川。切磋交谈中，鲁川捧出一部已排成校样的书稿——《砖路镇纪事》，使我们的话题更加活跃与集中。

　　砖路镇位于定州北部偏西处，东西北三面被唐县环绕，距唐尧封地长古城镇只有十几里，自古就是一片先贤遗迹遍布的圣土。其名即因北宋真宗咸平年间在定州城内修建开元寺塔，在此地烧砖烧瓦且此地是起运必经之路的史实而得名"砖路"，但其所承载的历史文化和内涵却远比"砖路"二字博大和深厚得多。有志于这种历史文化的调查、挖掘、搜集、整理与研究，对国家和民族来说是扶根壮魂，对地域和地域人群来说是构筑文化形象与传承文化血脉。生于斯、长于斯、工作于斯的鲁川同志，就是一位具有这种志向、情怀与担当的地域历史文化的守望者与传播者。

　　翻阅《砖路镇纪事》一书，犹如走进一个悠长而深邃的历史隧道。作者通过多年对故乡热土的田野调查和探索研究，将获得的大量史料分为历史文化遗存、砖路镇沿革、村庄史话、文脉律动、艰苦岁月、红色记忆、男耕女织、婚丧习俗、传说、人物等十个方面，推介给叩问砖路密码的世人和读者。掩卷联思，书中所介绍的砖路镇的一座座村庄、一件件史实，一处处古迹、一位位人物，一项项习俗、一个个故事等，既似一幅幅散发着浓郁泥土芳香的画卷，又似鲜活充满生机的精灵，哺育着一代又一代砖路人，创造出一个又一个辉煌。特别是书中对砖路村一个村就有一百二十八个姓氏、二十多座庙宇、四九经贸古集和九门九关十三街古城格局等奇异文化事象的描述与探析，不仅揭开了历史上这片肥美繁茂的大地最适宜人类聚居和生产生活的奥秘，也印证了这片大地历史上曾战争、灾难频发和宋代为修建定州城内开元寺塔征调各地能工巧匠聚居在这里烧砖烧瓦事件的真相。由这种特殊生存环境和经历所造就的砖路人，自古就沐浴着"唐尧遗

风"，熔炼出勤奋诚信、勇于创新、胸怀宽广、海纳百川的品格。这种品格，在宋代国家实施重大军事战略和文化工程建设中得以集中体现，不仅筑就出令世代定州人骄傲的中华第一塔——著名国家级文物保护单位定州宋代开元寺塔，也让"砖路"二字成了世代地域人津津乐道的千古轶事和历代区、乡、镇治所所在地。历史的烟云虽然早已散尽，文化的魅力与精神却犹如一棵常青树仍在激励着当代砖路人。

习近平总书记在党的十九大报告中说："没有高度的文化自信，没有文化的繁荣兴盛，就没有中华民族伟大复兴。"在全国保护、弘扬中华优秀传统文化热潮中，在砖路镇工作多年并担任镇党委副书记的鲁川同志，深知砖路镇的历史文化对创建砖路美好未来的重要价值与影响，在走村串户中一直以高度的责任感和使命感坚持访老问贤、考古探源、查史究典。在中国人民由富起来向强起来迈进的大道上，为使砖路镇沉睡的历史文化

醒过来，记忆的历史文化站起来，现存的历史文化活起来，服务国家乡村振兴、脱贫攻坚战略和美丽家园建设，他将多年搜集整理和研究积累的成果编纂成《砖路镇纪事》一书，堪称用实际行动谱写了一曲文化自尊、自信、自强的壮歌。

我也是个喜欢研究和探索历史文化真谛的人，写了上述话，既是拜读鲁川同志大作之感，也是一位老文艺工作者对砖路历史文化建设的由衷祝福与期愿。

附记：砖路悠悠话古今

我是个对古村镇历史文化研究充满热爱和敬重的人，因为那些古村古镇中承载着许多史书未记述的奥秘，能从人民的角度解答我们从哪里来要到哪里去的大问题。所以，当我接到鲁川同志编撰的《砖路镇纪事》书稿，便一口气读完并写下《砖路悠悠话古今》为题的短文作为序。从此，砖路镇就成了我魂牵梦绕的地方，我于2016年专程造访。今日砖路镇虽已披上现代化光芒，但古城古街古庙古院等仍在向世人述说昔日的辉煌。河北的古镇数以百计，如果每个镇都能编纂出版一部《砖路镇纪事》这样的书，不仅是搞清自己的历史文化家底，还会在文化强国建设中谱写出文化自尊、自信、自强的凯歌！

《沙河历史文化探秘》序

被誉为冀南明珠的沙河市，是个历史悠久、人文荟萃、山河壮丽的地方。因悠久而冠名千年古县，因荟萃而造就历史文化纯厚灿烂，因壮丽而充满神奇与魅力。少年时我曾随父生活在这里，近年又多次造访这块大地，步履所及总生出无限感慨和激动。好友赵孟魁怀着对家乡的挚爱与深情，多年潜心钩沉于史海研古梳今，积沙成塔金石铸墨，著就

《沙河历史文化探秘》大作，真是可喜可贺！

文化是灵魂，历史是载体。然而在历史变迁和天灾人祸中，却常出现载体被扭曲或肢解，灵魂被损伤或破碎的现象。修复灵魂需要在史海和田野中拾零觅真，恢复载体需要在浩瀚史料中析云拨雾还其真貌。由此可知，凡涉文涉史之事都是一件既需广览古今典籍又需到民间访古问贤的苦差事。赵孟魁先生不畏跋涉寻觅艰辛、甘受青灯笔耕之苦，在浮华世俗中不为诱惑和功利所动，采摘英华，汇撮精要，用心血与毅力揽沙河古今历

史文化于一书，著就三十余万字的大作，着实令人感动与钦佩！

俗话说，读其文，知其人。通览《沙河历史文化探秘》，作者站在学者与时代的高度，科学准确地概述了沙河的悠久历史与峥嵘岁月，从名胜古迹、人文遗址、村落建筑、墓葬石窟、革命遗址、宗教信仰、史志家谱、名人古训、诗著传说、节庆礼仪、习俗花会、楹联歌谣、乡语俚韵等多角度生动鲜活地诠释了千年古县历史和文化的丰富与多彩。特别是书中收录的行业史志、村志家谱、乡音与禁忌等内容，相比同类著作而言更具科学研究与存史价值。其论述之严谨，语言之精炼，内容之丰富，结构之周全，不仅展现了作者深厚的历史文化造诣，也彰显了其治学严谨、追求卓越的风范。

习近平总书记说："空谈误国，实干兴邦。"当代文艺工作者的使命在于勇于担当与创新，用著作立言，用精品济世，化蛹为蝶向世人奉献广大群众喜闻乐见的精神食粮，助力民族伟大复兴和中国梦。伟业由基起，万丈高山由片石堆就，文化强国则由一项项文化硕果塑造，编撰各地历史文化志书就是其中重要的组成部分。赵孟魁先生的《沙河历史文化探秘》一书，既是一项地方文化建设中的硕果，又是创建文化强国的劲砖基石；既为当地政府弘扬利用历史文化提供科学依据，又为各地县域文化建设树立了典范。愿孟魁先生不断有新作问世，愿美丽神奇沙河成为彰显中华文明的诱人胜地！

2015年11月9日

附记：沙河有个赵孟魁

　　赵孟魁是我的同仁和好友。他多年从事历史文化研究，曾先后担任沙河市政协教科文史委员会主任和沙河市文联主席。当他把多年搜集研究的沙河市历史文化的成果编著为《沙河历史文化探秘》书稿让我作序时，我欣然应允。赵孟魁是个实在人，做事做人有人缘，搞研究写文章追求品位和影响。在弘扬中华优秀传统文化和建设文化强国中，发掘和出版地域历史文化研究成果已成潮流，显然赵孟魁又是走在前列的艺术家。他不为浮华世俗所惑，坚守青灯笔耕之苦，既是他的人格和志向写照，也是当代艺术家用著作立言、用精品济世的风采的写照。我到邢台出差，碰到几位沙河市的熟人，他们告诉我："赵孟魁这本书火了，大家争着要。"一个作者的作品能有这种社会效益，我想孟魁先生应该欣慰地笑了！

《春节》导言

　　年，是人类在繁衍生息的漫长岁月中依据天体运转和气象更替共同创造和遵承的一个时间概念。欢送一年的结束、迎贺新一年到来的节日，被称为年节。研究世界各地各民族的年节，虽然因地域不同、种族有别而异彩纷呈、各具特色，但从传承历史、文化内涵、空间规模和持续时空等方面来考量，没有哪国哪族的年节能与中华民族的春节相比。

　　究史查典，中国的春节源于气象历数学的兴起。在一浪推一浪的历史进程中，中华民族历经原始社会、奴隶社会、封建社会、现代社会四个阶段，但从炎黄蚩融合汇聚中原，尧舜禹治理江河湖海划天下为九州始，就由游牧时代逐步跨入了农耕社会。以农业为本的先民们视农时和节令为

生命，因此中国的气象历数之学起源甚早。据《尚书·尧典》记载："乃命羲和，钦若昊天，历象日月星辰，敬授民时。"《尚书·洪范》又称："一曰岁，二曰月，三曰日，四曰星辰，五曰历数。"盖天干地支纪日，甲子首推，三正六历，与时偕极。由此可知，中国的气象历数之学早在尧帝时代就已形成，并有了"岁"的计时概念和节祭之说。所谓"岁"，就是后世的"年"，今日的"春节"。

司马迁在《太史公自序》中对上述史实进行了更加明确的记述，称"夫阴阳四时、八位、十二度、二十四节各有教令"。之后的《汲冢周书·时训释》《淮南子·天文训》以及《汉书·律历志下》对此阐述得更加详尽。律历的产生和完善将春节的时日固定在一年之末、一岁之首，才使春节成了一年一度普天同庆的民族盛典。而岁月的推进和人类的文明发展，又使春节的内容不断得到充实、丰富和完善，认识不断得到强化和升华，从而形成中华民族体系完整、行为规范的最具民族特色的节日内涵。尽管春节在历代传承中也被附加进一些糟粕和陋习，但其主流一直是昂扬向上的，是广大民众由衷喜爱和狂热传承的。它犹如甘泉和粮食，已经成了每一个中华人不可缺少的精神和物质大餐。由于这个节日的宏大而悠久、深邃而活态，被中外专家学者视为研究中华民族个性、品格、思想和历史的活化石。

典籍论断常用"中华民族第一大节"来形容中国的春节。所谓第一大节，无外乎有四层含义：一是全国56个民族中历史上有39个民族将春节定为法定的传统大节，几乎涵盖全体国民，人数多达十几亿；二是在中华民族所有传统节日中，春节的时间最长最隆重，从腊月初八到正月十五，几乎每天都有特定的活动行为和内容，堪称世界节日之最；三是内容最丰富，涉及衣、食、住、行、礼仪、祭祀、信仰、美术、语言、技艺、游宴、娱乐、交际、习俗、制度、理念、精神等各个方面，行为遍及社会各个阶层和领域；四是传沿历史最悠久，若从三皇五帝传说算起距今已有

5000多年的历史了；即使从汉武帝于公元前104年颁布《太初历》，确定正月初一为新年开始计算也有2100多年了。一个传承数千年的民族节日，至今仍在红红火火的活跃在人间，这在世界文明史上可谓是独一无二的奇观。这既是中华五千年文明绵延不断的佐证和写照，也昭示着这个节日具有非同凡响的文化内涵和强大的生命力及生存空间。

翻阅史册，历朝历代的学者们记述和研究中国的春节，多从民俗学角度探奇猎艳，虽然硕果累累、不乏经典佳作，究其内容大多只是揭示出节日的表象和皮毛。数以十亿计的华人，不管落居在地球的哪个地方，子子孙孙世代相承，五千年不懈守护和弘扬着的春节，绝非民俗二字能诠释清楚的。这不是说对民俗事象研究不重要，而是说节日期间所展现的琳琅满目、奇光异彩的各种民俗事象，只不过是其表达情感、思想、理念、信仰的一种方式和载体，真正吸引和凝聚国人一代又一代狂热追求、醉心欢度的力量源泉是春节所蕴含的博大精深的民族精神和文化内涵，是生发和集结民族向心力、凝聚力和自豪感的巨大价值。古人没有把这个内核说深谈透，自有说不深谈不透的原因。作为当代人，当我们站在21世纪的高度来审视历史文化景观和传承弘扬春节这一伟大民族传统节日的时候，就应该了解和认识它的深层内涵和社会价值。这就是我们常谈的提高全体国民民族文化的自尊、自信和自觉性的问题。

世界上任何一种事物或景象，一旦被称为"文化"的时候，就成了全民族或一定区域内民众的共有财富。这种财富，是支撑一个民族或区域民众繁衍生息的基石，是区别这个民族或区域民众不同于其他民族或区域民众的传承符号和基因，是熏陶和保障民族特质的血液。我国的春节，就是一个具备这种性质和功能的民族节日，它担负着承载和传递中华文化命脉的重任，起着固化民族特色和个性、构筑民族文化安全屏障的重要作用。所以年复一年、代复一代伴随着中华民族的荣辱兴衰，阅尽沧桑而共存，并会随着历史时空的推进和中华民族伟大复兴的脚步变得更加红火和灿烂！

但我们也应该看到，节日文化不是一座静静的山脉，而是一条流动的长河。这条长河在流动的岁月中，我们只有不断地为传统内涵注入新的时代基因，才能使我们的节日文化滚滚奔腾不息，永远充满活力和魅力地向前流淌。要弘扬和发展我们的春节文化，就要从多方面、多层次、多视角来进行观察和研究，壮其根，扶其涵，把握其特质，使古老的春节更加多彩和璀璨。

事实也正是如此。改革开放以来，随着我国经济的迅速崛起和民富国强，不仅国人越来越重视传统春节，而且越来越多的外国人也加入到过春节的行列中；不仅许多传统习俗、理念和娱乐项目得到恢复和加强，也产生了许多与时俱进的新民俗、新风尚。阔步走在现代化建设道路上的中国人，在醒悟科学技术是第一生产力的同时，也越来越深刻认识到拥有5000年历史的传统春节对建设有中国特色社会主义、实现中华民族伟大复兴和构建和谐社会的巨大价值，更加重视节日的保护和研究、弘扬和创新。

在经济全球化、文化多元化的时代，随着中国政治经济日益强大和国际地位日益提高，如何弘扬和传承传统春节，发展增强春节的文化内涵，不光是中国人思考探索的大事，也是全世界关注的文化大课题。经众多专家学者论证，国务院已将春节这一风情奇特、充满浓郁民族特色、文化内涵极其丰富的中华民族创立和世代传承的传统节日列入首批国家级非物质文化遗产名录，为古老的春节在新时代发展壮大铺开一条阳关大道。与此同时，时代也向我们提出了一个严肃的课题，那就是在加强文化安全、防范西化中，古老而神圣的中国传统春节如何立足现实、面向世界、积极参与全球化竞争的大问题。

俗话讲："年年岁岁花相似，岁岁年年人不同。"当十二生肖依序轮番叩开一座座春节年关大门的时候，响彻神州上空的爆竹声和欢庆的锣鼓声，不仅激荡起十三亿中国人和海外华人开心欢度节日的喜悦，也迎来中华民族以独有的文化自立于世界之林的尊严和豪迈。这就是我们撰写此书的初衷和目的。

附记：《春节》一书的由来

在中国由富起来向强起来迈进的大道上，中国传统节日，特别是一年一度的中华民族文化盛典——春节，成了海内外热切关注的课题。《春节》一书就是在这种大势下由我和武晔卿撰写的，由河北教育出版社于2006年12月出版。我们写这部书，既翻阅大量典籍记载，也进行了大量田野调查，从多角度全方位诠释了春节的产生、传承、变迁、创新的历程和价值，并通过与国外年节习俗的比较，指出中国春节在世界的影响和必然成为世界人民追求的文化盛典的原因。书中的"导言"，站在国家高度和世界语境下，充满激情地讲述了作者撰写此书的初衷和目的。

《峰峰农事》序

地处冀南太行山东麓的著名工业名镇峰峰，是一片古老而神奇的大地。说它古老，因为早在约7500年前这里就有人类聚居，并创造出被史学家称为"磁山文化"的时代；说它神奇，是生活在这里的历代先民们聪颖勤奋，具有非凡的创造力，他们依托太行的雄脊，吸纳滏阳之源的灵气，培养出了中国最早的粮食作物"粟"，驯养出了世界上最早的家鸡，创造出千年窑火不断的磁州窑等，从而获得东方文明和世界文明发展"曙光"的赞誉。

在漫漫数千年岁月中，繁衍生息在这片大地上的历代峰峰先民们，留给中华民族的不仅是光照千秋的物质文明成果，更重要的是精神文明的辉煌，并以鲜明的地域特色世代相传。这种文化超越"农耕"二字的本意，将人与土地、山水、劳动、生活、娱乐、审美、爱情水乳交融紧密相连，构成深邃而博大的区域人文和谐社会的精神画卷，引起专家学者们的热切关注。剖析其内涵，呈现出三大特点：

其一，崇尚先贤，将生命与创造和奉献相连。如磁州窑的窑工们世代传说缠枝姑娘为推陈出新舍生跳进窑火而烧出了享誉瓷史的缠枝牡丹花瓶，将经过历代先人治理修护的峰峰滏阳河源头黑龙洞说成黑龙不愿上天而甘愿献甘霖于人间等，无不表达了峰峰人对在战天斗地、开拓进取中为人类进步做出贡献的历代先贤英烈的崇拜心理和人生价值观。

其二，崇尚自然，将儒道释化为人的终极关怀。闻名中外的峰峰响堂山石窟本为北齐王室所为，但在世代峰峰人口中却众口一词为人间巧匠鲁班开凿。峰峰地下蕴藏着丰富的煤炭资源，至今仍是当地的支柱产业，但说起煤炭的来历，那里的人却祖祖辈辈盛传着"祖先种煤"的传说，把煤田与农田同等化。这种排斥皇权力量和将自然人格化的叙事思维，生动反映了峰峰人不迷信皇权宗教，而崇尚自然、感恩自然、与自然和谐相处的儒道释文化理念。

其三，热爱故土，将山水赋予生命和灵性。元宝山和鼓山是峰峰境内最具文化标志的两座秀美的自然景观，也是峰峰人迎宾待客、茶余饭后最爱向人炫耀的两座山。元宝山因形似元宝而得名，传说山上还常有救困济难的元宝出现，历史上是否有人真的从山上拾得元宝，没有谁去考证，但以此山为屏障的彭城镇因为陶瓷业发达而"日进斗金"的说法史书方志确有记载。鼓山因形似鼓而得名，使它变得神奇的不仅是响堂山石窟中鬼斧神工的精美石雕、绘画和摩崖经文，还有老百姓口中颂扬的鼓山北响堂山半山腰的一口古井和鼓山南端的晋祠泉，相传井与泉水脉相通，井水四季抽不尽，泉水大旱也不干。这种将山水赋予灵性和生命的神秘化现象，便是世代峰峰人热爱故土和陶醉故土情感的真实写照。

面对如此悠远和厚重的区域文化宝库，《峰峰农事》编纂者落笔的用心已远远超越"农事"溯源，而是立足于峰峰人精神财富的揭示。他们穿越岁月的时空梳理各种纷杂的文化事象，致力打开工业化对人类精神历史的遮蔽和淹没，还原峰峰人在漫长农耕社会中的品貌和源头。因此，《峰峰农事》中所叙述的一草一木、一砖一瓦、一山一水、一村一舍、一人一事，甚至峰峰人的梦境和理想，无不闪烁着编纂者的精心和智慧，篇篇文字散发着峰峰大地的灵秀和神奇、古韵和魅力。其中既有天人合一、原始信仰崇拜、儒道释在民间的种种事象，也有在历史发展中民族之间的碰撞和融合、劳动人民的创造和奉献、民俗和技艺的传承与发展，丰富而多彩，堪称是民俗学、人类学、宗教学、人文学、方志学、社会学等弥足珍贵的研究资料。翻阅《峰峰农事》，人们从中窥见的不仅是一个古老地域鲜为人知的人文精神历史和发展传承的兴衰流脉，而且能够体会到我们中华民族的伟大和昌盛不息的原因。

区域文化本是一个民族生存发展的根脉和基石，是熏陶和塑造民族品格和个性的炉火。但在人类从农耕社会迈进工业社会的时候，他们既受到外来强势文化的侵袭，又受到地方经济迅猛发展的冲击，每时每刻都在发出告危的呼声。有思想的峰峰人站在战略发展的高度，在现代化进程中认真梳理和总结历代先人留下的宝贵文化遗产，为保护和壮大哺育自己的文化根编纂出《峰峰农事》这部大作，无疑给日新月异的峰峰又增添了可持续发展的支撑力，使峰峰在发展经济的同时又张开了翱翔时空的文化翅膀，令人瞩目和钦佩！

由衷地祝贺《峰峰农事》出版，愿读者们喜欢。

2006年6月于石家庄

附记：《峰峰农事》非"农事"

在建设中国式现代化强国中，国人的文化觉醒犹如持续升温的热潮，遍及全国各地。张培良同志主编的《峰峰农事》一书问世，就是一个典范。书名中虽用了"农事"二字，书中讲的内容却是峰峰地域历史与文化、自然与地理山河。所谓"农事"，应是对地域农耕社会民俗事象的探索和研究。峰峰是个经济文化发达的地域，生活在峰峰的人对历史文化充满自豪和骄傲，当改革开放让这里的人生活日益富裕时，他们也极其重视追求精神富裕，发掘、保护及弘扬地域优秀传统文化已成为峰峰人的自觉和风尚。我曾多次到峰峰，对那里的山河古迹、历史和文化留下深刻印象，也结交了很多朋友，赵立春就是其中之一。当地人说他是个很有个性的人，做文做人特立独行，我却觉得他是个思维超前、敢做敢当的人，或者说是文化觉醒的先行者。当他带着张培良到我办公室，提出让我为《峰峰农事》这部书写个序言，我是不能推辞的。

《红枣树》前言

谈到红枣树，立刻使人想到那香甜醇厚令人馋涎欲滴、百吃不厌的大红枣。这种生长在我国黄河流域的落叶乔木，其花虽小，黄绿色且多蜜；其果长圆形，幼时鲜嫩青黄，成熟时为紫红色，红彤彤犹如颗颗玛瑙，成串挂在树上压得枝弯叶垂独成一景，引得历代文人墨客留下无数赞诗颂文。但用"红枣树"三个字作为刊物名和书名，是行唐人的创造。

行唐自古就是盛产红枣之乡，其特殊的地理、土壤、气候条件，使这里产的红枣品貌与质量在全国独树一帜，成为地方物产中的骄傲，远销海内外。虽然大多中国人过着与红枣相伴的生活，独有行唐人将红枣树视为母亲树，并奉唐尧时代的贤臣许由之妻女英为枣神世代祭祀，形成传说众多、习俗丰富多彩的红枣文化。因此，2010年行唐县被中国民间文艺家协会命名为"中国红枣文化之乡"，并挂牌成立了"中国红枣文化研究中心"，使红枣文化成了我国文化大观园中一张彰显地域特产风貌和文化形象的亮丽品牌。

行唐人没有辜负众多专家学者对行唐的厚爱与期望，自"中国红枣文化研究中心"成立以来，不断扩大研究队伍与范围，先后建立中国红枣文化网、筹划红枣文化研究基地、走访全国红枣文化富集区，不仅致力于本地红枣文化的发掘、整理、探讨与研究，促进文化产业深度融合，还将这种活动扩展到全国各地，造就一支特色鲜明的令专家学者叫好、群众欢迎、政府高兴的研究团队，为红枣文化在当代的保护、发展、弘扬、创新注入生机，插上了跨越式腾飞的翅膀。究其因，是行唐有一群像杨平、刘

文武等热爱家乡、甘于奉献、勇于担当的文化工作者。他们用热血谱写着文化自觉的凯歌，践行着党和国家赋予文艺工作者的神圣使命与职责。

讴歌红枣文化，是行唐人有着浓得像蜜一样的红枣情怀；赞美红枣树，是行唐人由衷敬仰红枣树的品格和贡献。红枣树浑身是宝，自其诞生之日就是伴随人类繁衍生息的朋友。其果可当粮食充饥当料做酒，其花其籽可入药，其壳其根可做饰雕，其叶可当茶，其枝可当柴，其干可修房造屋做家具。特别是它那生长不畏盐碱沙石、干旱贫瘠和花不娇艳、果实甘甜的品格，生前年复一年默默无私奉献、枯后仍将坚硬瓷实如铁的躯干报效人间的精神，简直堪称两袖清风、完美人生，怎能不让人肃然起敬、放声颂赞呢！但它那为保护自己和制止贪婪者无度索取而生的利刺，又让我们浮想联翩。从这些美德与个性解读红枣树，它堪称是个既讲奉献又讲原则的神奇精灵。中国红枣文化研究中心选用"红枣树"三个字作为刊名和研究成果的书名，真是慧眼独具、匠心深邃。其实，红枣树所展现的品格与精神，就是世代行唐人品格与风貌的写照。人们敬仰他，赞颂他，就是要让红枣树所承载的品格与精神世代相传，将自己的家乡建设得更美更强，使红枣文化成为助力民族复兴和实现中国梦的软实力！

在中国红枣文化研究中心编辑出版《红枣树》一书和创办《红枣树》刊物之际，我写了上述话，既是对他们梳理多年研究成果和将众多作者佳作结集出版的由衷赞颂与祝贺，又是共勉与期望。愿《红枣树》给读者带来比蜜还甜的享受、比红枣还甘美的"乡愁"，愿红枣树在众多园丁的关怀和培植下年年枝繁叶茂、硕果累累！

2015年6月12日于石家庄

附记：创造红枣文化的行唐人

杨平和刘文武都是很有名望的行唐人。他们本是从政多年的党政干部，因热爱家乡、热爱历史文化，而走进发掘、保护和弘扬民族民间优秀文化的行列。我与他们相识于2010年，正值行唐县申报和评审"中国红枣文化之乡"活动。全国盛产红枣的地方很多，但形成"红枣文化"概念，并把它视为地域文化品牌的地方唯行唐。他们经过多年查史究典、考古问贤，整理出唐尧时期贤臣许由之妻为"枣神"，行唐人称红枣树为"母亲树"等史料和众多传说，使"行唐红枣文化"在全国独占鳌头。在邀请全国专家学者研讨的基础上，他们创办了《红枣树》刊物，还把大家研究的成果结集为《红枣树》一书出版，无疑又在"红枣文化"研究上引领各地之先。杨平和刘文武同志视我为朋友，在他们编辑《红枣树》时让我写个前言，于是这篇短文既成了《红枣树》一书的序文，也成了《红枣树》刊物的发刊词。

第三辑

《张娘娘的传说》序

辛卯春节去给肖杰老师拜年时，他交给我一项任务，为耿建华先生的大作《张娘娘的传说》写个序。这份荣耀和信任，本应是肖老师的，但他坚持年事已高且强调耿建华先生也是我多年的朋友，就只好勉为其难了。

我认识耿建华先生，是在20世纪80年代国家开展的中国民间文学三套集成工程中。那时候，他是河北省民间文艺家协会的理事和沧州市民间文学三套集成工作负责人之一，我在省民间文学三套集成办公室工作，国家的文化工程使我们由素不相识成为朋友，志趣和品格相投使我们成为相识恨晚、无话不说的莫逆之交。他为人刚直不阿、敢作敢为，颇有沧州武林豪侠之风，对事业认真负责、笔耕不辍，酷似不知疲倦的老黄牛。1989年，他的编著《青云小姐》出版，我曾应邀为其作序。由于多年成就斐然，他被授予"河北省功勋民间文艺家"称号。然而正当他事业如日中天时，他却突然告诉我要离岗退休了。虽然在以后的工作会议上再难见到他的身影，关于他抢救保护"盘古文化"、搜集整理地域民间故事及习俗、培养扶植青年作者、组织支持各种民间花会的消息却不断传入耳中。每当此时，我只有不断把玩他送给我的那枚亲手刻制的印章来告慰自己对挚友深深的思念和往事的眷恋了……

岁月如梭。今天，当肖杰老师将耿建华先生多年搜集整理的散落民间的有关张娘娘的故事汇集成《张娘娘的传说》递到我手中时，我还是感到震惊和叹服。人活在世上，是需要精神的；精神可以使年迈人年轻，使拥有者长青。耿建华先生就是这样一位令人可敬可尊之人。他视事业如生命，视保护和抢救民间文化遗产为己任，视奉献和进取为一生的天职。对一个年轻作者来说，访古问贤搜集整理编纂一部书稿已属难事，对一个进入耄耋之年的老人来说，那得付出多大的艰辛和毅力呀！仅此精神，就值得当代青年人学习和效仿，就会令世人刮目和敬仰。于是，我在由心底发出赞叹的同时，也为有耿建华这样的朋友感到骄傲和自豪。

关于兴济县（今河北省青县）张娘娘的传说，是沧州地区民间妇孺皆知的文化珍品。

这件发生在明朝中期的史实，在《明史》和地方志中皆有记载，本是封建社会帝王万千妃嫔荣辱一生的一件寻常事，却因张娘娘出生在一个贫困的风水先生家中而蒙上神秘色彩。她因早年丧母乞吃讨喝的坎坷人生而充满传奇，也因由秃脏疯野突然变成满头乌发的美娇娥而震惊乡野，又因进京路上和入宫后连遭险恶和算计却凭机智聪慧逢凶化吉而脍炙人口，更因她当了皇后后保忠惩奸而声名显赫，同时也因依仗权势祖护亲兄弟恶迹而遭世人嘲讽和唾骂。人民群众是公道的，用自己的情感和丑恶善美观塑造了一位鲜活的具有多面性格的张娘娘形象。古兴济县本是隋唐大运河入京的要塞地段，于是关于张娘娘的种种传说故事就随着南来北往的客商由故乡传往四方，形成一个由特定历史人物生发的故事群。人们用这些故事来激励后人，也鞭笞后人，让张娘娘那种身处逆境不丧志、机智聪慧斗险恶的精神世代相传，也让张娘娘那种身居高位后枉法祖亲的劣迹成为警世醒人的活教材。耿建华数十年如一日致力于这个故事群的搜集整理和研究，又如串珍珠一样将故事按发生顺序衔接成一部具有浓郁地域文化风情和特色的长篇传奇故事集，堪称功莫大焉！与其说这是他多年刻苦耕耘的新成果，不如说这是他用夕阳心血奉献给时代的又一珍贵文化财富！

俗话讲，金无足赤。就《张娘娘的传说》来说，也有不足之处，如能把故事进一步展开深刻挖掘，在内容取舍上和情节组织上更科学更丰富，那将是创作一部长篇历史人物传奇小说和电视连续剧难得的素材。

我遵命写了上面的话，既是对建华兄的由衷敬佩和惦念，也是对自己的鞭策和自勉。愿建华兄人长寿文常青，使人生的金字塔在与时俱进中不断闪现出更灿烂的光辉！

2011年2月15日

附记：我心中的耿建华

当我再读2011年2月15日为耿建华先生大作《张娘娘的传说》这部书写的序文时，眼里充满泪水。他那音容笑貌和巍峨的身影好像就在眼前，但他却因耄耋之年骑着自行车下乡考察文化而出车祸去世了，闻者无不悲伤哽咽。建华是个有情有义的人，待人处世侠肝义胆、一身正气，生前我们以兄弟相称，每次相见都会促膝长谈。他送给我最珍贵的礼物是他亲手刻的一枚印章，至今仍陈列在我的书房最显眼的地方。我曾两次到他家中拜访，平房砖炕彰显着他的品格和追求；大嫂做的贴饼子炖小鱼鲜美香甜，给我留下终生难忘的回忆。讲起耿建华的往昔和轶事，我有说不完的话。他晚年写成《张娘娘的传说》一书，知道我忙不愿干扰，而求同样年迈的肖杰先生作序，真是让我羞愧。然而肖杰先生知道我与耿建华情谊深厚，又把建华先生的愿望转给我，这恰似冥冥之中有一只手在成全这段人生佳话。为他的著作《张娘娘的传说》写序文，既是我们之间友谊和情感的真实写照，也是我人生中感到很欣慰的一件事。我觉得，书中的故事虽然讲的是张娘娘，但也是建华先生对人世善恶丑美的审判和评点。人走了，书还在，建华兄永远活在我心中！

《登云鞋》序

张乂姮同志是我在中国民间文学三套集成工作中认识的一位朋友。这位出身书香门第的女士，文静恬雅，清秀好学，初识给人一种羞涩、腼腆感，然而在她内心却蕴藏着一股对民间文学执着追求的激情。她将多年来搜集整理的民间故事，经过认真筛选，结集出书，这实在是件可喜可贺的好事。

自1984年国家开展中国民间文学三套集成工作以来，我省专业和业余民间文学工作者，组成了数以万计的浩浩荡荡大军，广泛深入地进行了"地毯式"采风活动，声势之大，影响之深，都是前所未有的。他们冒着严寒酷暑，迎着风吹雨打，走村串户，访贤问古，历尽千辛万苦，克服种种困难，采录了大量口头文学作品，取得了累累硕果，使得深藏于民间的珍贵文化财富被挖掘出来，成为传世之宝。张乂姮同志就是在这次规模宏大的普查、搜集整理工作中，涌现出的一位民间文学新人。

张乂姮同志酷爱民间文学，由来已久。这为她能在民间文学事业上有所成就起了重要作用。群众性的民间文学大普查，给了她得以大显身手的机会。顽强的事业心和高度的责任感，使她废寝忘食，四处采风，日积月累，从不间断。几年下来，竟然搜集整理出数十万字的民间文学作品，成为当地一位很有名气的民间文艺家。这对一个既要工作上班，又有家务缠身的女同志来说，实在难能可贵，其中所受的甘苦也是可想而知的。

收入这本集子中的作品，都是作者在自己的家乡采录的，主要是流传于当地的人物传说、地方风物传说和生活故事，内容丰富，情趣健康，生动地反映了抚育她成长的那块沃土上人民群众的爱憎和意愿，充满了热爱家乡、鞭笞丑恶、颂扬真善美的真挚情感。

特别值得一提的是，集子中的故事都是用当地群众的口头语言写成的，质朴醇厚，鲜活生动，充满浓郁的泥土芳香，读起来感到分外亲切。作品能出现这种效果，毫无疑问与作者熟悉当地生活有直接关系，同时也是与作者严格的科学态度分不开的。可以说，作者已熟练地掌握了搜集整理民间文学作品的法则技巧，并具备了较高的文学素质与研究才能，因而才保持了讲述者的口头文学风格，使作品特色鲜明，具有传世价值。这是很值得称颂和倡导的文风。

当然，这本集子中的一些作品，也还存在不足之处，有的显得臃肿，不够精练，有的文字尚显粗糙。但总的来看，这是一本好书，相信会受到读者的喜爱和好评。

学无止境，奋无终途。愿作者不断努力，为时代和人民奉献更多佳作！

1994年10月28日

附记：才女张叏姮

　　我的许多朋友都是在从事国家重点文化工程中国民间文学三套集成工作中结识的，张叏姮女士就是其中之一。她名字中的"叏"字，像她的言行举止和容貌一样，给人有知识有修养之感，让人记忆深刻。交谈中方知，她出生于书香门第，其父是参加过五四运动的北京大学骄子。这种大家闺秀，走村串户、访老问贤，冒着严寒酷暑四处采录民间口传文学作品的事迹，在当地成为美谈。我曾问她："你工作那么忙，家中上有老下有小，为啥还这么热爱采录民间文化？"她说："无文化传承，无民族未来。我虽是一弱女子，采百载之遗韵也责无旁贷呀。"翻阅其文稿，字迹娟秀工整，用词造句大有学究风采，究其因是受其父五四时期采录歌谣方法和文风的影响。用"登云鞋"三个字作为书名，一是这篇故事是她书中最欣赏的佳作之一，二是也暗含着她要从采录民间走向创作文学的志向。所以，在甘肃人民出版社1994年12月出版张叏姮女士编著的《登云鞋》一书之际，我以序文表达赞赏和祝贺。

《新奇故事大观》序

改革开放中，中国文坛涌现出一支新故事创作劲旅，以强烈的时代气息，独具特色的文风，鲜明的语言，奇巧的构思，浓郁的情趣，丰富的思想内涵，享誉长城内外大江南北。河北省民间文艺家协会副主席周宝忠，便是这支劲旅中的著名领军人物之一。

追溯周宝忠的文学生涯，他是从搜集整理民间故事而走上作家道路的新故事创作高手。《沧州武豪传奇》《林冲在沧州》《水浒一百单八将外传》《燕赵命案故事》等七八部集子问世，为他奠定了迈进新故事创作宝塔的基石。在丰厚民间文化底蕴的滋育下，他先后创作出一百余万字的新故事作品，发表在全国各地报刊中，可谓高产作家。其代表作《王憨五养猫》，1990年在《民间文学》杂志第一期问世后，便引起了强烈反响，先后被《传奇文学选刊》等四家选刊刊载，并被改编成电视小品搬上屏幕，荣获由中国民间文艺家协会举办的全国首届"轩辕杯"新故事大赛一等奖。被专家誉为"农村题材精品三部曲"的中篇故事《较量观音堂》《御史之后》《沽镇悲歌》，相继在《山海经》杂志发表后，又一次在社会上引起了强烈反响。每一篇都收到了大量的读者来信，《山海经》三度开辟专栏，选发读者来信。这三部中篇，都被多家选刊转载，其中《较量观音堂》被《作品与争鸣》转载并在全国引起"争鸣"。一部通俗文学作品，在全国引起反响争鸣，这是前所未有的。这三部中篇，以其独特的视角，深刻的思想内涵，振聋发聩的典型故事，征服了读者和专家，荣获《山海经》三个年度的创作一等奖，在全国故事界引起轰动。由此，周宝忠一步

一阶地登上了新故事创作的宝塔之巅，成为各文学期刊瞩目的热点作家，赢得了广大读者的喜爱和欢迎。

拜读周宝忠的新故事作品，可以用"新、奇、美"三个字来概括。所谓"新"，就是观察问题视角新，怀有强烈的社会责任感，敢于直面人生，勇于探索，反映现实生活深刻尖锐，抨击邪恶幽默机智；所谓"奇"，就是新故事构思巧妙，情节设计曲折成趣，包袱成串，高潮迭现，关键之处一笔"画龙点睛"，不仅使被歌颂或被鞭挞的人物形象尽显，而且还留给读者无限的回味和启迪；所谓"美"，是指作品的语言美，思想美，读之如欣赏一幅浓墨重彩的风情画卷，品之充满警世的乡情哲理。开阔敏锐的政治嗅觉，稔熟驾驭生活素材的技巧，使周宝忠将新故事的教育功能、娱乐功能、审美功能完美交融在自己的作品中。本书收录的《比本事》《新上任的假乡长》《恐吓信》《最动情的事》等七十五篇作品，虽不都是惊世佳作，却是周宝忠这颗璀璨之星风貌的生动注释和写照。

俗话说，文如其人。周宝忠能成为全国新故事创作大军中的名将之花，源于他二十多载的刻苦和勤奋。作家需要生活积累，作品更需要艺术之火的锤炼，这两个方面都要求作者付出比常人更多的艰辛和智慧。周宝忠深入生活没有节假日星期天，构思提炼作品常常夜不成眠，即使患病在床也从没懈怠偷闲。他的刻苦精神常令亲人心痛，他的勤奋拼搏常使朋友感叹。他面对四壁不觉苦，独伴孤灯不畏难，年复一年，用不懈的追求创作出讴歌时代的一篇篇华章力作，用一个作家的使命和责任铸就成功的辉煌。在他的专集问世之际，作为老朋友，我衷心地祝愿他再攀高峰，向时代和人民奉献更多更优美的精神食粮。

2003年4月28日于石家庄

附记："名将之花"周宝忠

用"名将之花"四个字赞誉周宝忠，是我在全省中青年民间文艺家骨干培训班会上讲的。这里所讲的"名将"，是指他曾担任河北省民间文艺家协会副主席、沧州市民间文艺家协会主席，是河北民间文艺界的四梁八柱之一和河北省新故事创作的旗帜性领军人物；所谓"花"，即指他既是著名民间文学的搜集整理家和研究家，也是在新故事创作上连年荣膺国家级大奖的宝塔式人物。在事业奋进中，我们不仅携手共襄河北民间文艺盛世，还成为好朋友。在河北，民间文艺队伍中走上创作文学道路的人不少，但创作成就能与周宝忠比肩的还在成长中。他将多年在全国各地报刊上发表的部分作品，结集为《新奇故事大观》让我作序，由内蒙古人民出版社2003年12月出版。在拜读他的作品并作序中，我既被他的作品吸引感动，也为他的才智和刻苦感动，时代期待河北多出周宝忠式的新故事大将英才。

《料场一壶酒》前言

在告别己丑年的日子里，杨荣国秘书长转来谢丙月同志即将付梓的新故事集书稿《料场一壶酒》，嘱我为之写个序。由于冗务缠身，连续外出考察，一晃就到了庚寅五月。迟不动笔还有一个原因，古人云："人之患在好为人序。"唯恐对新故事创作和研究不深，辜负了作者和朋友的期望。但开印在即，再不容推辞和拖延了。

谢丙月同志是我省一位创作颇丰的年轻文学新星。我与他相识于2002年在廊坊市召开的"河北省新故事创作研讨会"上。他虽然作品在全国各地报刊频发，连受好评，给人的印象却质朴拘谨、憨厚寡言，只有那双在专家精彩评述中不断闪烁并放出亮光的眼睛告诉人们，这是一位极其痴迷文学创作和心灵充满敏感睿智的热血青年。他因家庭困难而辍学，靠刻苦自学和百折不挠的进取精神由一个农村青年成长为作家，跨进了新故事创作的殿堂，用手中的笔向世人展示了自己的才华和价值，用一篇又一篇誉满社会的佳作塑造出当代文学新星的桂冠。

谢丙月生活的清河县，是个始于秦汉，其后列于郡、国、州、县治所上千年的神秘而灵秀的沃土，历代名人辈出，古迹遍布。隋唐大运河和京杭大运河曾给这块大地带来名垂青史的辉煌，也给这里带来无数的战乱和灾难，由此孕育和熏陶出清河人特有的品格和精神，也催生出文学艺术的繁荣和灿烂。当改革开放的春风在清河大地铺开时代的锦绣画卷，便涌现出一批记录和歌颂时代的"歌手"，谢丙月即是其中的佼佼者。他朴实无华，热爱生活，惟勤惟谨，诚挚笃厚，困中不馁，荣中不浮，自1990

年至今已发表故事、小说等作品五百余篇，描绘了当代清河和中国在改革开放中的社会百态和人物众相生，堪称是鲜活芬芳的一曲曲时代颂歌。

新故事创作是一项非常艰苦的劳动。他不仅要求作者深入生活、熟悉生活、参悟生活真谛，还要运用扣人心弦的构思技巧编织出跌宕起伏、变化莫测的故事情节，并运用幽默风趣、鲜活动人的语言艺术刻画出人的个性和形象，从而实现讴歌现实生活中的真善美和讽刺鞭挞现实生活中的假恶丑，深刻揭示社会和人生的思想文化内涵。而磨砺这种功力，却需要具备超常的毅力，不畏酷暑严寒，不怕劳苦和挫折，甘于寂寞和拼搏，饱受冷落和清贫而不悔，所谓"台上一出戏，台下十年功"。谢丙月恐怕就是这种经历的实践者、成功者之一。

研究和解析谢丙月现象可以发现，他虽是一个成长生活在社会最底层的人，却是一个有理想有追求有抱负的青年。他勤于学，笃于行，敏于事，在多年创作生涯中积累了一套自己观察和透析社会事象、人物心理的方法和经验。由于亲知稼穑之苦，饱受求生之难，而对生活爱得更深，悟得更透，字里行间充满切肤之情感和汗泪浸泡的浓烈。其作品虽源于生活而高于生活；其构思技巧奇妙，不落俗套，或绝处逢生，或出人意料；其语言简洁、凝练，充满浓郁生活和乡土气息；其主题提炼，大多以小寓大，以凡人凡事诠释大政策大道理大思想。读之，既散发着艺术的灵气，也透出他个人的品性和智慧，犹如亲历其事和置身其景其情，让人在惊叹和精神享受中有醍醐灌顶和眼前豁然一亮之感。例如《外面的世界》中，对外出打工长期找不到工作的秀的描写，秀为不使娘牵挂，借同伴新衣在繁华大厦前照相寄给娘并在信中描述自己在外面生活如何幸福的构思，使人既体会到母女牵心的情感美德，又产生对精彩世界中弱者的无限同情；《料场一壶酒》中，因恶老板拖欠工资而无盘缠回家、无钱吃饭的农民工黄新成，在无奈中夜潜料场行窃却被同是农民工的看料人老胡抓获，不仅没被押交老板问罪，还被请到室内一块喝酒吃饭，在黄新成离去时老胡又大喝一声"站住"，他追上抓住黄新成，当黄新成惊出满脸慌汗时，他却将身上仅有的一百元钱塞到黄新成手中作为回家路费，这些细节的挖掘和组合，使故事在一波三折、悬念丛生中又化险为夷、转惊为喜，既彰显了人性的光辉，也对读者产生了很强的感染力和教化作用。这是丙月作品产生影响和赢得好评的独到之处，也是值得继续发扬和探求的广阔领域。

一个作家把自己的作品结集出版，犹如姑娘婚后怀胎十月产子，是人生的里程碑。这部新故事集，是谢丙月同志的第一部问世之作，也是他在文学创作上向更高更深层次发展迈进的基石。尽管其中个别作品还尚显稚嫩，但却张开了在文学浩空展翅翱翔的翅膀。愿谢丙月同志坚持不懈，为老百姓和共和国创作出更多更美的文学精品，为时代谱写出更好更动人的颂歌！

屈指算来，我与谢丙月相识已有八个年头，其中虽有多次接触，屈膝深谈的机会并不多。信笔写了上述的话，也算忘年之友之间的一次谈心谈文谈人生的交流吧。

2010年5月于石家庄

附记：忘年之友的心灵交流

　　谢丙月是我多年关注的一位创作新故事的作家。别人是深入生活找素材创作作品，他是生活在素材窝里选择素材写作品。因为他是生活在社会最底层的人，换句话说他是尝遍人间酸甜苦辣的人，三教九流都有朋友，因此写出的作品总比别人深刻动人，揭示的社会事象也更入木三分。究其因，那些创作素材既是他亲眼所见的真人真事的升华，也是自己人生体验和感悟的结晶，所以发表的作品连年获奖。我曾与他做过交谈，也曾为改变他的人生命运支招，但机遇好像都被风吹走了。但谢丙月并没因此而失落，依然笔耕不辍，佳作连捷，用勤奋和刻苦谱写了别样的精彩人生。2010年年初，他将自己多年发表的作品结集为《料场一壶酒》，在付梓出版之际让我当第一个读者，我有感而发是为序，实为我对谢丙月为人为文为事品格和精神的由衷评价与祝福。

《刘关张的传说》序

在我国浩瀚的民间文学大海中，各种传说故事争奇斗妍，像珍珠闪烁，像浪花飞溅，为我们社会主义祖国的文艺事业增彩添辉。史简同志编著的《刘关张的传说》，就是这五彩缤纷的花海中的一束香气四溢的鲜花。

刘备、张飞是河北涿州人氏。他们生在涿州，驰骋于大江南北，与孙权、曹操持枪跃马，争雄于疆场，形成鼎足之势，在史册上留下了无数不可磨灭的传说故事。为此，罗贯中先生历经数年，耗尽心血，写出了流传千古的历史名著《三国演义》，使刘关张的名字和业绩家喻户晓，妇孺皆知。但是，在民间所流传的许多脍炙人口的有关刘关张的传说却不为正史所载。特别是在他们的故乡和结义的地方古涿州一带，关于刘关张的传说更是令人惊奇和感叹。这些传说，既是人民对历史英雄的颂扬，也是研究三国历史很有价值的不可多得的史料。

史简同志祖籍涿州，从小就受到这些传说故事的熏陶，也可以说从儿时起，就对这些传说故事入迷如痴。所以，他自学生时代始，及至在从事宣传教育的几十年间，都在不间断地记述和搜集这些优美的传说。当时，他就有这样一个夙愿，有朝一日要把这些世代传颂在民间的传说故事整理成册，流传后世。为此，他坚持不懈，默默地日复一日、年复一年，循声追迹，凡是听到这方面的传说，就记录下来；凡是看到报纸杂志上有这方面的文章，就收集起来。常言说："天下无难事，只怕有心人。"天长日久，他竟积累了厚厚的几大公文袋子的稿子。近年来，他抽时间进行了整理，竟结集成二十余万字的一部书。这真是难能可贵的一件幸事！

有关历史英雄人物的传说，是我国民间文学的重要内容之一。人民群众根据自己的爱憎，用口头文学的形式栩栩如生地再现了历史英雄，尽管其中有许多情节充满神话和传奇的色彩，却表达了群众的情感和心声。他们用自己审判事物的标准，讴歌英雄人物的功绩，鞭笞丑恶势力的罪行。《刘关张的传说》这部书，就成功地体现了这一特点。由于史简同志长期生活在群众中，所搜集的故事充满了乡土气息和地方特色，语言朴实无华，不雕琢，不卖弄，内容却叠趣横生、曲折感人，其作品常寓慷慨豪壮和金戈铁马于娓娓动听之中。这即是该书艺术成就的第二个特点。由于作者是一位老文学工作者，对历史和文学都有一定造诣，在整理作品中文笔极严谨，不仅保留了口头文学的本色，而且运用评书、群众语言恰如其分，如泉之出山，春苗破土，情涌节就，使文学性和思想性熔于一炉，读起来扣人心弦、让人爱不释手，犹如跻身于当年英雄的豪情壮举中。我认为，这就是该书深受读者称道和欢迎的第三个特点。总之，无论从欣赏还是从研究角度来说，《刘关张的传说》这部书都是一部很有价值的值得推崇的好书。

我国的民间文学宝藏是无穷无尽的，作者搜集整理的天地也是十分广阔的。愿史简同志能有更多更好的作品问世，为祖国文艺事业的繁荣做出更大的贡献。

1989年9月于石家庄

附记：史简的"刘关张"情结

　　《刘关张的传说》一书，由曾任涿州市文联主席的史简先生编著，由中国民间文艺出版社1989年11月出版。涿州是刘备、关羽、张飞三人的结义地，也是他们三人传说故事的原生地。一部长达几十万字的《三国演义》，就是中华传统文化忠、孝、节、信、义的画卷。史简生于涿州，长于涿州，自幼就是聆听着刘关张传说故事长大的，走上工作岗位后多年致力于刘关张传说故事的搜集整理，终成正果。他能在1989年将这部书推向社会，得益于中国民间文学三套集成作品大普查。如果说《三国演义》是罗贯中写的小说，那么《刘关张的传说》这部书就是人民口碑中的刘关张外传。它不是小说，却比小说更鲜活更生动，更接地气更有人民味，堪称是对《三国演义》的修正、补充和延伸。

《孙膑与庞涓》序

孙膑与庞涓是我国战国时期著名的军事家。他们是同窗好友，成才后共同效力于魏惠王，很受重用。但嫉贤如仇、狂妄自大的庞涓自知不如孙膑，遂编织罪名进行诬陷，使魏惠王对孙膑施以酷刑，孙膑被剜掉两块膝盖骨，成为终生残废。但孙膑身残志不残，装疯卖傻流落街头，被齐国使者偷偷救走。齐威王与孙膑相见恨晚，拜他为军师，让他与大将田忌共统三军。从此，孙、庞在各为其主的战争中便展开个人才华和谋略的斗争。

俗话说，善有善报，恶有恶果。庞涓不仅没有在陷害贤良中获取高位，反而在攻伐侵杀中死于孙膑计谋的乱箭之中。孙膑虽然身居辎车，却名扬天下，所著《孙膑兵法》更为千古传颂。

这段具有警示诲人意义的史实，史册典籍中的记载是比较详尽的，历朝历代的文人墨客也留下了不少褒贬之作，但将民间记录的这一史实中人物和事件的传说搜集起来编成一部书，恐怕还

是第一次。口头文学不同于传记史料，它是人民群众用自己的观点立场对历史事件和历史人物的分析和评价，反映了他们的喜恶爱憎和理想愿望。书中用态度鲜明的群众语言鞭笞了魏国大将庞涓嫉贤妒能、狂妄自大的劣迹，歌颂了孙膑勤奋好学、坚忍不拔、居功不傲的高尚品德和神机妙算、运筹帷幄的帅才本领，故事曲折，情节动人，使人犹如进入历史画廊。这些来自民间的传说故事，有的虽无史料可依，甚至和史料记载相违背，却给人研究历史和历史人物提供了重要思索和参考。李殿敏同志有志于此，多年穿梭奔波于阜平、行唐相邻的崇山峻岭和冀中平原之间，访老问古，把散落在这一带关于孙膑与庞涓的传说汇集起来出版，可谓是一个值得称颂的贡献。

孙膑生活在齐国，即今天的山东一带；庞涓生活在魏国，即今天的河南一带。二人斗智的故事，也大多发生在河南、山东一带。这样的传说能在地处太行深处的阜平、行唐一带和冀中平原出现，可见在民间流传久远，影响之深。值得思考的是，那一带地方不仅有关于孙、庞的传说故事，还有很多附会传说故事的山山水水遗迹。这种奇怪的现象，光靠民间文学家是难解释清楚的，还有待于考古学家和历史学家们去印证和探索。

搜集整理流传在民间的口头文学作品，是很讲究技法的。《孙膑与庞涓》这部书，是以民间传说故事为素材和基础，按照故事、人物和情节的发展为顺序，把众多故事串连起来成书的。这种整理方法，虽然基本保留了口头文学作品的原型，按照民间文学的科学性要求是欠妥的，但读起来却环环相扣、跌宕起伏，使人犹如看一部通俗小说，也可说是作者的一种创造吧。运用民间文学素材创作历史小说，亦不是什么新鲜事，可惜书中还没有把应该展开的情节展开，应该深化的地方深化。作为第一部书，作者这种大胆的尝试也是可喜可贺的。

我和殿敏同志相识，已经几年了。他是位很刻苦的人，朴实勤奋、锐意进取，干事业有股"闯"劲儿和"韧"劲儿。近几年来，他舍家忘业，多次参加耿村故事村的普查、《周公与桃花女》的普查，还在他的故乡普查整理出三十万字的《杏庵村故事选》。这些丰硕的成果和忘我的工作精神，很使人感动。我们的事业正是有了这样一批人，才兴旺发达、繁荣昌盛。本书出版之际，殿敏同志让我给他的书写几句话，这也是对我的鞭策和鼓励。我期望上面的话能成为共勉，盼他能有更多的佳作问世，为祖国的文艺事业不断增辉添彩！

1990年4月于石家庄

附记：破茧成蝶的李殿敏

人与人相识都是有缘分的，我与李殿敏成为朋友，源于藁城耿村故事村的多次普查。这个村是省里抓的普查典型，李殿敏是耿村故事村普查队的队员。在耿村普查中，他不仅收获满满，还将在耿村大普查中学的普查民间文化的知识和方法带回故乡杏庵村，挖掘出了又一个在学界产生影响的居落文化典型。他是个世代为农的生活在太行深山区的农家子弟，生活很贫苦，但中学的阅历和热爱民间文化的志向为他插上了走向更广天地的翅膀。当我得知，他将多年搜集整理的孙膑、庞涓的故事结集为《孙膑与庞涓》书稿，卖掉家中承包的大枣树上的枣，要集资出书，我深受感动，不仅帮着修改审订、联系出版社，还为此书写了序。我觉得民间文学队伍是由一个个奋进进取的会员组成的，民间文艺振兴要靠众人共襄；支持李殿敏在事业上走上新台阶，就是给河北的民间文艺队伍培养骨干和战将。

《魏徵的传说》序言

晋县魏徵研究会的同志让我给这本故事集写个序，我感到很不安。因为我才疏学浅，虽然热爱魏徵这位历史伟人，也搜集了一些关于他的传说，写了一些他的评论文章，但毕竟还是个"乳子"。古话说，"赶鸭子上架"，我现在也有同感了。但既受指命，也只好叨念几句话。

唐相魏徵，是我国封建社会中一位杰出的政治家和思想家。他一生不唯书、不唯上，为了国家和民族的兴旺，不顾个人安危，敢于冒颜力谏拥有至高无上权威的封建帝王唐太宗的错误言行，使唐王朝出现了君臣一体、上下同心的"贞观"盛世的史实，被后人传为千古佳话。这在君王专断独行、"金口玉言"的时代，是难能可贵的精神。因此，广大人民热爱魏徵、尊敬魏徵，歌颂魏徵，称他为"千秋金鉴"的一代贤相，并由此推演出许多脍炙人口的传说故事来。这些流传在他的故乡晋县一带的故事，有生活的，也有政治的；有青少年时代的秘闻隐事，也有居官治国的逸闻奇话，不仅内容丰富广泛，而且充满了乡土气息和地方特色，令人耳目一新，情感交织。

民间流传的口头文学，是人民群众在长期的生产和生活实践中自然地通过集体创作和传播而发展起来的，它所反映的爱和憎、丑和美，是广大人民群众对人和事的评价。魏徵故乡晋县和魏徵足迹所到之地流传的有关魏徵的故事，就是这种历史的真实写照。这些在人民群众中世代相传的故事，虽然充满了传奇色彩和浪漫主义的幻想，但却使魏徵像一座丰碑一样永远矗立在中华大地上，历尽沧桑、久传不衰。

晋县魏徵研究会的同志们在全面搜集和研究魏徵史料的同时，为了把这些散落在民间的珍贵口头文学作品汇集成册，觅遗迹，访老人，四处奔走访问，做了大量的调查研究工作。他们搜集整理的这些来自人民群众口碑相传的颂歌，虽不为正史经卷所载，却丰富和填补了史料的空白和欠缺。它不仅具有一定的文学艺术价值，也具有一定的学术和史料研究价值，弥足珍贵。因此可以说，魏徵研究会的同志们做了一件很值得祝贺的好事。

当然，毋庸讳言，这个集子中有的作品，或因采录不深，或因记录条件所限，或因整理方法欠当，也存在某些不完美之处。但大家能在短时间内搜集整理出上百篇魏徵的传说故事，是令人振奋的。俗话说："万事开头难。"有了这个开端，我相信魏徵研究会的同志们定会取得更大成绩。

1986年9月20日于石家庄

附记：晋州编印的第一部《魏徵的传说》

　　《魏徵的传说》一书，是一部在全国开展的中国民间文学三套集成作品大普查中，由河北省晋县（现为晋州市）民间文学三套集成办公室、河北省晋县魏徵研究会于1986年编印的人物专集资料卷，主编为申建国先生。当时全省类似这样的人物资料卷很多，为此书作序，意在鼓励。

《精彩民间故事》序言

当三十多万字的《精彩民间故事》书稿放在我面前时，顿觉心头为之一震。这是一部包含一百零九篇的民间故事精品集，是著名作家李泽有先生从他一千多篇民间故事中精选出来的。

李泽有先生1948年就在《冀中导报》上发表作品，20世纪50年代跨入民间文学殿堂。那时，我省搜集整理民间文学作品的人数不多，李泽有就是其中之一。他的作品大多见于全国各地报刊。到20世纪80年代，他先后出版了三部民间故事集。其中，《金莲花》一书，荣获第二届河北省文艺振兴奖。自古以来，燕赵大地人杰地灵，才子辈出，是产生、滋养文学作家的沃土和旺泉。李泽有先生以坚忍不拔的毅力，奋发向上和自强不息的精神，经数十载呕心沥血的拼搏，用笔蘸着生活的色彩，整理出大量的民间故事。这些奇特而感人的故事，充分反映了劳动人民认识自然、改造自然的奇迹、能力和气魄，还反映了劳动人民勤劳勇敢、反对剥削，以及对邪恶势力的鄙视、

憎恨和抗争，生动诠释了中华民族的浩然正气和高尚的思想情操。

这部奉献给读者的《精彩民间故事》有四大特点：

第一，本书是中华民族传统美德的教科书。作者通过对作品严格的取舍，真正做到了去芜取菁。如《小瓦罐的故事》《山老鸹尾巴长》《夫妻拜佛》等，教育人们要孝顺父母，不忘父母的养育之恩。在《一个"善心"的老太婆》的故事中，作者通过对一位不分青红皂白、对啥也怜惜的老人，不顾三个女儿的反对，将被打得半死的蝎虎子、小老鼠和老母狼弄到家里喂养，结果中了蝎虎子毒，脑袋肿得像水斗；小老鼠把一家人的衣裳咬得窟窿连窟窿；最后自己也被老母狼吃了。这个故事教育人们，千万不能对恶人、坏人发慈悲，否则会养虎为患。一件件中华美德、一条条处世哲理融在优美的故事中，潜移默化地使人得到启迪、感染和教育。

第二，篇篇故事充满奇特的幻想和曲折动人的情节。本书精选的一百零九篇作品，无论是"神话故事""生活故事""动植物故事"，还是"风物故事""人物故事"等，每篇都是一幅绚丽多彩而感人的画卷。在美和奇的享受中，给广大读者展现出仙怪搏斗，人神交往，平民百姓生活的苦与乐，还有具有魔力的神鞭、葫芦、金莲花盆、降龙木等，真是玄妙、离奇、斑斓，使人目不暇接。作品通过魔幻、夸张、烘托、巧合等手法，作为故事情节发展、转变的契机，使结果出人意料，妙趣横生，但仔细揣摩，又确在情理之中。应该说，这部民间故事集是经过千锤百炼的精品之作。尤其是神话故事，可以说是古今浪漫主义的集中体现。劳动人民在长期劳动中，在不断促进人类社会发展的同时，按照他们对大自然、对社会生活和美的理解，创造了大量的精神财富。作者经过自己的整理，表现了人们的美学理想、审美观点和对各方面的美好向往，使这部民间文学作品集处处洋溢着一种朴素的、自然的、刚健的美，呈现出高于生活的熏陶与享受，达到了"用优秀的作品鼓舞人"的目的。

第三，本书具有鲜明而浓郁的地方色彩。地处燕南赵北的沧州、渤海一带，有着悠久的历史古迹和丰富的特产。像《铁狮子的故事》《武帝城的故事》《老侠张七》等传说，都在这里广泛流传。作者慧眼识金，从数以万计的民间传说故事中，择其精华，不但在字里行间流露出对家乡的赞美，同时又是对先贤古人的歌唱，使人犹如游历在一幅精美的历史长卷中。例如他对沧州铁狮子的描述，面对残害生灵的黑花青龙兴妖作怪，滔天黑浪卷翻大小渔船，冲塌房屋，毁坏了庄稼，淹死不知多少生灵时，开元寺前的那头铁狮子，两眼充血，腾空而起，冲向波浪滔天的大海，直取黑花青龙。恶龙凶残，铁狮勇猛，你来我往，龙腾狮跃，好一场正义与邪恶的生死搏斗。通过斗力、斗勇、斗智，杀死黑花青龙的沧州铁狮子成了正义的化身、力量的象征，也是沧州人民思想、意志、力量和英雄气概的生动写照。

人，对养育自己成长的土地都有一种无限热爱的情结。因此，在李泽有的笔下，沧州的风土民情和特产在作品中得到充分反映。《小枣树》的故事，道出了饮誉中外的沧州金丝小枣的来历和特点，写得神玄，却又真实、可信，不仅故事曲折动人，而且内中还蕴含着让人勤奋向上的哲理。《鸭梨树的故事》《雪花梨树的故事》，虽然蒙上神力因素，但究其根本却是反映了名产来自劳动人民的勤劳和创造，是劳动人民的血汗结成的脆梨甜汁。《黑龙港河的故事》讲述了勇敢的孤儿小江生和荷花仙子结为夫妻后，在稗子仙姑的帮助下，把兴风作浪、残害人民的黑龙怪王除掉，过上了美满幸福的生活。其情节新奇，构思巧妙，使读者感到作者对民间故事的整理技巧高明独到，有值得借鉴与学习之处。

第四，本书作者很注意刻画历史人物形象，创造美好意境。沧州是我国的"武术之乡"，从古至今，涌现出无数侠客义士，例如惩暴安良、伸张正义的孙二娘、老侠张七、小侠石亮等武林中的历史人物。又如《侠女勇斗恶太监》中的侠女孙月娘，就是其中的代表人物之一。她文武双全，制伏了称霸一方的恶太监而为民除害。而关于刘邦与项羽的故事，从刘邦、项羽出世、上学、起义、灭秦、争天下，一直到项羽兵败垓下，自刎乌江，情节神奇多变，曲折动人，既写出了刘邦、项羽两个农民起义领袖之间的不同性格、不同谋略、不同结果，又反映了他们的独特气质、情怀和生活趣事。这些故事虽说不见正史，却具有趣味性、知识性和资料性，对考察研究刘邦、项羽也有一定的参考价值。

21世纪将迎来文学盛世。李泽有同志《精彩民间故事》一书的出版，无疑又给祖国的文学花园中增添了一束艳丽的花。在这里，我表示衷心的祝贺！

2002年8月26日于石家庄

附记：老骥伏枥的李泽有

《精彩民间故事》一书，由李泽有先生著作，河北少年儿童出版社2003年出版。李泽有曾任河北省民间文艺家协会（时称河北省民间文艺研究会）第一、第二、第三届理事，是河北民间文艺界有相当影响的元老级人物和功勋民间文艺家。他一生致力于民间文学的发掘和研究，著作丰硕，尤以搜集整理民间故事享誉业界。从履历讲，他是前辈，为他的著作写序，我是怀着学习和崇敬之心完成的。说是序，实际是向老先生学习的感悟和体会。

《戚继光的传说》序

　　为人作序是一件令人汗颜的事。按常理，一要德高望重、学识博远；二要才思敏捷、持论服众。这两条我都不具备，可挚友孙伟偏偏为难我，也就只好来个丑媳妇见公婆了。

　　戚继光（1528—1587年），字元敬，号南塘，晚年号孟诸，山东登州（今蓬莱）人，是我国明代一位威震国门的战将。他从戎四十余载，先驰骋于山东海防前哨，后转镇于浙江、福建沿海，抗倭保国屡建奇功。隆庆二年（公元1568年）调任北疆蓟镇总兵，以都督同知总理蓟州、昌平、保定三镇练兵事，修防筑边，巡塞安民，为九边冠。由此，在大江南北、长城内外留下了他许多脍炙人口的传说和趣闻轶事。

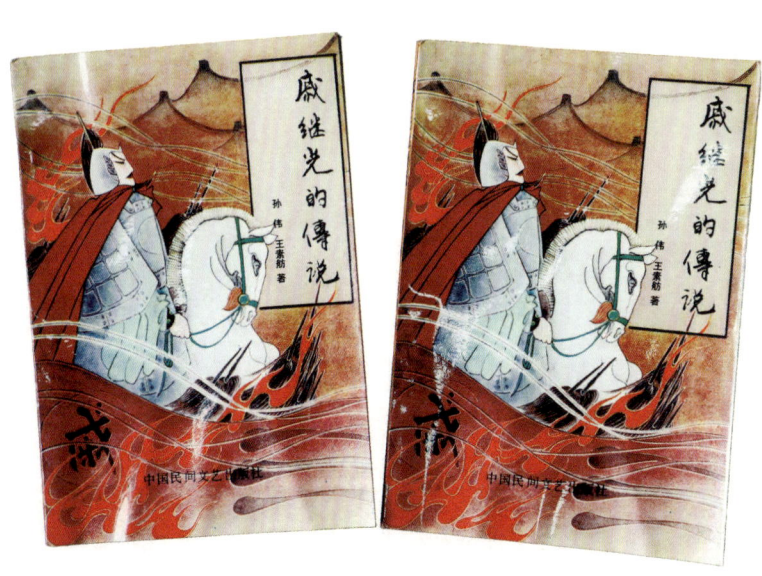

在人民群众心目中，戚继光是一位金戈铁马、功勋卓著的民族英雄。他治军严明、爱民如子，用兵如神、战无不胜，为政清廉、疾恶如仇。因此，有关他的故事篇篇都充满了浩然正气和传奇色彩。人民群众按照自己的观点和审美意识来塑造心目中的英雄，使他完美高大、英气四射。在散发着古燕泥土芬芳的口语中，这类溢美赞扬之词处处可见，虽有过奖之嫌，却是广大群众对一代名将发自内心情感的真实写照，反映了他们的理想和愿望。

关于戚继光的传说流传地区是很广泛的，但多是附会。这部汇集四十篇故事的集子，以戚继光在河北一带戍边十六载的历史事实为基础，以当地的山川古迹为依据，把民间传说和史实、风物结合在一起，是一种既有历史根据又有艺术感染力的优秀佳作。从这一点上说，这部书既有认知的历史价值，又有值得欣赏的文学和美学价值。遗憾的是，该书没有将流传在山东、浙江、福建一带的关于戚继光的传说统筹整理筛选一并收入。尽管如此，仍然是值得祝贺的一部好书。

《戚继光的传说》，是孙伟、王素舫同志合作出版《清代帝妃趣闻》一书后的又一部力作。他们这种坚忍不拔、奋斗不懈的精神，是令人十分佩服的。我祝愿他们有更多的佳作问世，为弘扬民族优秀文化做出更大的贡献！

1990年1月25日于石家庄

附记：用脚为英雄立传的孙伟、王素舫

戚继光是明代的一位威震国门的战将，在河北是个妇孺皆知的民族英雄，特别是在河北长达千里的明长城内外，到处都在传颂着他修长城守长

城的故事，可直到孙伟、王素舫所著的《戚继光的传说》一书于1990年1月由中国民间文艺出版社出版，才有了第一部正式出版的戚继光相关传说的读物。孙伟、王素舫长期生活工作在河北遵化的明长城脚下，自幼就是聆听着戚继光的故事长大的。为了将戚继光的故事结集奉献给社会和读者，他们自费徒步从秦皇岛山海关长城起点老龙头，沿着蜿蜒的长城，一直走到保定唐县的倒马关，遍访长城内外的古迹和村庄，寻老问贤搜集戚继光与明长城的各种传说和故事。他们徒步进行田野调查的事迹，与戚继光的故事一样令人感动，英雄地下有知，一定会给他们颁个军功章。

《王八吾》序

在冀中腹地，有一位有相当知名度而不见经传的历史人物。提到此公，无论妇孺童叟，还是工农商学兵，都能津津乐道地讲出有关他的一些趣闻、轶事来，且那情节又幽默诙谐、妙趣横生，充满了传奇色彩。他，就是傅新友同志奉献给读者的清朝滑稽文人故事的主人公——王八吾。

王八吾，正名王少怀，字十三，号八五，小名叫牛子，河北省武强县夹圹村人。仅这串怪奇趣的名号，就给后人留下了不少值得咀嚼和回味的掌故。他生活在统治中国几千年的封建王朝即将崩溃的清朝末年，幼攻诗

文，颇有造诣，但腐败昏庸的时政和弊端百出的科举制度使他一生屡试不第，怀才不遇。由此成了一位疾恶如仇、性格滑稽刁怪的落魄文人。他看破人间红尘，而写出《刀笔济贫》《判刑土地》《诓妻教母》《蹭腚讹鱼》等故事广流民间。他为人坦荡直率、侠肝义胆，《趣讨鞋债》使先生羞颜自愧，《粮市跳蛙》戏谑奸商敲诈贪利，《告荒抗粮》解救了一方百姓，《诈审石

狮》为民申冤报仇。王八吾在这些故事中的两重性，不仅反映了他政治失意后的玩世不恭，也反映了他热爱人民和生活、痛恨世俗恶习的贫家子弟本色。

王八吾的传说有相当多的作品是描写他同贪官污吏和豪强权贵的斗争故事。《送官押妾》《捧煞翰林》《戏请馋官》《赴宴点饭》等作品就较有代表性。在这类传说故事中，他既有巧妙而又无情地在公堂或聚会的场合当众揭发封建官吏的壮举，也有寓愤慨和鄙夷于诗文笑闹之中的诙谐，致使对手陷入困境，受到应有的惩罚和嘲弄。他知道自己鞭笞讥讽的对象是有权有势的不法者，因此在斗争过程中处处讲究方式方法，逢场作戏，巧妙地借物、借景、借情喻人，既刺中要害时弊，使其丑恶嘴脸暴露无遗，又让人抓不住把柄、怒不可迁，充分显示了这位被时代埋没的才子博学聪慧、机敏善辩的本领。因此，人民群众将他称为"冀中阿凡提"。

作为机智人物，王八吾虽和阿凡提一样风趣多智，但在故事题材和风格上确有很大的差异。由于他精通诗文，抑恶扬善，褒贬是非，嬉笑怒骂皆文章，而炎凉世俗的思想和满腹的经纶相结合，又使他生出的故事不同凡响。他出语惊人，提笔生辉，在喜剧效果中既为世人打抱不平，也为自己泄怨出气。即使一些格调粗俗、令人啼笑皆非的馊眼荤话也不无妙语连珠、微言大义，颇具扶正祛邪的感召力和消愁解闷的娱乐性。虽然王八吾这个人物不见经传，历史又过了一百余年，但有关他的轶闻、掌故，仍在冀中深县、武强、饶阳、安平以及冀南衡水、冀县、枣强、武邑等地一带民间广为流传，不仅内容丰富脍炙人口，而且妇孺皆喜皆讲。

傅新友同志是河北省著名民间文艺家和作家。他致力于王八吾故事的搜集整理，始于20世纪60年代治理海河工地。俗语说，十年磨一剑，功夫不负有心人。当我们从练达的文笔，粗朴的民风民情中，看到一个活脱透灵、有个性、有缺点的落魄文人王八吾这个群众喜爱的人物跃然纸上时，不能不为傅新友的功力和勤奋成果发出慨叹！

诚然，金无足赤。本书的文字也有不够尽意之处，但未经雕琢的质朴和粗犷，更加增添了民间文学的特色和韵味。毫无疑问，这本书会像一颗闪烁的星，成为深受广大读者欢迎的佳品。

1989年7月1日

附记：傅新友的《王八吾》情结

王八吾是位生活在清末的落魄文人，从民间文学分类讲，属于机智人物类，以幽默诙谐和充满传奇色彩的故事，广流冀中城乡。傅新友是位作家，也是位民间文艺家，从自幼聆听王八吾的故事，到搜集整理王八吾的故事，在河北编纂出版《河北民间文学丛书》中，将《王八吾》的书稿交中国民间文艺出版社于1989年10月出版，走过了几十年的路程。我和他是好朋友，不仅为此书作序，还出席了此书出版后在衡水市召开的"《王八吾》一书出版学术研讨会"。

《拒马河的传说》序

一般人读书，都是先读序或跋，目的是认识作者、了解作品，为进一步探求和研究作品的思想性和艺术性奠定基础。这个要求是很高的，我自知难以达到，但受人之托，只好努力为之，不知主观意愿和客观效果能否统一。

赵迪杰同志是河北省一位年轻的女文学工作者。她踏上民间文学之路，大约是在1986年全国开展中国民间文学三套集成作品大普查中，而对这一事业的爱好

恐怕自孩提时代就开始了。她的故乡野三坡是个山清水秀而又充满神秘和传奇的地方，至今还保存许多明清时代的古朴民风民俗。在党的改革开放政策指引下，野三坡发挥自己独有的地理和自然条件优势，成了中外游人向往和爱慕的旅游胜地，野三坡的人民也走上了繁荣富裕之路。人各有志，在众多年轻人为追求物质享受寻找赚钱门路的时候，迪杰同志却选择了搜集整理民间口头文学作品为社会主义精神文明建设增砖添瓦这条路。

她的家境并不富裕，下决心走这条路并有所作为，是经历了许多磨难

和坎坷的。为了把世代流传在当地的民间文学整理出来奉献给社会，几年来，她不畏艰险和困苦，翻山越岭访老问古，足迹遍及家乡的母亲河——拒马河两岸的山山水水。功夫不负有心人，当她看到自己搜集整理的作品变成一篇篇铅字在刊物上公开发表并受到有关部门的赞扬鼓励时，曾激动得热泪盈眶。但她并没满足已获得的成绩和荣誉，又开始以山村姑娘特有的坚忍不拔的毅力向民间文学的更高层次奋进。可以说她是一位十分勤奋和刻苦的民间文学新秀。这部《拒马河的传说》集，就是她执着地在家乡民间文学这片沃壤中辛勤耕耘的结晶和见证。

本书共收入九十篇作品。内中有风物传说，如《拒马河的传说》《石门开的传说》；人物传说，如《乾隆下煤窑》《王善成佛》《薛丁山挨打》；生活故事，如《张严休妻白玉楼》《馋媳妇生鼠子》《一对亲兄弟》；动植物故事，如《后娘草的传说》《狗吃人屎猫吃剩饭的来历》等，不仅内容丰富、情节曲折风趣，而且地方特色十分鲜明，从不同角度、不同侧面反映了拒马河两岸的乡土风情和人民群众的喜怒爱憎。

书中给人留下印象最深刻的是风物传说和生活故事。这些由世代劳动人民流传下来的娓娓动听的口头文学作品，不仅使拒马河畔和野三坡一带的奇山秀水跃然纸上，而且表达了人民群众对自己故乡风土的无限热爱。故事中善战胜恶、美战胜丑、智慧战胜愚昧的描写，抒发了中华民族的传统美德，读后给人以启迪和深思。

作者虽是文学新人，驾驭民间语言的能力却值得称赞。文字流畅生动，又充满了浓郁的乡土气息，使人深感亲切。在故事整理上，她极其注意保存原始风貌，篇篇都带有人情味和口头文学的特点，并不时闪现出智慧的火花，风趣幽默犹如故事讲述者就在面前。但纵观整个作品，也有一些不足之处，比如有的作品语言较粗糙，有的篇章在整理上尚欠成熟，这些都有待今后努力克服。

总之，我向这个迅速崛起的民间文学家新秀祝贺！期望她能有更多的佳作问世！

1989年10月于石家庄

附记：文学新秀赵迪杰

我认识赵迪杰是1986年，她和两位好友成立了一个"野三坡民间文学社"，自费徒步数千里，跋山涉水走村串户，搜集采录民间故事，足迹遍及拒马河两岸，成为一方美谈。交谈才知，她是个刚中学毕业的姑娘，母女相依为命，生活艰辛，但她很有志气，决心靠奋斗改变命运。所以，1989年盛夏，当她满脸汗水把自己近三年搜集整理的《拒马河的传说》书稿送给我拜读，并请我写序时，我慨然应允。繁荣文学艺术，特别是民间文化艺术，太需要像赵迪杰这样的青年文学工作者了，他们不仅是当代文艺振兴的主力军，也肩负着创造事业未来辉煌的使命。扶植文艺新人，是我们永远的职责与使命。

《隆化民间故事传说》序

　　当历史向人类铺开21世纪宏伟发展画卷的时候，抢救保护民族文化遗产已成了世界各国共同的呼声和行动。这不仅是经济全球化必然要催生出文化多元化之花，也是人类追求丰富多彩和谐生活的必然之举。在这种大势下，河北隆化的仁人志士们在县委、县政府的支持下搜集整理世代流传在这块大地上的民间故事精品，编辑出版五部《隆化民间故事传说》集，确实是一件可贺可嘉的文化盛举！

　　地处河北北部与坝上草原接壤地域的隆化，是个历史悠久、多民族融合汇聚的地方。奇山奇水使这里英才辈出，勤奋勇敢使这里在创造物质文明的同时也创造出灿烂丰厚的民间文化。世代传颂在广大群众中的各种脍炙人口的传说故事，就是其中最有特色的瑰宝之一。它犹如血液和基因一样，生生不息地流淌在隆化城乡的山水之间，滋润着一方人的成长，规范着生活在其中的每个人的品性和行为，左右着地域社会风气和传统美德的形成，哺育历史，更服务于当代两个文明与和谐社会建设。

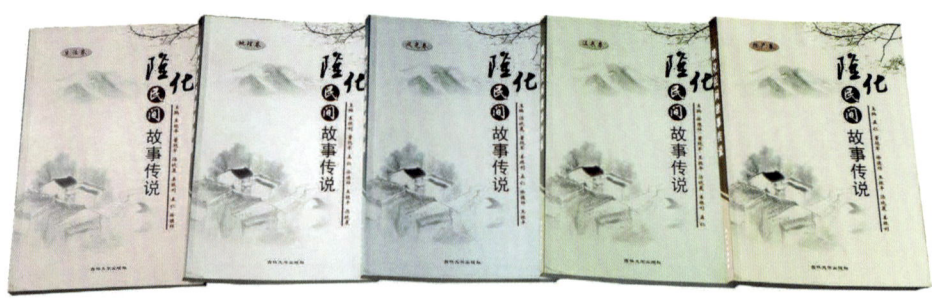

166

勤劳智慧的人民必然创造凝结出绚丽辉煌的文化。翻阅这些作品，会使每位读者兴奋并感动。其中既有历史上奋发进取的名人轶事，又有地方风物物产来历的奇巧神奇；既有普通百姓生活的逸闻趣事，又有历代乡间巧妇智汉的幽默诙谐；既有战祸灾难的凝重记忆，又有各种奇风异俗和技艺的发生传承渊源。民间故事虽是口头文学，却最真实地反映了一方人民的精神风貌、民情民俗、山水物产和喜怒哀乐情感，是劳动人民在漫长历史中思想和生活百态的真实写照，是研究社会变迁和人类进步的口头记忆和多学科参照的活化石性史料。例如，《温泉的传说》《动植物的传说》《康熙的传说》《一百家子白荞面拨面》等，不仅构思和语言独具特色，而且充满浓郁的地方风情。特别是关于满、蒙、回、苗等民族与汉民族文化碰撞融合的故事，可以说是民族团结和谐、共生共荣的颂歌。集子中还收录了当代涌现出的《有缘千里来相会》《武烈河源香溪水》等一批民间故事新编和新故事，都彰显了隆化人民在文化事业上与时俱进、繁荣与发展的成就。

　　一个民族的伟大源于民族性格的伟大，而民族性格的伟大源于民族精神的继承和弘扬。人们重视民间文化，是因为民间文化承载着民族自立于世界之林的血液和基因，具有很强的潜移默化的教化作用和熏陶民族品性、传递民族精神的作用。在隆化，这种文化不仅孕育出闻名全国的战斗英雄董存瑞，还孕育出了国家级非物质文化遗产奇葩"二贵摔跤"等。而董存瑞的故事又激励着数以万计的青少年献身保卫祖国、建设祖国的事业，"二贵摔跤"艺术又为隆化和中华民族在海内外赢得赞美和盛誉。其价值和影响是全方位的，是任何金钱都难以买来的地方文化财富和骄傲。

　　搜集整理民间故事和筛选编辑作品结集出版，是一件琐碎、繁忙、很苦很累并充满责任和使命的事业。据朱彦华主席介绍，从事《隆化民间故事传说》的搜集整理者和编辑们，都是利用业余时间加班加点结成的战果，很令人敬佩和感动。这种精神是隆化人在当代开拓进取风貌和品格的写照，也是民间文艺事业世代相传、兴旺发达的原动力。历代先人创造了民间文化，能通过当代人之手把它整理出版，奉献给社会，传之后世，堪称是一件功德无量的益举！

在《隆化民间故事传说》即将出版问世之际，我写了上述的话，既是对隆化民间文化事业成果的由衷赞佩，也是对从事这项事业的各位同仁抱拳表达由衷敬意！愿隆化繁荣昌盛，愿隆化文化精英不断推出各种文学和文化精品，为地域经济文化建设做出更大贡献！

2010年4月12日于石家庄

附记：隆化文化繁荣的盛举

在中国由富起来向强起来迈进的大道上，国人热爱和重视民族文化建设的现象犹如海涛。河北隆化一举编辑出版五部《隆化民间故事传说》，就是这种"海涛"的缩影。这套由吉林大学出版社2010年出版发行的丛书，一问世便受到各界好评，人民群众把它当作茶余饭后向孩子们讲述的趣闻轶事，专家学者视它为地域文化复兴繁荣的范例。承德市民间文艺家协会主席朱彦华推荐我为这套丛书作序，是我的荣幸。徐德祥等编者告诉我：书中收录的作品，是全县文化工作者多年成果的汇编，这些文化工作者有的已经去世，有的已经退休，但把在民间世代传讲的故事奉献给当代、传承给后世，是他们多年的共同愿望。民族强盛不能离开成长的血脉，要让当代人和后世人知道我们从哪里来、要到哪里去。这样的编者，这样的作品，这样的境界和胸怀，是值得世人尊敬和赞颂的。

《太行民间故事》序

在编辑《河北民间文学丛书》中，传来平山县宅北乡要出版《太行民间故事》的喜讯，令人十分振奋。一个还没有完全脱贫的山乡，在抓物质文明建设的同时，下力量挖掘民族的传统文化遗产，从普查的几十万字民间文学作品中精选出32万字的卷本集资出版，确实是一件值得赞扬和祝贺的事！

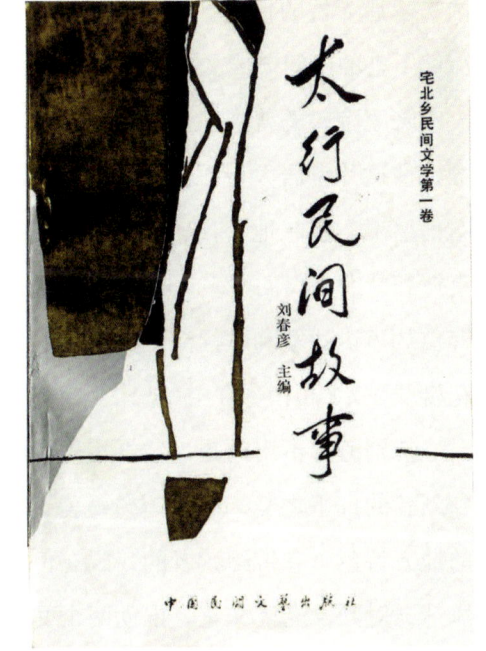

宅北乡的民间文学普查，是由县文化馆下乡干部刘春彦从陈家院村发起的。这个地属宅北乡的山村，坐落在著名的革命根据地西柏坡之北，不仅历史悠久，还有着光荣的革命斗争史。抗战时期，某部政治部曾驻在该村。聂荣臻、邓拓等老一辈无产阶级革命家也在这一带生活和战斗过，与村民结下了深厚的情谊。该村王志亮、李凯等讲述的《聂帅认错》《聂帅拉车》等故事，就是当年革命生涯的真实写照。但要追溯陈家院村一带讲述故事活动的源头，却是流源深长的。据《平山县志》记载，明朝洪武年间，四周山峦层叠的陈家院村才是个只有几户人家的小山庄，讲故事听故事就成了村民生活的一部分。如今，此村已发展成280余户人家，在太行山中已属较大的村庄之一了。

俗话说，有人的地方就有故事。山高路塞，远离政治经济繁荣的大都市，工余饭后讲述民间故事，很自然就形成了这一带人们文化生活的一个奇观。经过世代繁衍生息，民间文学也像人类一样在传演承袭中丰富积累。例如收录本书中的《泉水村的来历》《滚龙沟的来历》《菩萨不吃肉》《通天桥的传说》等具有浓郁地方色彩的故事，就是历史在这里演变沉淀下来的民间口传文化财富。

陈家院村的普查工作像一把火，点燃了整个宅北乡民间文学活动的热潮，使这片位居太行深山的山乡出现了群众性讲唱和搜集整理民间故事的空前盛况。省、地、县、乡各级党政领导和集成办闻讯，立即给予热情的支持和帮助，仅四个多月时间就挖掘出500余篇作品，计50余万字，发现了25位故事讲述家和歌谣演唱家，使古老的民间文化活动犹如一朵绮丽的鲜花盛开在太行山上。

特别值得指出的是，这本集子中的作品不仅充满了太行人的阳刚之气和豪壮的抗争之美，而且颂扬善美、鞭笞丑恶的语言朴实豪爽，具有鲜明的地方特色。它带给读者的，既有传统的民族美德，也有山区人民的民俗风情，对开发老区文化、推动两个文明建设，有着积极的意义。因此，我祝愿这枝盛开的鲜花繁荣昌盛！

1989年9月于石家庄

附记：刘春彦与《太行民间故事》

　　一部民间故事集就是一个地域的口传史。32万字的《太行民间故事》这部书就是河北平山县宅北乡的口传史。这场由下乡干部刘春彦主持，从陈家院村发起的搜集整理活动，犹如一把火燃起了全乡各村庄搜集整理宅北乡民间口传文学作品的热潮，使世代传讲的民间口传文学作品由口头化为文字传世。我为人民群众这种热爱自己承载和传讲的民族民间文化热叫好，也为下乡干部刘春彦的慧眼和担当叫好。刘春彦曾参加过省、市举办的民间文化培训班，回到工作岗位已成为地方民间文化建设中的重要骨干力量，别人下乡是完成组织交办的中心工作，他给自己又加了一项发掘和搜集整理民间文化的职责。1990年9月，《太行民间故事》一书由中国民间文艺出版社出版。

《花灯疑案》序

靳景祥是河北省命名的第一批省级民间故事家之一。他曾于1987年7月出席过在承德召开的中国故事学会首届年会，在会上做过成功的讲述，为与会的众多专家、学者所称道。数年中，随着耿村民间文学矿藏的发掘，他为省、地党政领导和我国民间文艺界多批次的专家学者们进行故事讲述，影响越来越大。许多报刊发表了他的故事作品，一些理论研究刊物上也出现了有关他的报道和评论。应当说，靳景祥老人是我们的民族文化事业之宝，更是耿村、藁城和我们全省民间文学战线上的一个骄傲。

172

我们早就考虑过，应当为这样的大故事家出一本专集，以让他的作品传之广远、留之后世，只是一直未能做到。现在，杨荣国同志经过几年的跟踪采访和搜集整理，与靳景祥老人共同完成了我们这个设想，也实现了他们的一个夙愿！

这本《花灯疑案》的出版，可谓意义深远——它是河北省自新中国成立以来的第一部民间故事家专集，是耿村故事村普查活动的必然结果，也是自裴永镇编著东北朝鲜族老大娘金德顺故事集以来，全国尚不多见的又一部故事家作品专集。该集的第二个意义在于，它具有以前一些民间故事书所不易达到的科学性。该集每篇都有原始记录稿，甚至保存着录音带。当故事转化为书面作品时，如何保留和体现故事家的语言风格，如何让故事家本人点头认可，又如何不失口头文学的特色，杨荣国同志是下了苦功夫的，是让专家学者认可的。例如排在本书首篇的神话《嫦娥与后羿》，本来已于1988年在中国民协主办的《民间文学》杂志第10期发表过，她却没有满足，成书前又赶往耿村，让故事家再讲再录，做了最新的记录整理，形成一种具有研究意义的追踪和校正。可以说，一般搜集者在作品质量上下这种苦心的不多。翻阅这本书可以发现，杨荣国还有意保留了大量耿村方言土语，包括靳景祥的许多特用词语和句式结构，还加了一些注释和附记。该书的科研意义，包括故事学、故事家学和地方语言学等，都将在今后的岁月中得到更多的有识之士重视。

杨荣国是从搜集民间故事作品开始她的民间文化研究生涯的，这是事实。她在行唐县丘陵山区长大，高中毕业后应聘去当一个乡妇联主任。在国家开展的中国民间文学三套集成工作中，她开始业余搜集故事、歌谣、谚语。1987年2月，省地联合召开民间文学集成理论研讨会议时，她带的论文是《从口头到书面》，被全国集成办领导几次表扬，这便成了她在民间文化研究界登堂入室的第一步。之后，她又参加了石家庄地区首次赴耿村大普查，从而开始有意识地进行有关耿村故事家本体和作品的研究。1988

年3月，在省民协组织的学术讨论会上，她宣读了《关于传统文化发展走向》的文章，被中国民协研究所所长王炽文同志认为是抓住了一个十分重要的课题，并荣获首届河北省民间文艺论文奖。此后，她的理论性文章又获省集成"长城奖"一等奖。在全国首届文艺集成志书工作表彰会中，获纪念奖。因此，她和她的主要采风对象靳景祥同时被发展为省民协会员。数年中，杨荣国和靳景祥在事业上一直互相推动，共同前进。该书的出版，是他们"忘年交"友谊的一个很好的见证和标志。

许多搜集者和讲述者之间曾发生过一些不愉快的事情，但杨荣国和靳景祥之间从来没有过。开朗、明智的靳景祥老两口待杨荣国犹如亲生女儿，杨荣国则更为敬重靳景祥的人品、口才和厨师手艺。在本书的《靳景祥小传》和后记中，杨荣国动情讲述了与靳景祥及村民的鱼水关系，这是本书的必有成分之一，也是本书的精彩所在，是一种段宝林教授提倡的"立体描写"的成功再现。

搜集者和讲述者一起出版专集，这可以说是杨荣国和靳景祥创造的一个经验。本书的出版，标志着作为农民的故事家们已经不是只顾着吃饭穿衣、种地赚钱的生活琐事了，他们一旦有力量成就自己的文化事业，让自己的口头作品千百年之后也不泯灭，会毫不犹疑地抉择。而杨荣国作为采录整理者，大胆抛开旧文人固有的崇书面而贬口头创作的偏见，能够意识到民间故事是真正民族文化之宝，并能从科学的角度去发掘保护它，努力发现它的文学意义之外的社会意义，懂得顺应历史和时代的具体要求，懂得在向民间优秀人物的学习中推动和提升自己的道理，是极其难能可贵的品格。双方互利共赢的新思维之果，不仅仅是出版了这部十五六万字的一本书，而在于他们从人生的起点走向更广阔宏大的舞台。

本书也有遗憾之处。一是仅收入靳景祥已有作品的五分之一，数量尚少；二是有一些很有代表性的作品未来得及整理收入。这是遗憾，也是仓促成书之果。

希望靳景祥老人长寿，也希望杨荣国同志在民间文学事业上有新的进步。

1989年夏

附记：故事家与采录者合璧的精彩

《花灯疑案》一书是《河北民间文学丛书》中的一部，由著名民间故事家靳景祥讲述，杨荣国搜集整理和编著，郑一民、袁学骏作序，中国民间文艺出版社1989年出版。靳景祥是藁城耿村故事村很有声望和影响的民间故事讲述家，杨荣国是最早进驻耿村的普查队员之一，他们在讲述和采录中结成友谊深厚的忘年交。《花灯疑案》一书，既是河北省有史以来出版的第一部民间故事家专集，也是河北民间文艺家成功运用立体记录采风的范例之一，受到国内多名专家学者的肯定，并获第三届河北省文艺振兴奖，因此称为"精彩"。书中序文，由袁学骏起草，由我修改定稿，虽然梳理总结出《花灯疑案》一书的价值和成就所在，但由于初为人序，语言和结构尚显青涩和稚嫩。我将此序收录本书中，既是不忘历史，也提醒为人作序要慎之又慎。

《龙凤山趣闻》序言

摆脱了生活贫困的中国农民在开拓富裕之路的同时，也在追求文化富裕。河北省井陉县农民仇喜卿就是其中之一。人称他是个"怪人"，还给他编了"怪人奇事录"，其实怪人并不怪，只不过他的思想和举止在某些方面比别人高一筹罢了。

他相貌平常，祖辈务农，是个老实巴交的山乡农家子弟。在他身上，既有山区农民的传统朴实和憨直，又有当代农民的精明和意识。他务农是把好手，经商也是个行家，在十里八乡也是个一提人人皆知的知名人士。

人们把他封为"知名人士"，因为他有一个"怪癖"，那就是十八年如一日，坚持不懈地自修文化知识和搜集各种各样的民间文学作品。

仇喜卿搜集民间文学作品是从20世纪60年代开始的。年轻的仇喜卿自幼受到民间文化的熏陶，劳动之余就当起"搜集家"了。因此，他走上民间文学之路，是由搜集时政笑话开始的。人，各有志。当仇喜卿一踏进这个门槛，就如迷如痴了。他由不自觉搜集整理，很快发展到自觉搜集整理；由搜集时政笑话、歌谣，发展到搜集整理世代劳动人民创作和传承下来的民间故事、歌谣、谚语等作品。用他的话说，饭可以不吃，觉可以不睡，口头民间文学作品不能不搜集整理。昏暗的油灯下，臭味熏天的牲口棚，田间地头，饭场路边，凡是一切有人集结的地方，都是他搜集作品的"战场"。当时，他的生活条件是很困难的，没有力量像文学家那样在整洁的稿纸上把自己用心血搜集的作品记录下来。因此，火柴盒、香烟盒、小学生用过的废作业本、生产队记账用过的废账本、大字报纸、废发票、传单、布告、标语和铅笔头，燃烧过的火柴杆等，凡是一切还能写字的东西，都是他搜集和记录的工具。十几年来，他搜集记录的东西可以装几个柜子，摆开能陈满三间房子。尽管他现在盖了新房，修了新屋，条件好了，生活富裕了，解囊拿出百儿八十块钱毫不含糊，可谁要动他一个纸头，非和你拼命不可！那是一个热爱文学的人性情和志向的记录，是他十几年来用心血和智慧结下的最珍贵的文化果实。每个到过他的住室，看过他那些杂杂乱乱、大小不一记满文字纸片的人，都会由衷地发出惊叹和赞佩："这真是个名不虚传的民间文学搜集家！"

这个问世的集子，就是从仇喜卿搜集整理的众多民间文学作品中选出的一部分。尽管有的作品情节还整理欠当，有的篇章还不够完美，但作为一个农民，在生活富裕之后，首先想到的不是物质享受，而是为挖掘和弘扬祖国的民间文化遗产做贡献，自费出书，这是一种多么可贵的精神和品格啊！毫无疑问，这部书的出版已使仇喜卿同志在民间文学道路上走出了新的步伐。我期望他一如既往，坚持不懈，能出第二部、第三部民间文学专集，有更多的佳作问世！

1989年5月于石家庄

附记："怪人"仇喜卿出书记

世代务农的农民既是民间口头文学的创作者，也是民间口头文学的承载者、传播者。在组织编辑出版《河北民间文学丛书》活动中，1988年冬天，有位一手抱着孩子一手拎着一个破布兜的中等个男子走进我的办公室。他把手中的破布兜交给我，又从裤兜里掏出一把大小不一的钱放在桌子上说："俺想出本书，您看钱够不？"我打开破布兜，里面是用各种大小不一、颜色不一甚至用小学生作业本背面书写涂改的民间故事、歌谣、谚语、笑话的稿件，有的字里行间连标点符号也没有；工作人员清点完钱，是501元。我望着这一堆稿件、一堆钱，眼睛发热了，问他是哪里人、叫什么、为啥要出书。他说："俺是个农民，叫仇喜卿，井陉人。电视和广播里说，村里人们常讲的那些嘎咕事是个宝，俺要献给国家。"多好的农民呀，虽然知道稿子不够出版条件，钱也不够出版经费，我仍然毫不犹豫地收下了。事后，我从井陉县文联主席何忠禹那里得知，仇喜卿是个故事讲述家，也是个民间文学作品搜集家，人送外号"怪人"。仇喜卿还把他不寻常的言谈举止编成"怪人奇事录"传讲。于是，我便和身边的工作人员一篇篇重新整理、抄写了他的稿件，经费不够我就多搭上点，定名《龙凤山趣闻》，纳入《河北民间文学丛书》，交由中国民间文艺出版社于1989年9月出版。我给人写序，都是应邀而作，我给仇喜卿的《龙凤山趣闻》一书写序，是我自告奋勇承担的。仇喜卿果不负厚望，由这部书开始竟成了在井陉很有名望的一位文化达人。

《陆陇其的故事》序

郑一民序文选集

豫剧《七品芝麻官》问世，使知县唐成成了人们茶余饭后评介古今人物的一面镜子。其实，在中国封建社会像唐成这样的官吏也并非一人。在清朝盛世时，曾出任过直隶灵寿县知县的陆陇其就是其中之一。

陆陇其，字稼书，人称陆公，浙江平湖人，康熙九年（公元1670年）进士，官至监察御史。他勤学博识，一生为官清正、刚直不阿、爱民如子、秉公执法，虽是一介难入史册的七品芝麻官，却给一方人民留下了种种脍炙人口的美谈。至今，在河北的灵寿、行唐、正定一带一提陆公，人们都能津津乐道地讲出有关他的各种趣闻和轶事来，可以说有口皆碑了。

关于陆公的传说故事不仅流传广泛，而且内容杂，有为政清廉、替民请命的，也有倡学劝德、勤家治土的，有惩恶扬善、除治污吏的，也有课农正赋、恤孤扶贫的，篇篇都具有鲜明的地方特色和浓郁的乡土气息。在这些故事中，尤以惩治邪恶势力和清廉耿直的两类作品深受群众称颂。前者，收入本书的就有《当侠》《北瓜上寿》《堂上借银》《三谢知单》等。在这些作品中，陆公依仗聪明才智及时把握住各种有利时机，巧妙地揭露和惩治一桩又一桩时政和社会劣迹，在耍笑中无情地暴露丑恶势力的嘴脸，随心所欲地嘲弄和鞭笞丑恶势力，置他们于狼狈不堪的境地。相反，陆公对己却以洁身为表，对民对友充满了同情和仁爱，收入本书的这类作品有《上任》《街头断案》《木头衙役》《赠驴》《赏钱》等。特别是《木头衙役》一文，可以说开了千古奇例，读后令人拍案叫绝！正是这些奇特的事例和妙趣横生的情节，使历史上的陆公形象栩栩如生地跃然于人民口碑和字里行间，令人感到可亲可敬。

从艺术上讲，本书有三个特点：一是故事在描写刻画人物中较成功地运用了民间文学惯常使用的反差大的对比手法。比如在描绘陆公时，讲述者们把他不扬的外貌、平凡的举止与聪明才智、博学多识形成强烈的对比，把反面人物的奸诈、狠毒与陆公的刚直善良形成强烈的对比，使所颂扬的主人公内含的美更加鲜明突出，给人留下难忘的印象。二是故事情节充满了传奇色彩和戏曲性。这样不仅把主人公幽默风趣诙谐善谑的性格生动地刻画出来，而且使读者兴趣盎然，在欢愉和惊喜中受到教益和回味。三是故事多从平凡小事中展现活生生的所要颂扬的美德和精神。

陆公本是维护封建王朝的一名官吏，但在人民群众口中却被塑造成一个足智多谋、体恤民情的"陆青天"。毫无疑问，这种民间传说中的"陆公"，已成了人们心目中期盼的"陆公"，早已超越了历史中真正的陆公。纵观全书，本书作为文学作品，是可读的，作为历史研究和思想借鉴，我觉得实在是值得世人深思的。

毋庸讳言，由于搜集整理者成文仓促或整理欠当，其中一些篇章和段落也有不尽如人意之处，但本书不失为一部好书。尤其在当前的纠正不正之风、开展廉政建设中，作者把它推荐给广大读者是很有意义的一件好事。

1989年9月5日于石家庄

附记：《河北民间文学丛书》的硕果

在20世纪80—90年代，河北在完成中国民间文学三套集成作品大普查后，在编辑出版各地（市）、县（区）三套集成资料卷的同时，为了使大量珍贵的民间文学作品成为广大人民群众的精神食粮，由河北省民间文艺家协会和河北省民间文学三套集成办公室牵头，成立《河北民间文学丛书》编委会，实施了《河北民间文学丛书》编辑出版工程。据统计，这项工程历时5年，共编辑272部书，由中国民间文艺出版社出版，使河北289位作者有了自己的专著或编著。河北能完成这项工程，得益于中国民间文艺出版社的大力支持，这在全国是绝无仅有的一件出版盛事，是特殊背景下造就的河北民间文学建设奇迹。《陆陇其的故事》一书就是其中之一，该书由曹庆琳先生主编，1989年11月由中国民间文艺出版社出版。

《鬼狐精怪传奇》前言

燕赵文艺名家丛书·艺术

广大读者朋友，我们怀着赤诚的心，把这本谈狐说鬼故事集奉献给你们，目的是使你们开拓文学的视野，从另一个文化窗口来了解人民群众的思想感情和文学艺术才能。

在现代科学技术高度发达的今天，谈鬼狐、说精怪似乎荒唐胡诌。谁相信宇宙间有鬼神和灵魂的存在；谁相信动植物幻化成人，与人交朋友、结夫妻呢？然而，古代人民群众却打破了人与鬼神、动植物的界限，展开想象的翅膀，编织了许许多多颇有情趣的鬼狐精怪故事，千百年来一直在民间口头上广泛传承着。大家都读过、看过《西游记》这部童话式的长篇小说和电视连续剧，其中几乎描写了各种各样的鬼狐精怪，而且妙趣横生、引人入胜，可以说百看不烦、百听不厌。青少年不仅不会因为所讲的鬼魅精灵就相信宇宙间真有鬼怪的存在，而且还会从这些故事中了解到许多历史文化的丰富知识，懂得了辨别善恶与美丑，得到了艺术的享受，获得了不少传统美德和智慧的教益。

鬼狐精怪故事是民间文学的一大门类。历代的志怪小说，如魏晋时期的《列异传》，清代的《聊斋志异》《子不语》等，都是作家采录了民间口头传说写成的。口头传说在民间在代复一代继续编创和流传。

近年来，我们几位喜爱民间文学的同仁，在从事民间文学的搜集和研究中，深感人民群众所创作的鬼狐精怪的故事是一批很有价值的文学瑰宝。虽然其中难免有专以鬼神的恐怖、因果轮回、封建迷信为主题的糟粕，但更多的作品则是颇有积极意义和具有很高艺术水平的佳作。这些故

事思想性强，含有深刻的哲理，富于浪漫和理想色彩；想象丰富、情节离奇，读起来脍炙人口。

当您读了这些故事之后，就会发现：原来这些鬼狐精怪实际上全是现实生活中的人和事。是的，所谓精怪故事，都具有幻想和超自然的境界的特点，这种幻想的、超自然的境界，归根结底都是以现实生活为基础的。天堂地狱是人间的缩影；鬼狐精怪是世人的化身，历代人民群众就是通过这种文学的手段来表达自己的理想、愿望和好恶的。他们借鬼狐以讽谏统治者，假精灵以警劝世人。比如本书所收的《憨相公》《钟馗嫁妹》等，就对封建制度科场黑暗进行了辛辣的抨击。《斗阎王》《鬼肉》等则表达了人民群众以智慧战胜邪恶。《黑马张三哥》《蛇师雷七》《癞疙宝》等是对鳏寡孤独无限的同情和爱抚。《十二个王妃的眼珠》《门插关儿》等借神力惩罚了残害善良的坏人，拯救了受虐待的人们。《琴缘》《登云鞋》《桃花女》等，通过人与鬼狐的姻缘，表达了人民群众对纯真爱情、婚姻自由的向往。《黄风怪》《讨债》等无情地鞭挞了见利忘义、卖友求荣的小人。

我们从这些绚丽多彩的故事、离奇曲折的情节中，可以非常鲜明地看到人民群众质朴淳厚的思想品德。在现实生活中，人民群众的爱憎观念和正义感得不到实现，他们为倾吐其愤懑、抒发其不平，就借用鬼神的力量来表达自己的理想和愿望。因而，这些故事和传说，不论主题思想、情节结构、语言风格，都是人民群众创造和人民群众喜闻乐见的好作品。

本书所收录的传说和故事，都是在中国各个民族中流传广、影响深、有代表性和适合青少年情趣的作品，并且按鬼、狐、精、怪四类编排成上、中、下三册。为了增强故事的文学性，我们对原作品进行了一定的文学加工和删改。不当之处，敬希读者指正！

1989年8月8日于石家庄

附记：《鬼狐精怪传奇》出版留下的遗憾

《鬼狐精怪传奇》这部书，分上、中、下三册，由欣然、李金刚、颂民、朱彦华四位同志编著，1989年10月由中国民间文艺出版社出版。称为编著，是因为编者对书中选用的故事进行了不少文字加工，使故事情节更加鲜活生动，故事内核和主题更突出鲜明。动意编辑出版这部书，是因为在中国民间文学三套集成作品大普查中，发现数量可观的鬼狐精怪故事，但在那个年代出版这种内容的作品还是有顾虑的，所以其中两位编著者还是用了欣然、颂民的笔名。为这部书作序时，我也是考虑再三后，才写上真名实姓的。可广大读者不管这些，书一出版就被卖光，还出现多家书商盗印的事件。书虽出版了三册，但只是当时所收集稿件的五分之一。剩余的稿子本计划以后再寻找机会编辑出版，遗憾的是因库房漏雨而化为泥浆了。每想及此事，我都恨自己改革开放的胆子太小了。

《中华优秀传统故事选粹》序

习近平总书记指出："中国有坚定的道路自信、理论自信、制度自信，其本质是建立在5000多年文明传承基础上的文化自信。"遵照这个论断，我们重新审视悠悠五千年中华文明长河，中华文化所放射出的那种独一无二的理念、智慧、气度和神韵，不仅增添了中国人民内心深处的自信与自豪，还使每个国人激发出空前高涨的爱国爱家、爱党爱社会主义的激情与热潮。由历代先贤和广大人民群众创造与积淀的优秀传统文化，既是维系中华民族繁荣昌盛的宝贵精神财富，又是构建社会主义核心价值观的坚固基石。深受广大民众喜爱的各类民间故事，便是中华优秀传统文化的重要组成部分。

由世代劳动人民创作并传承的民间故事，是广大人民群众情感与心情的抒发，是民族智慧的结晶与升华，是滋润民族成长壮大的精神食粮，也是流淌在民族血液中的歌。其内容包含政治、经济、文化、军事、天文地理、衣食住行等方面，彰显着中华民族"忠、孝、仁、义、礼、诚、信、智、勇、节"等的思想理念和品格特色。专家学者称其为"中华民族口传文明史"，誉其为人类社会生活的"百科全书"。其意蕴深厚、内涵丰富、流源深长、特色鲜明，是任何科学所不能替代的民族瑰宝。它犹如取之不竭的力量源泉，传递着民族的血脉与基因，熏陶着民族的个性与品格，激发着民族的壮志与理想，哺育出一代又一代民族精英与楷模。

人们喜爱故事，是因为大白话讲清了大道理，小故事弘扬着大精神，将严肃的说教寓于谈古说今之中。所以自古至今，无论是政治家还是平民百姓，军事家还是豪杰商贾，文学家还是百工杂役，都极其重视经典故事的使用与研究。他们是各种优秀传统故事的搜集者和传播者，也是各种优秀传统故事的实践者和创造者。领导讲话引经据典有它，长辈教育子女以古喻今有它，个人修养以故事为戒为范，朋友邻里相聚以故事为乐为趣，使中华民族美德代代相传、民族品性凝练愈坚。久而久之，讲故事、听故事成了中华民族修身养性、进行传统美德教育的习俗和一道亮丽的文化景观。

在21世纪的今天，和平与发展已成为人类社会前进的主流，繁荣经济要靠国际社会合作，繁荣文化要靠对民族优秀传统文化的弘扬与创新。优秀传统故事支撑着中华民族创造了辉煌的文明史，在实现中国与中华民族伟大复兴伟业中应该放射出更加璀璨的光芒，因此我们编纂了《中华优秀传统故事选粹》这部书。该书围绕着社会主义核心价值观的二十四个字，精选了广泛流传于民间的尊老爱幼、勤奋敬业、清廉奉献、精忠报国、公正民主、家和万事兴、勤俭致富、诚信守纪、宽容友爱、勇于创新、威武不屈、智慧克难十二类故事，共一百二十篇，每篇后加感言评点，虽非中国民间故事精粹的全貌，却是妇孺皆知的历代同类故事中的经典。尽管人人闻题耳熟，但其所蕴含的内涵和哲理却是常读常新，给人醍醐灌顶和启迪无限之感。

善行中国，旨在善，贵在行。建设经济文化强省、构建和谐社会美好家园，需要文化提供精神动力和道德支撑。古语讲："温故而知新。"在全国学习贯彻中国共产党第十九次全国代表大会精神之际，我们编辑出版《中华优秀传统故事选粹》这部书，意在弘扬优秀传统文化和民族美德，以古人古事为镜，励志省身，拼搏进取，使天地有正气、人间倡善美，助力文化强国建设，让中华民族讲唱着自己的故事，人人争当爱国、爱家、爱民族、爱党、爱社会主义的典范，实现中华民族伟大复兴的中国梦，使中华民族永远屹立于世界之林！

2018年2月于石家庄

附记：从废纸堆中捡回的一部书

出版社领导的办公室都是稿山书海。2016年，为加快编纂出版《河北省传统村落图典》的进度，我常找河北教育出版社副总编辑郝建国呼救求援。有时他忙着处理其他事务或开会，我就在他满屋书架上消磨时光。一天，我不小心碰倒摞在墙角的一大堆清样稿，帮助归整中竟发现其中一部是我主编的书稿清样。物归原主后，好友杨玉岭认为这是一部好书，并让我写了序，由花山文艺出版社于2018年2月出版。朋友们闻知后笑谈："这是一部从废纸堆中捡回的书。"

《梁挺爱优秀故事选》序

　　我怕作序，特别怕为朋友作序。原因很简单：一是才疏学浅文章丑，害怕鲁班门前弄斧；二是怕辜负了朋友的信赖和重托，玷污了一部好书的英名。但读过梁挺爱寄来的《梁挺爱优秀故事选》书稿后，却萌生出一阵阵无名的冲动。细细品味，不是自己的手发痒，而是被书中颂扬的人和事及撰写这些人和事的作者的精神所感动。

　　常言说，故事是生活的提炼，文章是感情的产儿。情动于衷，发自内心，故而发现自我，表现自我，抒发我思我见，这既是理所当然的事，又是情感的真实写照。古人（杜甫）云，"文章千古事，得失寸心知"；今人讲，"文如其人"。读梁挺爱的《梁挺爱优秀故事选》，深感古今之论确非虚妄之言，而是千真万确的经验之谈和至理名言。

　　现实无情，又多情。"自我"的价值，只有放到"现实"的天平上去衡量，才能准确无误。生活在风尘世界中，要想免俗恐怕是不可能的。庸者，沉湎于纸醉金迷，愤慨于举手投足，最后往往连自己也污染了；智者，将根扎于泥土，将眼环顾于生活，用笔去拨动社会最敏感的神经，以自我之情入无我之境，才会书写出叫读者激动、叫社会认可的千古文章。梁挺爱，大概就是这样一个人。

　　我与他相识，在1986年一次会议上。此前，虽闻其人其事，却一直以为他是位酷爱文学的年轻姑娘。"挺爱"嘛，在世俗观念中应该是个娇小俏丽的女孩才配拥有这样性别味浓艳的名字。所以，当有人把他拉到我面前介绍时，才知道凭空想象最容易使人犯错和上当不是戏言。他虽然眉目清秀，但气质和衣着打扮却是个土味十足的标准塞北汉子。据他解释，按家谱他排在"廷"字辈上，又正好生在抗美援朝的岁月，父母就以"爱、和、平"三字作为他和他弟弟们的名。他排行老大，自然得名"廷爱"。后来又在"廷"字的左边加了个提手旁，于是"梁廷爱"便成了"梁挺爱"了。

梁挺爱，果然是个值得爱的人。在日后交往中，我们成了朋友，而且成了可以无话不谈的好朋友、挚朋友。他出生在宣化一个普通农家，21岁丧父，25岁丧母，兄妹六人，他为长，日子过得极苦。1969年初中毕业，受生活所迫辍学，担负起兄妹六人家庭的生活重担，在村中当了4年生产队长。这期间，他曾到火车站当过装卸工，100斤的体重、1.6米的个子扛200斤的麻包，看了叫人心疼落泪。好心的老师没有忘记他是个品学兼优的好学生，说动村干部，1978年聘他当了村里民办教师。初中毕业生教初中语文，那日子是咋过的，可想而知。一干又是4年，1982年他考入本地柴沟堡师范，1984年毕业分到县文化馆，才有了一份正式工作。没有跨进大学门，是他终生的憾事，但他并没因此而自卑和落寞。相反，他深知自己肩负的家庭责任和人生的艰辛，自参加工作就利用一切业余时间奋力在写作上拼搏。

时光不负有心人。在县文化馆他办《宣化文艺》，因文笔有成调张家口市茶坊区委宣传部，又调文联。他写过黑板报、小消息小新闻，也写过唱词、快板、相声、小品、小戏、笑话、诗歌、散文、小说、报告文学等，最后落脚在民间故事搜集整理和新故事创作上。梅花香自苦寒来。20年卧薪尝胆、刻苦磨砺，梁挺爱终于实现了自己的"梦"，从一个业余作者成长为一位在省内外有相当声望的专业作家。

研究梁挺爱走过的路，有两个突出特点值得提出：一是勤奋不怕苦，二是善于思考求新。所谓勤奋不怕苦，就是常年奔波于生活窘境，交往五行八作的人物，搜集大量素材，为创作各种文学作品奠定坚实基础；所谓善于思考求新，就是他对生活素材和构思总能不断升华，有自己独到的见解。普普通通一件事，经他一"折腾"，就成了人人喜闻乐见的文学作品了。因此，其作品常以"新、奇、深、巧"享誉文坛。据统计，自1984年发表第一篇处女作，至今已在省内外报刊发表各种题材的文学作品354篇，编辑出版8部专集，连连摘取获奖桂冠。其中荣获国家大奖9次，省级大奖17次，并因此成为《故事会》《故事传奇》《故事报》《民间文学》《笑话大王》等全国著名刊物炙手可热的贵宾和专栏作家。其业绩被载入多部国家级辞书。日积月累，在塞北和河北，他成了一种自学成才的"文学现象"，几次召开作品研讨会，被同代人和后学者捧为榜样和旗帜，并在他周围聚集起一批数以百计的新故事创作群。

在人生道路上，有人以"西子捧心"为美，有人以"芝麻开花"为豪。也许是自知不如"西施"美，也许是塞北汉子本来就志存高远，梁挺爱不看重"西子捧心"，而执着追求"芝麻开花"。表现是在如潮的荣誉和赞扬声中，他没有陶醉，却默默潜心于理论研究，并连续发表了《浅谈新故事的渐高曲线》《从耿村文化看女故事家在家庭中的教化作用》《开发利用是最好的保护和发展》《徐福东渡之初探》《庙会文化活动新变》等数十篇学术论文。这对一个只有中专学历的人来说，确是一件难如攀峰的事，但却催化了他文学素养和人格的升华。因此便造就他对生活素材领悟深透，故事情节构思奇妙，语言技巧驾驭娴熟，作品品位不断提升的现象。《梁挺爱优秀故事选》一书，虽不是梁挺爱人生的总结，却是他人品文品的荟萃和写照。

我推崇《梁挺爱优秀故事选》一书，因为它汇聚了梁挺爱近20年发表的文学精品。他称书中的作品为"怪味传奇"。"怪味"二字，不是书中作品的主旨，而是作者对人世间千姿百态现象的昵称和概括，更是作者探索人生真谛凝练的一种艺术风格。在写文章得意时，或与朋友交谈兴奋时，他常爱唱一段塞北民歌，那粗犷豪放之声、委婉凄楚之情，恐怕就是"怪味"滋孕之源吧。古人讲："庾信文章老更成，凌云健笔意纵横。"梁挺爱同志虽然还远远未臻老境，但他书中的一篇篇让读者感慨和叹服的健笔之文，确可以用"妙笔凌云"四字来形容了。

古云："操千曲而后晓声，观千剑而后识器。"我对挺爱同志及其作品的评价，既是20年相处长久观察的结果，又是诸事涌心有感而发。他求索之坚韧，性格之豁达，为人之诚挚，处世之明快，常令相识之人肃然起敬。所以，在河北省民间文艺家协会第四届会员代表大会上，他高票当选为副主席。

作为朋友，梁挺爱是我的挚友；作为同事，他是我的骄傲。这不是说梁挺爱是个完人，"楼外有楼红绿映，天外有天汝平常"嘛。放眼未来，环顾学界，《梁挺爱优秀故事选》只能是他人生的一个新起点，创作道路上的一块坚石。愿读者像咀嚼怪味豆一样，从《梁挺爱优秀故事选》中品味世态人生，吸取所需的营养，激励自己，也鞭策作者，为时代奉献更多更美的精神食粮。

附记：序言《妙笔凌云绘华章》的前世今生

在我给朋友、同事的著作写的序文中，为《梁挺爱优秀故事选》一书写的序文，可谓是文字较长的一篇。梁挺爱是个出身很苦，在奋斗之路上历经磨难而百折不挠的人。在我熟识的人中，由民间文学家成为作家的人不少，由作家成为民间文学家的人不多，梁挺爱却是一位先作家后民间文学家，最后又回归作家之路的人。岁月的经历和坎坷造就他超常勤奋、不畏困苦和勇于创新的品格，他待人处世既诚挚热情又豁达有节。他曾担任河北省民间文艺家协会副主席和张家口市民间文艺家协会主席，共同的事业使我们成为互相惦念、无话不谈的知心朋友。不管当面还是书信电话，他常称我"老师"，但在我的心中他才是值得尊重的"兄长"。我同情他多难的阅历，钦佩他那种克难攻坚、奋斗不止的精神，叹服他干啥啥成、硕果累累的人生。2015年10月，他到省会来参加工作会时告诉我，他已办了退休手续，这次来参加会议是与朋友们告别的，退休前他将近年在省内外报刊发表的作品编成一部书，题名《怪味传奇》，送出版社前想请我写个序，留作多年交往的纪念……于是，我欣然挥笔写成这篇题名《妙笔凌云绘华章》的序文。这篇序说是序，实际写的是我心目中的梁挺爱，是我们多年交往深情厚谊的梳理和总结，是我们用文字对事业和人生的又一次倾心交谈。然而，万万没想到他的《怪味传奇》却因经费问题而流产。他怕给朋友们添麻烦，不告诉任何人没有出版的原因，一直推到2022年8月，才以资料本的形式问世，序虽然还是我写的序，书名却由《怪味传奇》改为《梁挺爱优秀故事选》了，书中的内容也比原稿减少了。这件事，是我在编辑本书搜集所写序时才发现的。手捧《梁挺爱优秀故事选》这部书，我潸然泪下，好兄弟、好朋友，我为结识你这样的人而骄傲！

第四辑

《郭氏铁板浮雕制作技法》序

在庆祝共和国七十年华诞中，许多人都有自己的方式。铁板浮雕大师郭海博，以出版潜心多年撰写的专著《郭氏铁板浮雕制作技法》来表达对这个伟大节日由衷的祝福与庆贺。因为这项被评论家誉为"中华绝技"的铁板浮雕艺术，是沐浴着改革开放春风再现人间的民族工艺美术奇葩，郭海博也因探索、恢复、创新这一奇葩，而先后被联合国教科文组织授予"民间工艺美术大师"、中国工艺美术协会授予"中国工美行业艺术大师"称号，人称双冠大师郭海博。

追溯中国的铁板艺术，肇于先商发明冶铁，初始主要用于农具与工具制作。《国语·齐语》中所讲"美金以铸剑戟，试诸狗马；恶金以铸锄夷斤欘，试诸土壤"之说，就是这一历史的写照。文中所言"美金"，即指青铜；"恶金"，即指锻铁。所谓锻铁，是铁矿石熔化后未经过渗碳锻打之铁，质虽硬而性脆，只能用于翻土铲泥。至春秋，锻铁才进化为铸铁，即经过渗碳锻打和淬火等技艺处理之铁，质坚且性韧，史称"钢铁"，由此开启铁代铜和铁器普及时代，从而使中华文明揭开新的一页。关于铁板浮雕艺术的诞生与发展，史书中并无明载，但从1968年河北满城汉中山靖王墓出土的铁锤、铁锯条、铁镦、铁砧、铁斧、铁凿、铁锉、铁尺、铁锛等多种制铁、塑铁工具推断，至少在汉代中华民族就具备了制作铁板浮雕的技艺与条件。史学家们把掌握和驾驭这类技艺的人，称为"中国工匠"。

但历史老人好像要测试后世子孙的聪明与智慧，考古发掘中只出土铜雕、铜铸和错金错银铜板等大量精美珍贵文物，而无代表古代匠人最高水平的铁板浮雕艺术精品问世。是因古代铁板极易生锈而被历史湮没，还是在更朝换代的烽火狼烟和自然灾害中已化为泥浆？于是，揭开历史之谜，探求铁板浮雕技艺的真谛，让这项中华绝技再现人间成为装饰人类生活的美景美物，便成了一代又一代中国工匠和艺术家们的不懈追求与梦想。双冠大师郭海博，就是从这支队伍中脱颖而出的一个卓越典范！

世人赞叹郭氏铁板浮雕的鬼斧神工绝技，仰慕郭海博头上"双冠大师"的光环，却很少有人知道他为此所付心血与艰辛。铁板本身是一块呆板、冷酷、无情之物，要让它变得生命鲜活、超凡脱俗、充满艺术魅力，全靠一个"砸"字。郭海博深有感触地说："制作铁板浮雕，没有模具，全凭艺术家的灵感设计和手中的榔头、錾子在铁板上反复敲打和錾修来实现。每一件作品都须经过万千次的敲打和錾修，才能使人物性格表情、动植物神态特征、物品肌理花纹等出神入化、灵动如生。"评论家将艺术家的这种本领，赞为"以锤代火，化铁为泥"。然而，探求磨炼和掌握这种本领的历程却犹如凤凰涅槃一般艰难，需要艺术家有钢铁一样的品格和毅力，甘于长期默默无闻地潜心奋斗在封闭、寂寞、孤独、艰辛、困苦与坎坷的熔炉中。因为铁板浮雕这种技艺，既无前人留下的完整史料可参又无现成样品可鉴，探索者须在一次又一次的实践与失败中去总结和感悟，且雕塑的艺术形象无论大小每一锤每一錾都不能少，哪里还有常人生活的悠闲、自在、潇洒和游乐可言呢！

　　其实，现实比人们想象得更严酷。据郭海博回忆，自1989年举锤敲砸第一块铁板至今，三十余年来他基本没有休过节假日和星期天，他将这些国家法定的公休日和所有下班后的空余时间，全都投入对铁板浮雕艺术的探索与研究了。为了实现心中的梦想，他不仅自己痴迷入魔，还苦口说服妻子拿出家中口省肚减节俭仅存的一千元购买电剪、台钳、砂轮、氧气焊和二氧化碳焊机等工具，动员母亲腾出家中唯一一处堆放生活杂物的六平方米的储藏间当作坊。从此，这间陋室小房便成了他和弟弟郭海龙的二人世界。为了不让噪声扰人，影响左邻右舍休息，他们将本来就通风差的小门小窗全用厚草苫和破棉被封死，不管盛夏酷暑还是寒冬腊月，天天在里面挥汗如雨地在一块块铁板上敲砸、焊烤、錾修。一张张被砸坏敲废的铁板扔出来卖给收废品的，又将一张张新铁板买回来搬进去。长得浓眉大眼一表人才的郭氏兄弟，天天干无名无利纯赔钱事的怪现象，便成了人们茶余饭后的笑谈。同龄人说他们"走火入魔了"，同院人说他们"脑子进水了""吃饱撑的"，但他们却从不懈怠、从不言苦、从不畏难、从不放弃，在一次又一次失败和日复一日坚守中寻找制作铁板浮雕的艺术密码与真谛，攻克一个又一个难关，攀上一个又一个艺术新发现与创新的新台阶。谁也没有料到，十五年后的2004年10月，曾在这间小屋里敲敲打打的两个青年人，竟在天津举办的第二届中国国际工艺美术精品博览会上，以匠心独具、炉火纯青的铁板浮雕佳作《丑娃》，从参展的海内外三千多件工艺美术精品中脱颖而出，被联合国教科文组织授予"民间工艺美术大师"称号。由此，郭海博的名字和"郭氏铁板浮雕艺术"成为共和国工艺美术星空中一道绚丽夺目的风景，不断在国内外大展大赛中夺金摘银，被新闻媒体和艺术界称为"共和国艺术新星"。

　　儒家经典《周礼·冬官考工记》中讲："天有时，地有气，材有美，工有巧，合此四者，然后可以为良。"解析郭海博现象，梳理探究郭氏铁板浮雕成功之秘，恰是对名著圣言的生动诠释。所谓"天有时"，即改革开放时期；"地有气"，即铁板浮雕是广大群众喜闻乐见的雅俗共赏的艺术；"材有美"，即当代铁板已具有塑造各种艺术形象且永不锈腐的质量；"工有巧"，即郭海博潜心三十载所磨砺掌握的制作铁板浮雕的巧夺天工的技艺，四者珠联璧合便造就了一件人间奇迹——铁板浮雕艺术在当代创新发展的辉煌。这种辉煌，既是个人艺术造诣与成就的写照，也是艺术水平已具有"国家高度、世界视野、民族特色"的展现。

拜读《郭氏铁板浮雕制作技法》一书，犹如步入秘洞宝库，近距离观赏瑰宝诞生之谜，目睹其绝技的惊艳、价值与本色。全书虽仅有六章，却以图文并茂的形式，将郭氏铁板浮雕探索发现的制作秘籍和创新发展的妙招绝技，慨然奉献给时代与读者，展现了一位艺术大师赤诚浩荡的胸怀和纯朴、厚重、大气、豪放的品格风采，及其殷切期盼有众多后起之秀继承弘扬郭氏铁板浮雕技艺的美好愿望。其文字简洁直白，像春蚕吐丝一样讲述三十余载在探索铁板浮雕艺术中的各种感受感悟，让读者如饮甘泉，字里行间处处散发着浓浓的爱国爱家敬业之情；书中刊登的二百五十幅记录和承载着作者成长历程、坎坷探求和创新成果的图片，犹如累累硕果，幅幅闪烁着一位艺术家呕心沥血辛勤耕耘、不懈追求艺术真谛和刻苦钻研创新发展的神性灵光。常言道，文如其人，其实艺术也是如此。郭海博手中的锤、錾子和焊枪，不仅创造了郭氏铁板浮雕艺术的奇迹和《郭氏铁板浮雕制作技法》这部艺术专著，也塑造了一个有信仰、有情怀、有担当的德艺双馨艺术大家的形象！读他的著作，不仅是艺术学习与享受，也是品格与精神洗礼。

在郭海博专著《郭氏铁板浮雕制作技法》出版问世之际，作为多年挚友，我写了上述话，既是向世人推介这部填补中国工艺美术史空白之作，也是期盼郭海博大师为社会做出更大贡献的激励与共勉。

2019年10月28日于石家庄

附记：双冠大师郭海博的成功秘籍

铁板浮雕是一项中华绝技，但其制作技法却鲜有记载，由郭海博、郭墨涵著的《郭氏铁板浮雕制作技法》一书，是一部填补历史空白的宏著。书中不仅记述了郭海博、郭墨涵研究历史文献和考古发掘的感悟成果，而且鲜活生动地记述了他们在恢复和探索铁板浮雕技艺中的艰难坎坷历程。特别是他们将自己几十年用心血和汗水淬炼出的绝技和经验体会，公布于世的胸怀和精神，展现了当代艺术大家的光辉形象。在书的序言中，我只讲了郭海博，而没有提及郭墨涵，是因为郭墨涵既是郭海博的高足弟子，又是郭海博大师的嫡传继业人。她的高学历、高悟性、高眼界、新技术、新思维，在铁板浮雕制作技艺上已青出于蓝而胜于蓝，其不断问世的精品佳作已在中国工艺美术界引起热切关注和好评。《郭氏铁板浮雕制作技法》这部书能顺利精美问世，郭墨涵功不可没。她是郭海博大师的好女儿，也是郭海博大师的得力助手。

《翰墨如歌》序

岁月荏苒。当时代之手推开辛丑年的春窗时，我接到多年好友建华兄的电话，他告诉我今年是他八十大寿，梳理总结人生，拟出版一部题名《翰墨如歌》的书，让我写个序。我欣然答应。

孙建华原名孙剑华。他出生在抗日烽火遍燃的1942年，父母给他取名"剑华"，意在激励他长大后用剑驱除鞑虏，保卫中华。可侵略者还没等到他长大，便举白旗宣告投降了，于是在跨进新中国学堂的时候，他便将名字中的"剑"字改为"建"了，其意是要为建设美丽富强的新中国奋斗终身！从此，在他的履历表中便有了两个名字，孙剑华和孙建华。建华兄大我四岁，我们相识于1958年。那时，我十二岁，刚考上初中，还是个浑身散发着稚气和泥土味的顽皮少年，第一次远离家门住校，心里空落落的，课余时间在校园观看脖子上围一条蓝白两色围巾、英俊潇洒的孙建华用彩色粉笔在黑板报上绘画写字就成了消磨时光和驱散思

家之苦的良方。由此我们成了好朋友，因为他家距学校近，我便常到他家蹭饭吃。也许受他的感染吧，后来我也买了一条蓝白两色围巾，但怎么也围不出他的潇洒与风采来。长大后方明白，那是艺术陶冶出的气质，岂是"邯郸学步"能学来的！

人都有自己的理想与追求。孙建华的理想与追求是当一名职业画家，用手中的彩笔描绘祖国山河的壮丽、田园的秀美，抒发对祖国对人民的热爱与忠诚、对理想与未来的无限憧憬。然而，历史与时代却让他走上文化艺术的组织领导者岗位，并一干就是五十年。五十年兢兢业业，五十年历辛尝艰，五十年风云变幻，但他从没忘记自己的理想与初心，不管工作多么忙，身体多么疲累，只要有一点空闲，他都坚持拿起画笔铺开宣纸，描绘人世间的真善美，浇灌心灵深处那朵饥渴待哺的艺术之花。人说画笔能探得天籁的幽微与神秘，手握画笔的人犹如天天在初恋。无数个寒冬之夜，无数个夏日酷暑，孙建华都在别人的睡梦中游弋在艺术的海洋，探索着绘画技艺的真谛与密码。

哲言讲，生活从来不缺少史诗般动人的乐章与场景，缺少的是能够反映现实生活、民族精神和时代风貌的精品力作。文化艺术组织领导者的岗位与视野，给孙建华打开了深入生活、洞察社会与自然的更广阔的天地；勤奋与执着则为他的绘画艺术插上了跨越与升华的翅膀。当线条与润染天衣无缝，清雅与浑厚相得益彰，氤氲与焦渴成为艺术特色，气韵与风骨浑然天成，孙建华的画作便如泉涌。其《山村新貌》《新竹》《荷花》《晨露》《葡萄》《高洁图》等作品，不仅分别参加国家、省、市美展，还被多家报刊选载。特别是他创作的国画《紫藤小鸟》，可以说将他的艺术造诣推上了巅峰，2012年不仅被国家有关部门推选参展韩国丽水世博会，还被收藏。梳理孙建华走过的绘画之路，恰是两个古词的新注：一叫"文以载道"，二叫"天道酬勤"。

论及孙建华的艺术成就，业界的评点是：作品以国画为主，尤其擅长花鸟与人物。其花鸟造型生动优美，画面不着眼于一笔一画的得失或一花一木的萧疏，而是湿笔取韵，以烘染基调为主，力求表现出层次关系，整幅作品大有一气呵成之势，并有高度的空间感、深度感，笔锋峭拔刚劲。仔细欣赏品味，其紧要处细笔浓染，密不透风；简要处粗犷捷快，疏可走马；根发于传统又不拘泥古法，取材于时代沃土又不失中华特色文化意蕴，处处彰显中国精神、中国气派、中国审美、中国价值观，给人以美的享受和意境的陶醉。于是，索画之客盈门。有人说他没有经济意识，谁要画都给，亵渎业界"规矩"。孙建华笑笑说："我画画不为名利，而为艺趣和身心健康。有人来索画，说明我的作品被社会认可了。一个画家的作品能融入人民大众，如鱼得水，何乐而不为呢。"寥寥数语，句句铿锵，字字千钧，这才是德艺双馨，这才是人民艺术家的品格与风采啊！

翻阅《翰墨如歌》这部书，美术作品虽然为重头戏，评论、报道、自传同样诠释着孙建华八十年的峥嵘岁月。他从教正值"文革"后拨乱反正，他从文恰遇百废待兴。文化是以文化人，教育是以书育人，孙建华情有独钟，坚守组织的安排和信任五十个春秋，甚至为了一个"文"字梦，多次放弃高位和升迁。干教育，他甘为人梯，遍植桃李有口皆碑；干文化，他请进来走出去，为内丘培养了一批又一批人才新秀，让历经劫难的内丘两大历史文化——千年邢窑和扁鹊祠再显古貌真容。跟他共过事的同志说："孙局长抓文化，令人精神向上、向真、向善、向美，使躁者安、乱者静、怒者悦、脏者净。"孙建华回首历历往事说："自己这一生，都与'文'字有关，与'文'字有缘。当学生认真读书；做教育苦心经营；做文化敬业有则；当干部勤政务实，两袖清风。"若让我解读这段话，那就是：仰不愧天，俯不愧地，中不愧人，因此孙建华待人处事总是坦荡荡乐呵呵。究其因，是因"文"字造就了孙建华，孙建华又用"文"字谱写了内丘"文化"在当代的绚丽华章，所以这部著作取名《翰墨如歌》。

一口气写了上述话，总觉得意犹未尽。八十岁虽是人生高寿，但对今人和艺术家来说，恰是黄金岁月，"莫道桑榆晚，为霞尚满天"。

衷心祝贺建华兄耄耋之年出版《翰墨如歌》！愿建华兄艺术之树长青，画韵万千。

2021年6月写于石家庄一民书屋

附记：往事如泉涌

《翰墨如歌》这部书是多年好友孙建华先生在八十岁寿年整理总结人生的一部著作，由华夏美术出版社2021年8月出版。他自幼热爱画画，在地方和业界很有声誉，朋友也很多，但却指名让我为他的大作作序，这是我的荣幸和应尽之责，因为我们是中学时代友谊深长的学兄学弟。我虽不是画家，工作也不在一地，但却常通话见面交谈，深知其人其艺其德其心其志，提笔便往事如泉涌，于是就写了这篇短文为序。

《艰难征程》序

研究中国瓷器发展史，
肇于南、北二系，史称"南
青北白"。南青，是指隋唐
时代盛产于江浙上虞、余姚
等地的"青瓷"，因此地曾
为古越人聚居之越国，史称
"越窑青瓷"；北白，则指
唐代邢州内丘一带所产的
"白瓷"，史称"内丘邢白
瓷"。这两种瓷器，既是当
时中国和世界瓷器最高水平
的典范，也是大唐盛世瓷业
高度发展的注释与写照。
因此，瓷器便成了中华文

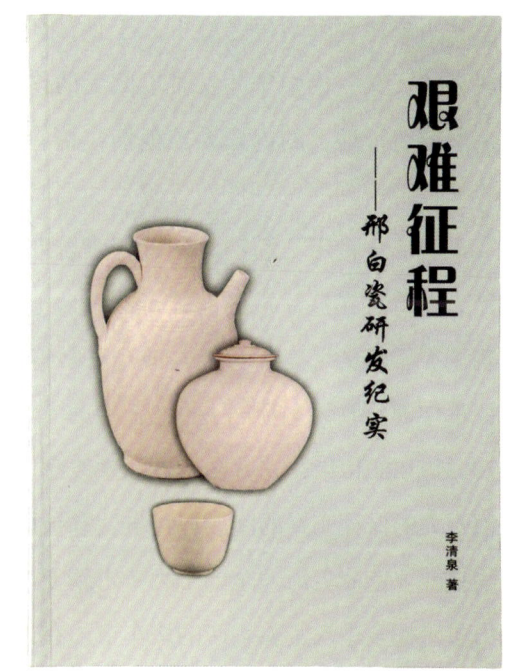

明的重要标志，英文将中国称为"china"（意即生产瓷器的地方），即源
于此。

关于"南青北白"瓷器的精美与影响，历代史书多有誉评。唐代音乐
家段安节在《乐府杂录》中赞美其瓷质说："率以越瓯、邢瓯共十二只，
旋加减水于其中，以箸击之，其音妙于方响"。另一位唐人李肇则在《唐
国史补》中记述邢白瓷在当时的影响说："内丘白瓷瓯，端溪紫石砚，天

下无贵贱通用之"。而此时的世界各地，大多尚处在以陶为器的时代，大唐的改革与开放才使中国瓷器和生产瓷器的技艺通过陆路丝路和海上丝路走进了世界各国人民的生活中。中外陶瓷界有感于这一史实，便传开了一个千古名句，叫"世界白瓷源中国，中国白瓷源邢窑"。

然而，历史创造的奇迹又被历史的车轮碾碎。闻名世界的邢窑，在历经大唐盛世的辉煌与骄傲后，却没躲过五代乱世的金戈铁马和天灾人祸而从历史舞台上消声隐迹了。于是，怀念邢窑、寻找邢窑、恢复邢窑，就成了一代又一代中华儿女难以磨灭的伤痛与梦想。特别是世代生活和守护在邢窑遗址地上的内丘人，他们在精心呵护着那里每一座古迹、搜寻研究着从荒野捡到的每一件残瓷碎片的同时，从历史留下的一个个蛛丝马迹中寻觅着邢窑被历史湮没之谜，探索着邢窑那"白如雪，声如磬"的技艺真谛，期待着在这片古老而神奇的土地上再发生石破天惊的人间奇迹，盼望着熄灭千年的邢窑炉火能在改革开放春风中再熊熊燃起！年复一年，尽管征途中充满坎坷与困苦，但从没有一个人退缩和放弃。岁月不负有心人，2003年和2012年，先后在内丘礼堂改建工程和粮贸大厦旧址地下发现大片规模宏大的保存完好的隋唐邢窑群，并被国家文物局、中国考古学会、中国文物报社评选命名为"全国十大考古新发现"之一。从此，恢复邢窑的事业才由争论探索进入实验生产的快车道。在这个队伍中，有一位白发苍苍备受尊敬和称赞的七十六岁老人，他就是我中学时代的同窗好友李清泉。

这位从小就捧着邢窑碗吃饭、聆听着邢窑故事长大的老人，好像生来就担负着再振邢窑雄风的使命，不管他是懵懂学步的青年学子还是担任县委领导重任，不管他的工作与生活是处在顺境还是逆境，不管他是在岗还是离岗退休，每听人谈及"邢窑"二字就眼睛发亮、神情亢奋。人啊，贵在几十年如一日的自律与坚守。他虽因组织需要失去进入大学深造的机会，其在沧桑岁月和坎坷磨难中所凝练的睿智、聪慧、情怀、胆识与品格，却常令那些饱读诗书和位高权重的人汗颜自愧。他在位，被父老乡亲们称为"勤务员"，被在外地工作的内丘人称为"联络员"和"后勤部长"，离职后先后担任县工业经济联合会会长、顾问，内丘县资助名牌大学生奖学基金会会长，邢台市邢窑研究会会长、名誉会长，被当地群众誉为内丘县当代"新乡贤"。因此，读李清泉的著述，不是欣赏其华丽的词句、奇妙的构思和深奥的技术理论术语，而是感悟字里行间中所散发的那种发自内心的由衷热爱祖国、热爱家乡、挚爱事业和心系邢窑的正气与精神！

《艰难征程》这部书，是他几十年致力邢窑奥秘研究的结晶，虽然仅有十余万字，却字字珠玑。我这样赞美，不是其文采如何非凡，而是其所言所述句句是真言，件件是史实。他用图文并茂的形式，最直白的语言，凿凿如铁的一件件令人叹服的科学证据，向世人揭开了困扰学术界多年的邢窑被历史湮没之谜，解答了坐落在内丘大地上的唐代名窑为何称"邢窑"，邢窑依靠什么神奇原料和技艺才烧造出举世闻名的"邢白瓷"，这些原料资源蕴藏在何地出自何方等问题的真相与真谛。拜读书中那一行行充满情感、信念、温度与追求的文字，欣赏书中那一幅幅珍贵并令人兴奋震撼的图片，辨认书中那一张张签署着权威科研机构单位名字和印鉴的鉴定结论报告单，我的眼睛湿润了……

一位七十六岁且有多种疾病缠身的老人，为了拨开邢窑研究的种种疑云，获得证实史册记载真与伪的证据，他不仅亲自组织策划、慷慨赞助大量资金，还亲自奔波于城乡和进行田野考察，那得克服多少困难、付出多少心血与艰辛啊！一个人为实现自己心中的梦想而奋斗不止，是值得尊敬和敬佩的；如果这个梦想牵涉着民族复兴和国家昌盛，那就是伟大的！

俗话讲，文如其人。梳理《艰难征程》这部书中"历程"与史料的分量与价值，如果让一位大学教授来阐述撰写，可能是一部数十万字的学术巨著，而清泉兄只用了不到十万字和近百幅图片，便解析出一件伟大史实兴衰的来龙去脉，并为今后发展提出真知灼见，堪称抓住了问题的命门和要害。新闻界将这种文风称为"言简意赅""高屋建瓴"，但在我看来，这却是他厚积薄发、言吐心声、直抒胸怀之作。换句话讲，这又恰是他做人处事品格的一种展现。正如他在书中所言："不说实话不是我的性格，而谎话我是万万说不上来的。"由此，便造就他行文著说有啥说啥、旗帜鲜明的叙事个性，学术界将这种写作方法称为"延安文风"。当然，书中也有欠缺与不足，可世上哪有足赤之金呢！作为故交好友，我既为他研究邢窑的成果与精神点赞，又为他的文品与人品称颂！

　　站在时代桥头审视，邢窑的复兴大业既是再创大唐盛世瓷文化在当代的辉煌，也是锤炼和激发国人文化自尊、自信、自强的一项壮举。现在，以内丘为中心的邢窑航母已扬帆起航，我期望《艰难征程》这部书能成为填进邢窑航母的第一锹"核原料"，在邢襄大地裂变，在神州大地绽放，让邢窑产品再次成为国家文化的形象与使者，在国家"一带一路"倡议中向世界释放邢白瓷在新时代的醉人魅力与光芒！

2019年10月于石家庄

附记：一位智者的追求

　　《艰难征程》这部书，是记述隋唐时代名窑邢白瓷发掘、研究和恢复的艰难历程。作者李清泉先生是位生于斯、长于斯、就学于斯、工作于斯的退休党政干部，他虽不是研究陶瓷的专家学者，却对邢窑研究和邢白瓷恢复有着浓厚的家国情怀。他不仅与人合资创办了弘传邢窑陶瓷有限公司，还在多年查史和田野考察的基础上，撰写出《艰难征程》这部书，真实记录了邢窑复兴的艰难历程。此书虽然文字简要，其史料价值和探索精神却已在业界引起反响。因此，我在序言中称此书为填进研究邢窑航母的第一锹"核原料"，誉作者的所作所为是一位智者的追求。

《廊坊燕赵老字号图典》序

当欢庆龙年春节的锣鼓和鞭炮声响彻四方时，我收到王晓燕女士在病榻上历时两年编纂的《廊坊燕赵老字号图典》书稿。见书如见人，翻阅书中一项项散发着百年荣光和芳香的老字号图文，犹如看到晓燕女士为事业忘我拼搏耕耘的身影，欣然提笔为此书作序。

所谓老字号，是指能工巧匠在漫长生产生活中创造的独具地域民族和行业特色的品牌产品，是地域特有资源和特有人才聪明智慧的结晶，彰显着地域人群的审美、品格与追求，承载着地域历史文化和经济发展的重要符号与密码。专家学者称它为地域风情代表和文化形象使者，人民群众则视它为繁衍生息不可缺的精神与物质食粮。《廊坊燕赵老字号图典》这部

书，就是具有上述文化价值与内涵的令人眼睛发亮的介绍地域特有历史文化的精品佳作。

在这部书中，共收录燕赵老字号49家，虽不是廊坊老字号的全部，却犹如颗颗璀璨明珠，以浓郁的情怀和温度向造访者鲜活生动地诉说着这片大地的神奇与魅力。编者根据它们的不同功能与用途，将书中的燕赵老字号归纳为"餐饮美食""工艺美术""医技药堂""茶庄酒坊"四类，以图文并茂的形式，一一介绍它们的发生发展和传承创新史，代表人物和企业的掌故逸事，产品特色与企业精神，精辟诠释了每家燕赵老字号在历史风浪和市场经济大潮中立于不败之地的秘籍与真谛。那就是，立业先做人，逐利德为先，产品以坚守精益求精品质为生命，兴业以诚信经营、童叟无欺为理念，谋发展以与时俱进和推陈出新为追求。

在经济社会快速发展中，科学梳理总结燕赵老字号成功的秘诀与经验，编纂出版《廊坊燕赵老字号图典》，既是为当代和后世留住城市最美好的人文历史和"乡愁"记忆，也是推动优秀经典品牌做大做强的益举。此书的问世，不仅提升了城市和城市所承载的燕赵老字号的知名度与影响力，也为当代创业人和企业提供了一部可供借鉴和效仿的多范式宝典。

站在时代桥头审视，廊坊燕赵老字号既是廊坊市民间文艺家协会和王晓燕女士多年精心关注呵护的地域珍贵文化遗产，也是展现廊坊历史文化形象和服务社会的亮丽景观。为助力景观化彩虹、形象成名牌，王晓燕在与病苦搏斗中将市域内的燕赵老字号串珠成书、立传传世，既是她酷爱事业、热爱故乡的生动写照，也是她期望廊坊燕赵老字号在当代不断创造新辉煌的呼喊与祝愿！

在这里，我向廊坊燕赵老字号致敬！

2024年3月2日于石家庄一民书屋

附记：王晓燕与廊坊燕赵老字号的故事

　　《廊坊燕赵老字号图典》一书，是廊坊市民间文艺家协会主席王晓燕女士编纂的一部展现廊坊地区老字号价值与风采的专著。该书虽非正式出版物，却真实记录了一位连照顾自己生活都困难的患病文艺工作者，坐在轮椅上用一只手查找搜集史料，边学习编辑和制图知识，边在电脑上完成此书的艰难历程和动人事迹。我为此书写序，既是对这项学术研究成果的赞赏，更是对王晓燕女士所展现的当代文艺工作者为事业忘我拼搏奉献的精神的讴歌。

《滕腾作品集》序言

20世纪90年代初，在中华大地涌现出一颗璀璨的艺术明珠——中国滕氏布糊画。它一问世便引起社会各界的青睐和轰动，被专家学者评价为中华古老艺术的皇冠。中国文联原党组书记、常务副主席高占祥题词"中华百艳，华夏一绝"。而创造这一奇迹者，就是被联合国教科文组织命名为"民间工艺美术大师"的滕腾先生。

年逾七十的滕腾大师，出生于河北省丰宁满族自治县一个山村的中医世家。这位清代正黄旗之后，自幼爱绘画、喜手工、能编织、善歌唱，十二岁便以一条纸糊的黄瓜夺得热河省学生手工展一等奖，二十岁曾在报刊发表多篇诗歌、散文、曲艺、剧本、漫画等，并多次获奖。特殊的家庭背景，使他半生坎坷、历经磨难，为了生活，种过地、画过棺材、拉过大锯、放过羊、打过柴、卖过瓦盆、烧过砖、打过井，也担任过建筑土木设计、技术员、施工队长、水泥厂厂长、建筑建材工程师。尽管他一生职业和职务不断变换，但心中时刻亮着一盏艺术之灯，那就是如何将清代宫廷服饰中的堆绣、刺绣、拨花艺术再现世间，发扬光大，服务社会，装点人间春色。

清代的宫廷服饰，在我国民族服饰中独具特色。为了显示皇家的雍容华贵、富丽典雅，从做工到用料，每一件服饰都十分考究和严格，堪称艺术荟萃之作。但要把它化为广大群众喜闻乐见的艺术品，也绝非一件易事。滕腾先生曾做过无数设想，也试制过无数样品，都不能尽如人意。然而他并不灰心，每发现一件与憧憬有关的艺术品就仔细观察揣摩，每参观一处名胜古迹就潜心咨询求教。一年又一年，他走访了无数古迹名刹和身怀绝技的古稀之人，悟释了许多传统艺术形成的渊源和真谛，却屡试难以实现心中艺术之花的突破和升华。

俗话说，"老骥伏枥，志在千里"。谁也没想到1989年的一场因公车祸致伤提前离休事件，却给五十七岁的滕腾迎来了艺术跨越的春天。在养伤休闲中，他回顾总结从全国各地吸收的营养，研究分析清代宫廷服饰艺术的奥秘，将全部身心如醉如痴地投入对满族传统艺术的探索和创新中，终于在1990年创造出"中国滕氏布糊画"并获得国家发明专利，一举成名。接着，他连年摘取国内外数十次大展和艺术精品评选的金奖，获得河北省工艺美术大师称号，被授予河北省特等劳动模范称号，并于2003年破例被联合国教科文组织授予民间工艺美术大师称号，成为令人瞩目的中华艺术殿堂中的骄子和明星。

由清代宫廷服饰堆绣、刺绣、拨花等艺术为母体而诞生的"中国滕氏布糊画"，既保留了满族皇室雍容华贵、富丽典雅的艺术精华，又吸收发扬了中国绘画艺术的浑厚、恢宏、亮丽、雅趣的特色和中国传统艺术的清新、优美、纯朴、庄重的风格。其创作构思和技法集绘画、雕塑、刺绣、裱糊、剪纸等工艺之大成，选材用料极其讲究，操作严格细腻，工序精致繁多，色彩绚丽，画面逼真，无论人物风景、花鸟鱼虫均可入画，玲珑剔透、栩栩如生。在艺术成就上，它既有油画透视之效果，又有立体雕刻之

211

观感；既有国画之风雅，又有刺绣之奇巧，工笔浓彩，独具一格。一画作成，须经设计、绘图、分解、制版、选材、剪料、刺拨、贴糊、拼凑、堆积、整形等十六道工序，所用各种材料多达百余种。由于选材以真丝面料为主，做工精细严格，又经高科技技术处理，虽久历岁月，仍然艳丽如初，既是装点高大堂殿厅室的佳品，也是美化家庭居室、宾馆客房、办公场所和馈赠亲朋的精品。

在改革开放的春风沐浴下，中国滕氏布糊画已由小批量创研走向规模化生产。党和国家数十位领导人前往参观题词，其代表作占地240平方米的《天下第一布糊寺》《九龙壁》《大威德怖畏金刚》等已成了中外游客慕名观瞻的经典艺术品，其荣获世纪杯金奖的《凤凰宝相瓶》已被人民大会堂收藏陈列。特别是2002年由滕腾大师设计制作的长4.8米，高2.4米，反映全国五十六个民族团结繁荣昌盛的《和平昌盛图》，悬挂在人民大会堂河北厅，受到党和国家领导人的高度评价。近年研制的《八旗领带》更是在国内外市场独领风骚，精奇誉四海，成为党和国家领导人馈赠贵宾的佳品；《九凤朝阳壁》构思奇妙、大气磅礴，以巧夺天工的技艺被中外媒体誉为"中华珍爱"。

在各级党委和政府的大力支持关怀下，由丰厚的民族文化底蕴和独具特色的艺术结晶形成的中国滕氏布糊画，经过近二十年的不断创新和潜心磨砺，不仅成了中华民族的骄傲和奇葩，也已经迈出国门走向世界，成为国际艺苑中一枝芬芳奇秀、盛誉四传的中华艺术之花。今天，中国滕氏布糊画落户省会石家庄，既为省城添彩，又搭建了把事业做大做强的更高平台。这是事业发展的必然，也是滕腾大师报效祖国和感谢社会各界支持的赤心再现。在百花争艳的新世纪春天，祝愿滕腾大师和他的布糊画创造出更加灿烂辉煌的人间奇迹。

2005年8月16日

附记：巧艺托起七彩天

　　我认识滕腾大师，是因为他发明了"中国滕氏布糊画"。在陪同省领导到滕腾的故乡河北省丰宁满族自治县参观考察时，我被这位精神矍铄、谈吐睿智、举止儒雅的老人的事迹感动，从此与他成了忘年交朋友。滕腾大师那双闪闪发亮的眼睛，好像穿越历史的探照灯，能看透艺术的奥秘和真谛；他那双布满皱纹的手，好像充满神奇的灵气，剪剪捏捏就能使手中的东西栩栩如生。因此，他从无数次失败中将清代宫廷服饰的堆绣、刺绣、拨花等艺术与绘画、雕塑、剪纸等艺术相融而合，升华创造出集多种艺术精华于一身的"中国滕氏布糊画"，誉播海内外，为国争光。河北省人民政府授予他特等劳动模范称号，联合国教科文组织授予他民间工艺美术大师称号。一个负伤退休的正黄旗之后，在他人生七十岁的时候能获得如此辉煌的成就，堪称是个奇迹。2005年10月，香港一画出版社挑选滕腾布糊画精品结集《滕腾作品集》出版，我撰文《巧艺托起七彩天》为序祝贺。今天再读序文，仿佛滕腾大师又站在眼前，虽然惊世佳作仍在放射着中华之光，可惜他已仙游天国了！

《德荣斋蛋雕艺术》前言

在国际学术界有一个长争不休的生命话题，那就是"先有鸡还是先有蛋"。有人说先有鸡，有人说先有蛋，但至今谁也说服不了谁。然而现实生活却不管争论的结论如何，鸡照常下蛋，蛋照常孵鸡，并由此形成许多鸡和蛋的有趣的文化事象。蛋雕艺术，就是其中蜚声中外的艺术之一。

蛋雕艺术源于何朝何代？史书没有明确记载，但却不乏人类与鸡的记述。《汉书·艺文志》记载古代有《相六畜》，《隋书·经籍志》还提到《相鸡经》，北魏《齐民要术》中有《养鸡》篇，明代有《便民图纂》和《农政全书》，清代有《花镜·附录·养禽鸟法》《鸡谱》等，都说明鸡是人类繁衍生存的重要朋友。书中说，我国早在明清时期，民间就有互相赠送喜蛋、彩蛋的习俗，就是把蛋壳涂上颜色或绘上各种图案，逢年过节，生育嫁娶，赠给亲朋好友。人们取鸡（吉）的谐音，意寓吉祥、如意、平安、富贵；由于蛋壳形状基本为圆形的，又意寓着团圆、团结、圆满、幸福、同心之意，表示对美好生活的祝福和追求。西方许多

国家在复活节和圣诞节期间也有着互相赠送彩蛋的习俗，他们把"蛋"寓为生命的起源，圣诞节互赠彩蛋意寓着生命的诞生和新生活的开始，复活节互赠彩蛋则意寓着生命的复苏和重生。即使在科学技术发达的当代文明中，他们仍延续着这个古老而充满憧憬和神秘的习俗。由此可见，"蛋"文化有着悠久的历史背景和深厚的文化内涵，而且这种文化不仅是中国的还是全人类共有的。

所谓蛋雕，不仅是鸡蛋之雕，而是泛指在大大小小各种鸟禽类蛋壳上所绘制雕刻的艺术品。世人又将这种艺术划分为两类：一是"彩蛋艺术"，二是"蛋雕艺术"。彩蛋艺术是艺术家把构思的画面用各种颜料涂绘在蛋壳上；蛋雕艺术则是艺术家运用雕刻工具将不符合作品主题的多余部分剔下去，由剩余部分组成心目中的画面。因此，蛋雕艺术亦称为"减法艺术"。其与书画艺术的区别是载体有着本质的不同。书画艺术可根据作品的需要，载体有较大的扩展空间，而蛋雕艺术则受到客观载体的限制，题材只能表现在有限的载体上，必须根据蛋壳的大小把作品的内容按比例凝缩在限定的范围内。从这个角度讲，蛋雕艺术也称为"浓缩的艺术"。蛋雕艺术的这种严苛要求，使艺术家必须通过控制刻刀的力度大小、轻重缓急、行刀深浅来表现作品的层次和浓淡。因此，创作中一定要精力集中、运刀准确、用力均匀，若一刀不慎，将无法修复，导致前功尽弃。由此，世人将蛋雕艺术又称为是一门挑战性很强的艺术。她不仅要求艺术家具备较深的历史文化知识和绘画造诣，还要求艺术家具有较高的灵性和精细准确的动手能力，方能使大脑中的构图思维和想象化为惟妙惟肖、精美绝伦的艺术佳作。

蒲德荣是我认识的众多蛋雕艺术家中的卓有成就者。他刻苦好学、灵秀善悟，在长期的蛋雕创作实践中，注意吸取骨雕、石雕、玉雕、贝雕等雕塑艺术之精髓，并把国画、书法、剪纸、版画、素描、油画等诸多艺术技巧和元素融入蛋雕艺术之中，形成了阴雕、阳雕、浮雕、镂空等十余种雕刻技法，使蛋雕艺术成为一门多元综合艺术。他通过对作品"意"的构思，"形"的把握，"神"的传递，"韵"的拓展，使蛋雕艺术的精髓表现得栩栩如生、淋漓尽致。为实现心中的理想，他十余年如一日，可谓吃尽苦头，在贫困交加中毫不动摇，不被眼花缭乱的尘世浮华所左右，宁肯破衣烂衫、食不果腹，也要在艺术攀登中勇往直前。

俗话说，苦尽甘来，时光不负有心人。艰苦的探索岁月造就他"蛋雕艺术大如天"的信念，构思废寝忘食，下刀一丝不苟，在失败和教训中迎来成功的曙光和辉煌。众多媒体评价他的作品形神俱美、匠心独运，构思严谨科学、布局飘逸合理，道法自然、浑然天成，主与次遥相呼应、虚与实形影相随，给人鬼斧神工之感。业界将这种感觉称为"神韵"，是一件作品的灵魂，欣赏时会有一种呼之欲出、视之欲动的冲击，堪称艺坛奇花。

古语讲，累土不辍，崇成丘山，涓滴相续，终成江河。蒲德荣用心血和巧手、执着和不懈，将蛋雕艺术绽放出奇光异彩，实现了自己的艺术梦，成为一名有相当造诣和知名度的蛋雕艺术名家。他和他的蛋雕艺术品不仅屡屡受邀参加众多国内大展，还多次出国展销和亮艺，不仅为祖国争得荣誉，还被中外宾客赞颂为中华民族文化艺术的奇葩！

总结蒲德荣的人生，他是一位敢为人先的成功者，也是一位将理想化为五彩光环的艺术家。在他的《德荣斋蛋雕艺术》一书出版之际，我写了上面的话，既为祝贺，也愿他在今后岁月将蛋雕艺术之路走得更精彩和璀璨！

2013年9月22日于石家庄

附记：从磨砺和困苦中走出的大师

　　我认识蒲德荣是在涿州参观三义庙时的事，当时他在摆地摊卖自己雕刻的蛋雕。我欣赏他的作品，听他讲述从业的经历和苦难，便喜欢上这个淳厚朴实的年轻人，把他发展为省民间文艺家协会会员。俗话讲，艺术家有一点阳光就灿烂。从此，他宁肯破衣烂衫、食不果腹，也要坚持在艺术攀登中勇往直前，终从一位名不见经传的蛋雕艺术爱好者成为名播海内外的蛋雕艺术大师，他实现了自己的艺术梦，也为国家和事业争得了荣誉。《德荣斋蛋雕艺术》这部书是他的处女作，也是他至今唯一的蛋雕艺术专著，这部书尽管不是出版物，却随着他的蛋雕作品走向海内外被收藏和传阅。由此，我产生一种认识，作品的价值不完全在出版不出版，而在质量、水平、内涵和精神，这便是我推崇《德荣斋蛋雕艺术》并为这部书写序的原因。

《花开并蒂》序

人都有自己的爱好，郑爱军先生的业余爱好是搜集收藏老照片，特别对伉俪婚照的搜集与研究更是情有独钟，颇有成就。据了解，二十六年来，他已积藏19世纪初至20世纪80年代的各种婚照2600余幅，从而在全国众多收藏家中享有盛名，被业界誉为"中国婚照收藏与研究大家"。在他精选藏品中最有特色和代表性的婚照，结集《花开并蒂》付梓之际让我拜读，既震撼又荣幸。震撼其数量之大、内容之丰富、审视历史和文化视角之新颖与独特，荣幸我成为这部罕见之作的第一位读者。

古语讲，人生有两大幸事："洞房花烛夜，金榜题名时。"伉俪婚照就是洞房花烛夜留给人生最美好的记忆与见证。在大千世界中，人们虽因职业不同而有不同的追求，但婚姻永远只彰显一个主题——相亲相爱携手未来，相濡以沫白头偕老。因此，自古至今，男婚女嫁必举隆仪，一是接收众人祝贺和让众人见证这一神圣幸福的时刻，二是通过这种仪式让以身相许的男女来相互承诺爱情的神圣与忠诚。这种仪式发展到照相技术问世，拍一张永恒记录和纪念这一人生幸事的婚照，就成了国际社会流行的一种共有的时尚与习俗。

新婚人将这种照片挂在洞房或客厅里，向世人宣告，一个新家庭由此诞生，向亲友诉说有情人终成眷侣，也向自己提醒，从此你中有我，我中有你，既牵手幸福，也牵手苦难，不离不弃，共创美好终生。因此，欣赏一张发黄的陌生老婚照，既是掠奇、享受、思古，也是追忆人生美好的乐事，但将数以千计、跨越两个世纪长达百年时空、涉及社会各个阶层人士的婚照分时期分类别编排汇聚成册，其意义便远远超过婚照所定格的原有内涵与价值了！

翻阅《花开并蒂》一书，犹如走进一条五彩缤纷的历史与文化隧道。那一幅幅充满浓郁历史印痕和时代风情的婚照，带给读者的不仅仅是新婚夫妻那种令人羡慕的甜美幸福与娇姿笑颜，还有各种婚服嫁衣的精美与斑斓。相机所记录的这些千姿百态、争奇斗艳的倩影，虽共同表达着一个亘古的婚嫁主题，但解读照片人

郑一民序文选集

物面部所呈现的或拘谨或无奈、或欣喜或淡然、或苦涩或甜蜜、或温馨或羞昵、或阳光或热辣的表情和不同时期、不同人物的不同服饰，却展现出时代变迁和婚姻制度由媒妁之言、父母之命到自由恋爱演化的风情画卷。让读者在评鉴岁月、品味青春中感受历史车轮的转动，感慨人生的丰富多彩，会油然升华出珍惜青春与爱情、热爱生活与人生的家国情怀。

人是历史的创造者，反映人类这种进取旅路的风向标是服饰。《花开并蒂》一书通过展示清末辛亥革命到军阀混战、五四运动，抗日战争、解放战争到新中国成立和改革开放初期国人婚照上的服饰变化，生动揭示了中华民族在沧桑岁月中不断发生的审美观念、理想追求变革和社会文明进步史实，可谓匠心独具、见微知著。服饰是穿在身上的国史，社会变迁的写照。审视世界服饰文化，尤以中国博大精深，而中国服饰文化又以婚服最具代表性和魅力。它虽不是史书论著，却比史书论著更直观更精彩更有

研究和存世价值。特别是书中还收录了一些少数民族在不同时期的珍贵婚照和港澳台及东南亚地区的难得一见的婚照，使此书更具观赏性、可读性和影响力。

当代社会是个收藏盛世。在众多收藏家将目光放在历史文物、名人书画、金银器皿、珠宝翠件等价值连城的宝物时，郑爱军先生独辟蹊径，二十六年如一日孜孜不倦在收集珍藏婚照上不遗余力，为此他遍访大河上下、大江南北、长城内外，用不懈和执着谱写出别样人生精彩与成就，令人刮目生敬。今天的中国，是从"昨天"和"前天"的中国发展而来的。搜集珍藏不同时期、不同阶层人士的历史婚照，欣赏研究不同岁月、不同服饰的历史婚照，绝非爱好、忆旧和珍藏人生在峥嵘蹉跎岁月中共同的永恒所能诠释的，其真正价值在于图说历史与变迁，透过老照片上的音容笑貌与服装饰品去解读社会文明进步的历程与真谛，让当代人和后世人知道我们从哪里来要到哪里去，以史为鉴珍惜幸福，以史为镜憧憬未来。从这个角度讲，作者从平凡中彰显了高尚的人格、卓越的学识和当代收藏家强烈的使命感与责任感，堪称我国婚照收藏与研究的领军人！

翻阅这部别开生面的宏著，我向作者祝贺，感谢他填补了出版空白，为广大读者奉献了一部内容奇特、营养丰富的中华婚照历史文化画卷。

2016年9月6日

附记：婚照画卷

记录和研究社会变迁史有多种渠道和形式，用婚照展现社会变迁和不同时期人生的风貌，郑爱军是第一人。他是位收藏家，尤以收藏婚照在业界享有盛名。2016年初秋，当他把二十六年从全国各地搜集的囊括近两个世纪的各种各样的婚照编辑成《花开并蒂》书稿让我拜读时，我立即被他别出心裁的研究历史和社会的视角和方法所吸引。此书不仅填补了这类读物的空白，也为那些记录人生最难忘的美好时刻赋予更深邃的价值和意义。此事让我感悟到，专业进取不仅要"博"，还要在"深"和"专"上下大功夫，所谓"挖深井出旺泉"。

《中国剪纸瑰宝——蔚县窗花》序

20世纪80年代初，田永翔同志负责蔚县民间文学三套集成工作时，就有心地收集了二十余万字的蔚县窗花传说故事，后筛选了六十则编入《中国民间文学三套集成》之《蔚县民间故事卷》，今他又送来与刘建军二人编著的《中国剪纸瑰宝——蔚县窗花》一书，我读后感到欣慰。

蔚县剪纸，亦称蔚县窗花。"窗花"是当地民众对这一古老民间艺术的昵爱之称。

蔚县窗花在历代皆出于世代农民之手，以阴刻见色功、阳刻见刀工著称于世，以色彩浓艳及阴阳刻技巧妙相结合的特色享誉长城内外，内容涉及戏剧、人物、故事、花鸟、虫兽、节俗等。其栩栩如生、深受群众喜爱的艺术形象，既是历史进程中重大事件、杰出人物的立体描写，也是浩瀚史籍中劳动人民创造历史的伟大体现和展示，因此被世界称为中华民族传统艺术的奇葩。

常言道，一定的文化形态与一定区域的地理生态和人文历史分不开。蔚县地处太行山脉北端，东邻京津，西依山西雁北，北接内蒙古草原，南连华北平原，自古就是中原地区通往蒙古大漠的天然古道和历代少数民族与汉族纷争的兵家要冲，这种特殊的地理和文化背景，使生活在蔚县一带的民众形成兼具汉族和北方少数民族特点的民间信仰和习俗。民间信仰和习俗作为一种精神活动，必然渗透于民间美术之中，从而造就和塑造了具有浓郁地方特色的民间美术品种——蔚县窗花。其所呈现的浓艳和热闹、精细和典雅，就是这种历史风情的生动写照。

蔚县窗花，它是劳动人民酷爱艺术和创造艺术的结晶，也是东方文化的重要组成部分。在改革开放时期，它已插上了腾飞的翅膀，从自娱自乐的农家小院走进城镇的高楼大厦，从蔚县走向祖国各地，从中国走向世界，畅销五十多个国家和地区，成为农民发家致富的摇钱树，地方特色经济的龙头产业，并涌现出数以千计的剪纸艺术家。一种土生土长的民间艺术能够受到党和政府的如此重视，受到当地群众的如此酷爱和世界各族人民的如此青睐，源于它"土"而不俗，"凡"而多雅，不断创新，与时俱进，不仅具有多功能的使用和欣赏价值，而且寓教于乐，寓美于民，是传播爱国主义和中华民族传统美德的重要载体之一。

田永翔、刘建军两位同志数十年如一日，走村串户，访贤寻古，搜集整理和收藏几千件蔚县窗花珍贵精品，并用民间文艺学、民俗学等多学科知识，分析研究这一古老艺术的渊源和价值，堪称是研究蔚县窗花艺术的佼佼者，将使蔚县剪纸这项传统艺术放射出更加璀璨的光辉。《中国剪纸瑰宝——蔚县窗花》一书的出版，是我国民间文艺学和民俗学史上的一大幸事。其内容比起同类著作，更具可读性、鉴赏性、学术性和研究性，是一部很有推广和存史价值的新作。

愿蔚县窗花这朵历史悠久、源流深长的民族之花，在众人的关爱和浇灌下，在新时代绽放出更加摇曳多姿的新风采！

2002年2月20日于石家庄

附记：文企携手弘扬优秀传统艺术的典范

　　田永翔和刘建军都是蔚县人，也都是蔚县剪纸的推崇者和研究者。田永翔曾担任蔚县文联主席，多年致力于蔚县剪纸的搜集整理和史料积累工作；刘建军是位酷爱乡土文化的企业家，以善经营闻名一方。他们从文化复兴大潮中看到蔚县剪纸繁荣发展的意义和商机。二人各展所长，珠联璧合携手编著了《中国剪纸魂宝——蔚县窗花》一书，由中国戏剧出版社于2003年5月出版。该书是蔚县本地作者首次以图文并茂的形式全面解析蔚县窗花产生、发展、传承、创新的渊源与价值，在深化改革开放中为蔚县剪纸春天的到来敲响了又一锤钟声。这种艺术家和企业家联合弘扬中华优秀传统文化艺术的现象，是改革开放深化发展的产物。我为此书写序，既是对蔚县窗花艺术的由衷赞颂，也是对艺术家和企业家共襄文化盛世现象的讴歌。

《共和国之歌》序

　　人，都有自己的爱好与专长，但让自己的爱好与专长开出芬芳的鲜花，在时代闪光、受业界好评，是一件很难的事。陈平却用自己多年如一日的执着追求与勤奋，取得一个又一个令人羡慕和叫好的丰硕成果，并先后被评为河北省首届十佳策划人和河北省首届十佳电视片编导，从而赢得世人的青睐和同行的赞许。

　　我认识这位多才多艺的艺术家是在本世纪初的2001年春天。那时正是他在事业上艰难拼搏的时候，虽然他只有三十多岁，但高高的身材、俊雅的面孔上时常透着疲惫与苦恼。人啊，就是在这种磨砺与蹉跎中成长与

成熟的，在坚持攀登中打开人生明亮宽广天地的。在不断接触与交谈中我得知，出身军人家庭的陈平，大学毕业后已在社会这个大练场中实践和探索了十几年，其中有甘甜也有辛酸，有成功也有失败。同样是热血青年，由于别人有"背景"，而他只有"背影"，却要付出比别人多几倍的心血与汗水。也许是他身上流淌的军人血液与基因在起作用，他没有失望、抱怨与消沉，而应了古语"故天将降大任于是人也，必先苦其心志，劳其筋骨，饿其体肤"的哲言，硬是在荆棘坎坷中打开了由平庸走向辉煌的殿门。所以，当他提出让我为他即将出版的大作《共和国之歌》写个序时，尽管我手头杂务缠身，还是慨然应允了。

在二十多年的拼搏中，彰显陈平奋斗精神与业绩的事很多，最使他感慨难忘的当数拍摄《人民币史话》《陈庄歼灭战》和《京剧大师奚啸伯》三部文献纪录片了。虽然他在大学攻读的是美术与摄制专业，但想把书本知识化为人民的精神食粮，既需要查阅大量史料，又需要进行大量田野调研、采集、梳理、鉴别、筛选和升华工作。2003年，为纪念中国人民银行成立五十五周年，再现其在战火纷飞中诞生于石家庄的经过和第一张人民币设计、印制的过程，陈平一会儿拜访革命前辈，一会儿史海钩沉搜寻史料记述，一会儿又走城串乡寻访古稀前辈，不仅使散落的革命记忆汇集串联成章，还找到曾亲历中国人民银行筹备全过程、唯一健在的石雷老人采访。老人历经风雨珍藏的当时印制的第一张人民币，成了世人瞩目的珍贵革命文物，同时也使中国人民银行第一个旧址、默默坐落在石家庄市中华北大街五十五号几十年的破旧"小灰楼"，成了人们争相观瞻的爱国主义教育基地。

同样，为纪念世界反法西斯战争胜利六十周年，2005年陈平又开始忙碌地工作。1939年秋天，八路军一二〇师师长贺龙和晋察冀军区司令员聂荣臻率领抗日军民，在河北灵寿陈庄排兵布阵一举歼灭日寇一千二百余人，创造了继"平型关大捷"之后又一个模范战例，极大地鼓舞了全国人民的抗日激情。为讴歌这可歌可泣的事迹，陈平四处奔波，搜集整理史料，拍摄记录一切与此事有关的人、事、物、山河与遗迹，在那段时间，他忘记了家庭与妻子，也忘记了假日与寝食，拍了改，改了拍，完全沉浸在事业与工作中，终于拍摄成备受好评的文献纪录片《陈庄歼灭战》在电视台播出。至于他摄制的由河北教育音像出版社出版的《京剧大师奚啸伯》，既是出于对一代中国戏剧大师贡献与风范的崇敬，也是对河北籍文化名人的由衷热爱与仰慕。还有两个鲜为人知的原因，那就是陈平与奚啸伯大师虽生在不同代，却都是中国民主同盟盟员，同时陈平还是个自幼就酷爱京剧的老票友。

此外，他的代表作还有与人合著的反映20世纪40年代中晚期一批由延安鲁迅艺术学院、华北联合大学到河北的美术家，与武强年画艺人结合创作出大量革命年画，然后走进名城大都创建中央美院、浙江美院，接受荣宝斋等业绩的《新中国美术的摇篮》一书，以及反映毛主席在党的七届二中全会上提出"两个务必"和率领中共中央进京为背景的电视文献片《赶考》等。

勤奋结出硕果，坚毅造就品格。陈平回顾和总结自己的创作动力与目的说："只有不忘昨天的人，才能珍惜今天；懂得热爱英贤的人，才能为明天而奋斗。"由此，他视艰难为欢乐、拼搏为幸福，对事业的追求永不止步。在中国共产党即将召开具有重要历史意义的第十八次全国代表大会之际，他又精心编导拍摄了一部历史文献纪录片《共和国之歌》。该片采集大量鲜为人知的史料，再现国歌《义勇军进行曲》、军歌《我们的队伍向太阳》、颂歌《没有共产党就没有新中国》三部对中国革命和社会主义建设产生重大影响的经典歌曲产生的历史背景、艺术价值、政治地位。陈平认为：这三首诞生于不同岁月、妇孺皆详的歌曲，是不朽之歌、人民之歌，是时代的号角、民族的吼声，表达了亿万人民的心声，以音乐形式塑造了国魂、军魂、党魂的光辉与伟大。而且，这三首歌曲都与河北有着深厚的血缘关系，国歌《义勇军进行曲》的词作者田汉，其夫人安娥为石家庄人；军歌《我们的队伍向太阳》词作者公木为河北辛集人；颂歌《没有共产党就没有新中国》词、曲作者曹星火，为河北平山人。因此，自这个创意提出就得到中共河北省委宣传部、河北省政府参事室领导的大力支持。

艺术家的价值在于用自己的专业技能与智慧，从平凡中发现不平凡，从历史文化碎片中展现历史文化的辉煌，从五彩生活中升华出积极向上的精神力量。陈平新作历史文献纪录片《共和国之歌》，就是艺术家为民族与国家呕心沥血的生动写照。其立题之鲜明、解说之精彩、画面之经典、蕴意之深厚、气势之恢宏，堪称是他多年艺术实践经验与专业技术功力的结晶。在将这样的影视佳作奉献给世人画面享受的同时，他又将其编撰成文字著作出版问世，无疑是陈平的又一硕果，值得祝贺和称赞！

纵观陈平的艺术生涯，这是一首在艰难困苦中自强不息的开拓之歌。他生活工作在石家庄，选题多以发掘、弘扬发生在这块热土上的重要历史人物与革命事件为素材，内容上涉国家开国功勋、下至普通百姓。那些杂杂乱乱、零零碎碎的史料，经过他的编辑、拍摄与制作，都成了深受人民群众欢迎的精神食粮，既为建设文化强省强国助力，又为石家庄是"新中国的摇篮"这一赞语提供佐证并增辉。有人说，陈平是个擅长创作红色记忆的影视人，我说他是一个有责任感、使命感和高尚追求的艺术家。愿他在与时俱进中创作出更多更好的作品，使生命之光在历史长河中更加亮丽和多彩！

2012年3月6日于石家庄

附记：陈平不平

我与陈平相识，源于参加民盟组织的活动。他的热情、潇洒、风趣、大方、勇于奉献的风采，给每个接触他的人都留下了美好印象。虽然我们专业、爱好不同，但文艺界三个字又让我们成为同一条战线的战友。他勤奋刻苦，总能从破碎凌乱的线索中发掘出令人惊喜、惊讶的大事件真相；一双慧眼，总能从平凡的细枝末节中找出历史文化和事件的真谛与价值。他辛勤耕耘的精神是令人钦佩的，他辛勤耕耘的成果是令人赞慕的，但他的耕耘与收获是不成正比的。所以，在参加陈平的作品研讨会时，我讲了一句话，叫"陈平不平"。其意有两层含义：一是平凡的人做了不平凡的事业；二是他的奋斗之路很坎坷，但很令人感慨和赞赏。所以，2012年，在陈平让我当他的新作《共和国之歌》的第一位读者时，我便信手写了这篇序文共勉。

《画乡品莲》前言

燕赵文艺名家丛书·艺术

　　在世界上谈年画，人们都把目光洒向中国；在中国谈年画，人们便把目光洒向河北武强。

　　源于宋元、盛于明清的武强年画，历史上最高发行量达一亿对开印张，不仅广销大河上下、长城内外，还在东南亚、东北亚等众多国家享有"中华艺术奇葩"的盛誉。其年画内容不仅涵盖政治、经济、文化、军事等，还囊括了农耕社会中原大地的生态民情、民风民俗和生活百态，刻、印、染技艺精湛，构图造型风格独具，堪称中国农耕文明的历史和精神画卷。因此，我国著名文化学者冯骥才先生题词赞颂说："应说年画百家

好，自是武强天下雄。"由武强年画博物馆近日编纂出版的《画乡品莲》一书，即是注释"武强年画天下雄"众多研究成果中一枝充满浓郁泥土芬芳的文化奇花。

对于"莲"字，《辞源》注释为荷及荷花的果实，《尔雅·释草》称"荷，芙蕖……其实莲"，本为自然界多年生的宿根花卉植物。据植物学家们考证，早在一亿三千五百万年以前，这种植物就广布北半球。莲有多种称谓，即荷、芙蕖、鞭蓉、水芙蓉、旱芙蓉、水芝、水旦、水华等，溪客、玉环则是其雅称。由于其花艳雍贵有芳香，根茎圆润而有节，绿叶如伞而有形，挺直柔洁而中空，被文人墨客誉为"出淤泥而不染，濯清涟而不妖"，而在中华民族发展史上形成种莲、育莲、赏莲、颂莲、崇莲的"莲文化"奇观。将这种自然文化现象延伸，人们便用"莲"誉贞操、美貌、正直、正义、清廉、圣洁、文明、礼仪、昌盛、勤奋、奉献等品格，赋予"莲文化"更深邃更神秘更广漠的文化内涵与象征，与世间丑、邪、奸、坏、贪、嬉、堕等劣行形成鲜明对照，熏陶感染着民族血脉和品格。在武强年画中，以莲为题材的年画数以百计，这既是对中华莲文化发生、发展、繁荣的生动注释与写照，也是莲文化在武强年画艺人心灵世界中的位置和广大人民不懈追求美好、鞭笞丑恶历史的述说和揭示。从这一意义讲，《画乡品莲》一书可谓匠心独运、立意高远。

在历史文化研究中，对一种事物的价值判断关乎此种事物的际遇与命运。纵观古今中外文化学术研究成果，价值判断往往呈现两种现象：一是该事物的价值功能不断改变与演进，从初始功能向复合功能发展，从单一价值向多元价值推进：二是对该事物价值的认识与判断不断深化与发掘，呈现出与时俱进的无穷的价值翻新和升华。在社会推进中，人们这种对事物价值的再确认活动是事物发展和认识深化的必然，而不断展开的价值再确认活动有益于社会进步并是人类文明进步的必然趋势和走向。这既是我们研究探索历史文化的意义所在，也是人类由自觉文化到文化自觉过程中的科学发展必由历程。就武强年画中的莲文化现象来讲，历史上创造与传承的有关莲的年画或莲年画文化内涵的延伸与扩张，就是对莲文化价值的不断改变与演进，从初始功能向复合功能发展，从单一价值向多元价值推进。而《画乡品莲》一书问世，则是当代武强年画研究者对武强年画中莲文化价值的再认识与判断和对其文化内涵不断深化与发掘的新成果，使传统历史文化在当代两个文明建设中释放出更具文化魅力的耀眼光辉，展现了武强年画博物馆研究团队探索历史文化的深厚功力和水平。

　　《画乡品莲》一书共收入六十幅有关莲和莲文化的年画，划分为四个部分，即"天地有正气，杂然赋流形""出淤泥而不染，濯清涟而不妖""业精于勤，荒于嬉；行成于思，毁于随""礼以用，和为贵"。全书采用一图一文的形式，在释图、释义和欣赏年画之美中给读者以启迪，将古老年画所固有的"润人于无声，育教于欢悦"功能鲜活再现人间，使清者自爱、洁者为豪、廉者知荣、邪者知耻、奸者知恶、勤者知美、礼者知贵、堕者知危、嬉者知害。虽然在个别注文词句中尚有值得推敲和升华之处，此书却堪称是一部可育人警世的精美佳作！我为这部书叫好，更为长期坚守在武强年画发掘、保护、研究、弘扬、创新第一线的武强年画博物馆的朋友们感到骄傲和自豪！愿历史悠久、博大精深、名蜚海内外的中华瑰宝——武强年画，在伟大祖国实现中华民族伟大复兴和建设文化强国中不断开出新花、推出新的成果，做出更多更大的贡献！

　　在《画乡品莲》一书即将付梓之际，我写了上述感思，作为祝词来与编纂者共勉，与读者共赏。

2012年7月10日于石家庄

附记：为武强年画研究的新成果喝彩

中国人崇尚莲，赞美莲的圣洁、艳丽、雍贵、清廉，文人以诗文颂之，画家以笔墨涂彩，民间以观莲品莲喻莲成俗，史称"莲文化"。武强年画顺应社情民意，创作出千姿百态的莲年画，成为年画的一个重要品种，深受广大群众喜爱欢迎。年画本是烘托和渲染节日文化的装饰品，年画艺人们却通过巧手雕刻的各种莲年画中的构图和艺术形象，让观者在释图、释意和欣赏莲年画之美中受到思想和文化的启迪。在弘扬优秀传统文化中，2012年夏，武强年画博物馆将多年发掘、整理、积存的莲年画精品，编辑出版《画乡品莲》一书。王玉鹏馆长找我写序，是因为我与武强年画的发掘保护有着多年的渊源。从这部书可以看出，武强年画博物馆在年画研究的深度和广度上，已走出可喜可贺的步伐，其近年出版的众多成果已受到专家学者的好评和称颂，引来全国各地年画集散地的钦佩和尊敬。

《燕赵服饰文化研究》评论

　　在建设文化强省中，论述燕赵历史文化的著作如雨后春笋，但从服饰文化角度解析燕赵历史文化密码与价值的著作，刘立军撰写的学术专著《燕赵服饰文化研究》一书，当数第一部。打开书卷，犹如清风扑面，于是一口气读完。

一

　　服饰是人类在文明探索中的创造，也是人类悠久历史和进步历程的标识。中国自古有"衣冠华夏""衣冠上国"之誉。地处中华腹地的河北，据泥河湾考古早在两百万年前就有人类繁衍生息，史称"东方人类源起圣地"；五千年前炎黄蚩三大部族在涿鹿之野征战融合，开创"千古文明开涿鹿"之说；春秋战国百家争鸣、群雄争霸，给河北大地留下"燕赵"别称；自秦汉以降，燕赵之地既是改朝换代的战场和凝聚中华文明的摇篮，也是少数民族入主中原和中原政权征伐少数民族的战争走廊。多民族一次又一次血与火的碰撞，不仅谱写出中华民族悠久悲壮的历史辉煌，也创造出燕赵大地服饰文化的多彩与斑斓。虽然衣与饰世世代代都在装扮着燕赵人的精神和生活，但长期以来，她犹如被人漠视或遗忘的旧物，在岁月中消融，在地下沉睡，在器物与古画上寂寞，直到遇上酷爱燕赵服饰文化的刘立军教授。

　　刘立军从事服饰专业教学与研究已有二十余年。二十多年中，他在教课之余，承担了大型历史文献、国家档案工程《中国工艺美术全集·河北卷》、中国民间工艺传承传播工程《中国民间工艺集成·河北卷》等重大项目的编纂任务，在钩沉史海披沙觅金中，遍访河北各地大小博物馆和名村名镇名城等中的诸多相关历史文化古迹，并坚持不懈访老问贤，考察记录河北民间各种习俗礼仪与社火等，从而积累了大量关于燕赵服饰的史料和许多鲜为人知的第一手田野调查资料。翻阅书中一张张精美

的古今服饰照片和绘图，可知他对燕赵服饰文化研究的痴迷钟情和用心、用智、用功之深。俗话讲，功夫不负有心人。正是这种阅历，勤奋老人让他触摸到燕赵服饰文化的独有奥秘与价值，进取老人还为他打开了研究燕赵服饰文化的新视野和新境界的大门。

人若弘道，道自弘人。当刘立军积二十余年的心血与感悟，撰写出《燕赵服饰文化研究》一书，立即在业界引起反响。这部由河北省社会科学基金立项、河北美术出版社出版的学术专著，总达二十余万字，插图三百余幅，不仅填补了燕赵地域历史文化研究的一项空白，也首次在全国服饰文化研究中竖起了燕赵服饰文化研究的旗帜。在书中，作者站在中华文明长河的桥头，以慧心独具的构思，以史为线，依据丰富翔实的鲜活史料，科学严谨的阐释技巧，图文并茂的形式，向读者展现了一幅令人耳目一新的河北服饰文化发生、发展和演变的史歌式画卷。

二

古语讲，"登高使人心旷，临流使人意远"。在《燕赵服饰文化研究》一书中，刘立军追溯燕赵服饰文化之源，从泥河湾古人类遗址、山顶洞古人类遗址、磁山文化遗址发现骨针、陶纺轮、骨笄、骨锥、骨饰珠等说起，拉开了揭示燕赵地域服饰文化发生发展的华章。在梳理人类这条长达上百万年的服饰长河中，刘立军跳出燕赵看河北，根据自己多年的田野调查和究史探源，创造性地提出燕赵服饰文化五次重大变革的论断：第一次变革在战国，赵国赵武灵王力排众议实施"胡服骑射"，不仅使赵国成为六国中唯一可以抗击秦国的军事强国，还推动了当时各国改革创新的浪潮，使燕赵之地勇于创新改革的精神名垂千古；第二次变革在魏晋南北朝，汉族与鲜卑等少数民族在河北大地的相互交融，使邯郸邺城成为多民族文化结晶的时尚服饰之都；第三次变革在宋辽金元时期，特殊的政治、经济、文化环境，造就河北服饰的多民族文化元素的对立与统一；第四次变革在明清，河北成为京畿之地，多民族服饰在碰撞融合中产生了等级与规范的奇观，也展现了燕赵之地包容、友善、尊重、和谐、互敬的文化特色；第五次变革在近现代，中华民族由富起来向强起来的征途上，河北服饰出现多彩创新和刚健柔美的风貌。

掩卷而思，作者将燕赵服饰在五个历史时期出现的变化称为"变革"，讲的虽是河北服饰发展史，映射的却是河北人文史、思想史和艺术史。在刘立军眼中，燕赵服饰不仅是燕赵人民审美心理、审美意识、审美情趣和审美理想的载体与写照，还蕴含着燕赵人民勇于开拓创新、包容和谐、兼收并蓄的精神与品格。这是作者在二十余年锲而不舍研究燕赵服饰文化中获得的真谛，也是《燕赵服饰文化研究》这部书特有的学术价值、社会价值和时代价值所在。

三

阅读史学著作，常有枯燥和填鸭之感，但读《燕赵服饰文化研究》一书，却犹如有一只小手牵着你的心，常在别有洞天的惊喜与欢畅中从一片知识的海洋驶向另一片知识的海洋。究其因，一是书中文图搭配科学精美，叙事语言朴实有激情；二是在释古析论上，作者巧妙地运用了"四重论据法"，使传世文献、出土文物、人类学的口传、非物质文化遗产、考古图像等相互映照、有机结合，让无言的古庙古墓中的绘画和出土器物上的服饰形象发声歌唱，让无文字记载的历代服饰文化信息焕发出重构历史和当代的美学之光。这种探索史籍记载匮乏的方法虽非刘立军所创，却使他在研究燕赵服饰文化中走出了一条具有个人学术研究特色之路。

例如在论述北朝时期河北地域服饰变革中，作者在以大量史料证实当时"胡人汉化"和"汉人胡化"，民族之间在服饰方面相互借鉴、相互学习、融合繁荣的社会现象的同时，又以磁县湾漳北朝时期墓壁画、陶俑，东魏茹茹公主墓壁画、陶俑，北齐高润墓壁画、陶俑等所承载的服饰信息，生动鲜活地复原出当时各个阶层和职业人士的冠帽、头饰及须发、上衣、下装、袍衣、裲裆衫及裲裆甲、铁铠甲、带具、鞋履等样式，使读者犹如置身于时代隧道，在五彩缤纷中感受着燕赵服饰文化的博大精美与浑厚卓异。"四重证据法"所展现的有文、有史、有图、有真相的效果，不仅增强了《燕赵服饰文化研究》一书的历史文献价值，也具有了教材和科普价值。

俗话讲，金无足赤。《燕赵服饰文化研究》这部书，虽然开燕赵地域服饰文化研究专著之先河，但在呈现燕赵服饰全景象和探索燕赵服饰文化对中华文明影响方面还有一些值得深挖探究的问题。我之所以推荐这部书，是因为这部书在建设文化强省、文化强国中具有培根铸魂的价值，处处散发着守正创新的正气，是一部颇见个性和燕赵人民品格的学术硕果，用别样的视角讲述了燕赵历史文化的精彩与非凡！

郑一民序文选集

附记：以"衣"载道话燕赵

刘立军教授2021年8月在河北美术出版社出版了一部题名为《燕赵服饰文化研究》的书。在校对清样中，他到家中找我，请我当第一个读者，期望我读后能写个评论。朋友相托，不能推辞，但对服饰文化我只略懂皮毛，只好在学习中答题，陆陆续续半个多月才完成任务。我不会打字，所有文字全是手写，遇到修改处只好剪贴拼接，不长的文章勾勾画画竟写了十几页。交给刘立军教授时，我还有点不好意思，没想到他读后说："挺好、挺好，这篇文章让我打印吧，应该放在序文处。"我不同意再改出版社已排定的书稿，刘立军说："郑老师，我有个请求，这篇文章打印后能把手稿留给我做个纪念吗？"文章打印出来后，《河北日报》首发，然后又被多家报刊选用，读过的人们议论："这是一篇不是序的序。"由此，我将《以"衣"载道话燕赵》这篇评论文章视为序文，收录到本书中。

第五辑

《耿村民间文学论稿》题前话

燕赵文艺名家丛书·艺术

挚友袁学骏让我为他的民间文学研究专著《耿村民间文学论稿》写个序，我感到诚惶诚恐。但我还是欣然接受了。因为对耿村民间文学的理论探讨，我也有着浓厚的兴趣。尽管见识是浅陋的，却愿意说几句心里话，实实在在的心里话。

耿村位于冀中腹地，是中华民族的一片文化沃土。它的发现和挖掘始于1986年春夏之交，并由此连续进行了六次系统的扎实的大规模全方位的普查，先后投入50多人次（实际驻村折合为1700个工作日），确认大中型故事家（歌手）26人；已经搜集整理民间故事、歌谣、谚语等作品和村风村史及故事家资料280余万字。截至今年6月底，已编印出《耿村民间故事集》4部，计222万字。仅从这些数字上就可以想象出普查者为其付出的劳苦和心血。这些成果一经公布，立即在我国和海外民间文学界引起强烈反响。我国著名民间文学专家贾芝、刘魁立、刘锡诚、姜彬、张紫晨、杨亮才等同志称其为"奇迹""汉族民间文学史上的重大发现""重大突破"；著名民间文学专家金荣华教授称其为"世界第一"，"是中华民族值得骄傲的事情"。因此，从理论上研究和探讨耿村民间文化的发生、发展及历史和现实意义，就成了学术界注目的课题。

纵观耿村的口头文学作品，基本属于中原文化的类型。它以儒家思想为基调，兼有佛道两家，三者水乳交融，浑然一体。这正是传统的中华文化——中华民族的代表性文化。作品中虽然夹杂着"君权神授""因果报应""生死轮回"等封建思想糟粕，但反封建、反压迫的意识十分强烈，民主精神也极为突出。故事家们歌颂明君贤臣，又毫不留情地骂皇帝、骂贪官，连皇太后也不肯饶恕。他们推崇历代农民起义领袖、民族英雄、除暴安良的勇士，讴歌智慧和创造，又鞭笞愚昧、野蛮和守旧。他们重复忠孝节义等封建人伦道德，也反复描述着恋爱自由、婚姻自主的悲剧和喜剧，不惜让人与神、人与鬼狐精怪至诚至爱。在他们口中，不管史册是否记载、如何记载、如何评价，却把上自女

娲、下至抗战的重要历史人物和事件的功过是非，天体起源、人类起源和人类与大自然、与自身弱点的较量、成败、荣辱，都用自己的思想感情和世界观一一给予口碑，世代相传，不断丰富，形成了一门包罗万象的社会科学和奇异的文化现象，而且至今仍在传衍、发展。作者对这样特点鲜明、具有代表性和典型性的村落文化进行关注、透视和理论研究，无疑是对民族民间文化事业的一个贡献。

袁学骏同志是耿村民间文学普查的组织者和领导者。在数年中，他用开拓的胆略、坚忍不拔的毅力、科学求实的精神，记下了数以万计的第一手资料。这些翔实、丰富而具有较强科学性的资料，为他打开了在民间文学理论研究上飞跃的大门；而他那在工作和事业上不畏艰险和挫折的精神，又给他在这条路上的攀登奠定了捷足先登的基石。《耿村民间文学论稿》是袁学骏同志汗水和艰辛的结晶，也凝聚着参加耿村普查的广大同志

的心血。他，是一位敢于开拓的新秀，带领一群不为人知的小人物，为祖国民间文学理论研究推出了一个硕果。该书结束了一些专家认为民间口头文学很快会在汉族聚居的经济发达地区泯灭的断言，证明了民族民间文化的博大和光辉。在外来文化不断冲击民族传统文化的时候，这部书稿的出版就更有其特殊意义了。仅这一点就值得赞扬和祝贺！

俗话说："看事容易做事难。"《耿村民间文学论稿》虽然通过多方位阐述，使我们看到发扬和继承民族民间文化的重大意义，但也有不深不透之处。这正如美玉有瑕，仍不失为"美"和"玉"一样。期望袁学骏同志能有更多更好的民间文学研究佳作问世。

1989年7月2日于石家庄

附记：推动河北民间文学理论研究的佳作

《耿村民间文学论稿》是在20世纪80年代河北省开展中国民间文学三套集成作品大普查中涌现的一部学术专著。该书以藁城耿村故事村六次大普查为背景，以普查成果、普查方法、社会影响为基石，站在国家高度、世界视野，从大量实践和感悟中印证了民间口头文学的重要理念和社会价值，并创新性升华出居落文化的"故事村"概念。此书出版之前，河北的民间文学理论研究一直处于全国的洼地，出版后不仅引发河北出版多部民间文学理论专著和大批学术论文，也使河北民间文学理论研究成为全国瞩目的成果。我为此书作序，一是我是耿村故事村普查的支持者和参与者，亲眼看到、亲身经历了这个居落文化典范发掘的艰难、困苦和收获的全过程；二是为袁学俊先生的学术成就站台叫好。

《中国女娲文化首届高层论坛论文集》序

信仰与崇拜，是自人类诞生一直延续至今的一种在世界范围内普遍存在的文化现象，表达了人类对丰富美好精神生活和物质生活的渴望与追求。在历史长河中，正是由于各种各样的民间信仰伴随着人类的发展与成长，并在与时俱进的传承中不断得到充实和丰富，才有了流传千古的创世英雄和神话，才有了世界民族文化的异彩纷呈与灿烂辉煌。

研究人类发展史，一个没有民族英雄崇拜与信仰的民族是悲哀的，而崇拜与信仰的民族英雄众多，恰是民族繁荣昌盛的标志。在世界四大文明古国中，只有中华文明数千年绵延不断，因此中国的创世英雄众多，神话也极其丰富，而且久经沧桑仍充满神奇的向心力与亲和力，盛传不衰，影响巨大。数千年流传在中华大地上的关于女娲的种种脍炙人口的传说，就是其中最具有代表性的箭垛式始祖人物之一。

据众多学术研究成果断言，女娲是史前母系氏族社会晚期或说是向父系氏族社会过渡时期的一位杰出的氏族领袖。关于她的文字记载，散见于《山海经》《楚辞》《世本》《淮南子》《论衡》《抱朴子》《归藏》《荆楚岁时记》《太平御览》《述异记》《水经注》《风俗通》《路史》《吕氏春秋》《史记》《独异志》《列子》等典籍中。但真正使她形象鲜活神奇的，还是民间世代口耳相传的大量传说故事，不仅覆盖地域广阔，而且生动感人、妇孺皆知。总括史书与传说内容，女娲主要有五大功绩：一是炼石补天，二是抟土造人，三是置婚姻合夫妻，四是创笙簧制礼乐，五是教耕稼佑万民。因此，女娲自古就被尊奉为中华民族的创世之母，人

们称她为"娲皇""东方圣母""东方女神""人祖""中华古文明的缔造者"等，世代奉祀。

古人讲，"究天人之际，通古今之变"。研究女娲文化，不仅是追溯原始先民信仰的起源和对人类发展的影响，还在于传承文化血脉，弘扬女娲文化所承载的民族精神和美德，服务当今。就当前研究女娲的学术成果看，大多数学者致力于上述五大功绩的论证与阐释，而忽略了女娲是世间万物创造者的探讨。许慎在《说文》中说："娲，古之神圣女，化育万物者也。"民间传说说，女娲正月初一造鸡，初二造狗，初三造羊，初四造猪，初五造牛，初六造马，初七造人，初八造谷。有的传说还讲，女娲去世后肉体化成了土地，骨头化成了山岳，头发化成了草木，血液化成了河流。这就是说，女娲不仅是人类创世之母，还是世间万物创世之母，即伟大的自然之神。我特意提出这一点，是希望研究女娲的视野更开阔、更深入、更全面，使我们在社会主义现代化建设和实现可持续发展战略中牢固树立敬畏自然、尊重自然的观念，真正实现"天人合一"和社会和谐发展的蓝图。

女娲是中华民族的女娲，女娲文化是中华民族共有的精神财富。这种财富不仅影响了中华民族几千年，也在东南亚、东北亚有着广泛的传播。从某种意义上讲，这是一项具有很大国际意义的文化财富。特别是2006年国家将女娲祭典（河北涉县）列入国家级非物质文化遗产名录后，各地对其价值与影响的认识迅速升温，保护开发的力度也在加大，这是一件好事。但一些地方至今仍停留在"源流""归属"之争，确是值得注意的。女娲文化是一种大文化，不是某个地方所私有的，在这方面要摆好局部与整体的关系。我们绝不能把数千年来形成的有着广阔地理空间和巨大影响力的女娲文化按照当今的行政区划人为地分割或狭隘化，而应联合起来发挥各自的优势为这杆文化大旗增辉添彩，共同构筑传承我们民族文化血脉、熏陶我们民族品性的金字塔，使女娲文化在当代两个文明建设中发挥出应有的价值和作用，在世界文化多元化构架中产生更大的影响和魅力。

在文化建设中，我们常听到看到"做大做强"四个大字。所谓"大"，是指体积和蕴藏量；"强"，是指态势与力量。大是形态，强是态势。大靠历史沉淀与积蓄，强靠整合与弘扬。大是强的基础，强是大的张扬与能量释放的结果。就女娲文化而言，"大"已是不争的事实，"强"还需要做很多脚踏实地的工作。要使大变强，我觉得要抓好三项工作：一是有组织有计划地在全国范围内开展一次女娲文化大普查、大梳理，对其历史与现状绘图立标传世；二是汇聚神话学、民俗学、人类文化学、民间文学、影视学、地理学等学科的精英，出大成果和艺术精品，使充满神奇魅力的女娲文化资源在当代发光发热，形成强势影响力和感召力；三是加大培育和扶植学术研究队伍力度，建立全国女娲遗迹地联动组织，创建与世界接轨的一流博物馆，向海内外全面、系统、生动展示女娲文化，为研究者提供交流探究平台，为游客提供了解观赏女娲神话史的乐园。河北涉县在这方面做了很多有益的探索，成果斐然。我期望一切有志于女娲文化研究的同仁与朋友，有更多的人和地方加入这个队伍中来，发挥各个地域女娲文化遗迹与传说的优势，举办更多有关女娲研究与纪念的活动，使女娲文化所承载的民族精神与品德在实现中华民族伟大复兴的大业中释放出更加绚丽的光芒！

2009年7月28日

附记：一部汇聚女娲研究成果的论文集

《中国女娲文化首届高层论坛论文集》一书，由河北教育出版社2009年8月出版。中国女娲文化首届高层论坛，由中国民间文艺家协会、河北省文学艺术界联合会主办，河北省民间文艺家协会和中共涉县县委、涉县人民政府承办，来自全国各地的六十多位专家学者参会，这是近年全国举办的最有影响的一次女娲文化研讨活动。将参会学者发表的研究成果结集出版，意在推动这项学术研究向更深更广发展。

《中国涉县女娲祭祀文化》前言

在研究人类创世神话中，世界上有两个传说是专家学者们常谈不衰的话题：一个是西方的亚当与夏娃，一个是东方的伏羲与女娲。亚当与夏娃被誉为"生命之源"，伏羲与女娲被誉为东方人类始祖。因此，探索这两个传说的奥秘与价值成了世代人的追求，传承这两个传说的地域和人群成了专家学者争相探访的地方和对象。地处河北涉县中皇山的中国建筑规模最宏大、保存最完整的祭祀女娲的娲皇宫建筑群，就是这样一处散发着历史光辉的圣地。

涉县人崇拜和祭祀女娲的活动始于何朝何代，至今没有人能说清。明万历年间在涉县修建的娲皇宫坐落的地方叫凤凰山，而凤凰山在汉代和汉代以前称为"中皇山"。《太昊纪》载："女娲起于承筐之山，都于中皇之山，葬于凤陵则此。"由此可知，河北涉县中皇山为女娲立都和建业之地，崇女娲、祭女娲的活动由来已久，并在漫长传承中形成特色鲜明、系统规范的信仰和礼俗景观。学术界将这一现象称为"女娲文化"。

研究女娲文化，涵盖物质文化和非物质文化两个方面。物质文化是指构成女娲文化的建筑、装饰、祭品、信物、地理等，非物质文化是指祭仪、礼仪、传说故事、习俗、音乐、舞蹈等。探究这两种文化的关系，物质文化由非物质文化沉淀、凝结、升华而成，非物质文化由物质文化的承载而生生不息、弘扬光大。在涉县众多女娲文化事象中，最能体现其重要价值和地位的当数"女娲祭典"。在女娲祭典中，承载历史信息最丰富的当数"朝顶仪式"和民间信仰习俗。它使我们真切感受到民族血脉和

精神之源，体验到创世先贤的伟大和不朽，而生出前仆后继、奋勇向前的无尽力量和豪情！这就是国家将"女娲祭典"列入首批国家级非物质文化遗产保护名录的原因。

在中国人的心目中，女娲不仅是人类创世之母，是民族之祖，还是创造世间万物之神。人们尊崇她，世代以神奉祀；人们热爱她，用人世间最虔诚的仪式来表达心中的情感。年复一年、世复一世的重复缅怀和纪念，锤炼和熏陶出民族繁衍生息的品格和精神，构成了中华民族独立于世的形象，成为实现中华民族伟大复兴的文化基石。研究这种文化，不仅是追根溯源、培根铸魂，而是要服务民族血脉的传承和当代和谐社会的建设。因此，人们常在母亲和始祖之前冠以"伟大"二字，其意义就在这里。

女娲生活的时代，还是天地混沌、文明初开的时期，既无翔实的文字记载可考，也无可靠的遗物为证，加之历史长河中的天灾人祸破坏，许多史实被湮没或成了支离破碎的碎片。这给揭开女娲时代历史之谜带来许多困惑和疑难，也给当代人展示自己的聪明才智带来机遇。研究工作既要视野开阔，又要运用多学科知识去触摸审视；既要善于从历史文化碎片中"窥斑知豹"，也要站在一地洞全国而全面探索女娲文化的影响和价值。

中共涉县县委、县政府多年致力于女娲文化的保护和弘扬，已成为全国瞩目的女娲文化研究中心。杨荣国、王矿清等同志抱着对家乡和民族文化的热爱和执着，史海钩沉、访老问古，集专家之宏论、发探索之新悟，编撰出版《中国涉县女娲祭祀文化》一书，可嘉可贺！在大作付梓之际，我写了上面的话，愿他们在女娲文化研究上不断有新突破新成果问世。

附记：女娲祭仪是揭开女娲文化的密码

在河北太行山东麓，从保定易县到邯郸涉县，有一条伏羲、女娲文化带。在众多文化遗迹和传说、祭仪中，尤以涉县中皇山娲皇宫和散布在涉县各村镇的女娲祭仪隆重、规范、内容丰富、习俗奇特。祭仪是历史文化的活化石，是历史史实和广大群众信仰行为的集中体现。在研究女娲文化中，涉县作为中国女娲文化研究中心，不断拓展拓深女娲文化研究领域，学者在广查史书、遍访田野的基础上，编撰出《中国涉县女娲祭祀文化》一书，虽非集全国各地女娲祭祀文化之大全，却可窥斑知豹，让读者从涉县女娲祭仪文化中了解女娲在中华文明中的价值与地位。

《牡丹魂——中国牡丹文化之乡历代优秀人文故事》序

在历史的长河中，有的地方以山水而名，有的地方以英贤而名，有的地方以重大历史事件而名，有的地方以物产而名。地处冀南沃野的河北柏乡，却以天下独有的神奇汉牡丹而名标青史、誉播海内外。

我曾多次造访柏乡。从行政区划的辖土和人口看，柏乡是个小县，但从悠久的历史和丰富灿烂的文化资源看，柏乡又堪称"文化大县"。《汉书·地理志》载，柏乡故城，尧所筑也，汉以此封侯，始有柏乡之名。据

考古发掘出土的大量珍贵文物昭示，早在六千年前的仰韶文化时期，这里就是中华先民繁衍生息的繁荣之地。在历史留给这块大地不胜枚举的文化财富中，最令人瞩目和称道的当数"鄗"城。它不仅在春秋战国时期演绎出许多悲壮惨烈与慷慨可泣的民族融合篇章，而且是汉光武帝刘秀平叛削藩的大本营和初登帝位之都，因此被史学家们誉为"光武中兴之地""东汉开国之源"。走马灯一样改朝换代的洪涛巨澜，虽然湮没了昔日作为区域政治、经济、文化、军事中心城市"鄗"的宏大、坚固、繁荣与辉煌，至今仍茁茂于世的柏乡汉牡丹奇观，却不屈不挠地为《后汉书·光武帝本纪》所载的刘秀于"鄗南千秋亭五成陌"称帝的史实提供着鲜活的佐证。历代文人墨客有感于这一罕见"活化石"式的花卉奇迹，为其题诗赋词，民间百姓却以世代相传的方式用众多脍炙人口的传说故事将它渲染得更加绚丽和神奇。

俗话讲，地不在广有水则秀，山不在高有仙则灵。牡丹本是大自然界遍及世界各地的木本花卉，为什么唯有柏乡汉牡丹获得如此瑰丽灿烂、迷人神奇、令人向往的赞誉呢？柏乡汉牡丹园中有一首诗道出了其中的奥秘："园雅何须曹州大，国花独此有灵气。花香更比洛阳浓，汉葩早它五百年。"这是世代守护汉牡丹人的心声，也是中华牡丹发展史与现状的真实写照！在一般人看来，牡丹只是供人观赏的一种花卉，但在柏乡人眼中，牡丹是"神"，是民族品德与精神的化身，是人格化的具有感知功能的灵性植物。因此，那里便诞生了全国唯一的"牡丹神庙"，并在世代祭祀中形成庄严肃穆、隆重宏大的祭祀仪式和众多奇风异俗及传说故事。专家学者将这种奇观称为"牡丹文化"，授予柏乡"中国牡丹文化之乡"的称号。所以，虽然大河上下、大江南北皆有牡丹，唯有柏乡牡丹，特别是柏乡汉牡丹最受推崇和尊重、最受青睐和仰慕。

解析柏乡牡丹文化，清晰地彰显出六大内涵：一是匡扶正义、佑善惩恶。这些内容集中反映在牡丹花丛藏匿汉光武帝刘秀躲过王郎等乱兵追杀、化险为夷等故事中，读之惊险丛生，为正义叹绝，为乱臣生恨。二是爱国爱家的民族气节。日寇侵华时掘地六尺将汉牡丹连土掠走，汉牡丹不仅客死异域，而且在日寇投降后又从原址土坑中发芽重生，从而被誉为"爱国牡丹"。三是讴歌爱情忠贞不渝。在这类故事中最有代表性的当数《花神入地结连理》和刘秀避难与当地北郝村郑鄻鄻在患难中结成姻缘的故事，郑鄻鄻为救刘秀在贼兵蜂拥而至之时挺身迎敌惨遭杀害，死后又化为牡丹再次掩护刘秀躲过追兵，造就痴情烈女忠贞与悲壮的榜样。四是昭示国运，以色警世。据县志记载，素以同株异花闻名的汉牡丹，盛世丰年必繁花似锦，而历代帝王驾崩却以白花示世。五是品德高贵，贫富不移。汉牡丹以雍容华贵、芬芳独韵和不与杂草共生的灵性而美饰生活、熏陶品格，曾引得无数权贵富豪想居之独享，但她却以移地不活的奇异现象更使人浮想联翩、启示多多。六是倡导知恩图报、善有善果之风。刘秀登帝后不忘牡丹救主之恩，题诗颂扬、封牡丹为神花的故事，虽展示的是一代中兴之帝的风采，却成为民间弘扬知恩图报美德的范例。这些妇孺皆详的精神食粮，在历史变迁中不仅造就柏乡一带广大民众勤劳勇敢、不畏艰险、勇于奉献、敢于开拓的品性，而且抚育出金代监察御史焦旭、元代扬州路总管贾廷瑞、明代太子太保户部尚书吕兆熊、清代乌头宰相魏裔介等一大批名人志士。因此，柏乡人民视汉牡丹为历史赋予的珍贵文化遗产、民族奇葩、县域的骄傲，世代尊崇并举行盛大纪念活动来传承和弘扬汉牡丹所承载的文化内涵。

在建设文化强国和文化强省的号角中，中共柏乡县委、县政府为使社会各界了解柏乡、认识柏乡、关爱柏乡，以汉牡丹文化为旗帜创办了"中国牡丹文化节"并组织张少英等地方学者梳理柏乡历史文化史料，选择其中最有价值、最曲折感人的人文故事和轶事，编写出《牡丹魂——中国牡丹文化之乡历代优秀人文故事》这部佳作，奉献给时代和社会，堪称是一件益举。它不仅是展现柏乡历史人文的鲜活画卷，也为广大读者提供了精美醇厚、激情满怀的精神食粮。它的问世，不仅为柏乡汉牡丹文化研究拓宽了视野和增添了魅力，也使柏乡的文化形象更加璀璨和亮丽！

2012年2月25日

附记：牡丹魂的新解与弘扬

柏乡是我多次造访的地方，一株传承千年的汉牡丹不仅演绎出无数神奇的传说故事，也成了柏乡人走向世界的旗帜和桥梁。张少英是位很有才气的文化达人，20世纪90年代曾与我共事，他回到故乡后一直投身于文化事业。在建设文化强国的号召中，他潜心梳理研究柏乡的历史文化，从历代名人轶事的角度解析汉牡丹文化对柏乡的影响，并于2012年出版《牡丹魂——中国牡丹文化之乡历代优秀人文故事》一书，堪称是研究弘扬地域历史文化的一种新视角、新方法，我以序赞之。

《居落文化的明珠——中国耿村故事》序

在非物质文化遗产项目发掘、保护和研究工作中，人们常用"文化奇观"四个字来形容项目的价值与影响。河北藁城耿村故事村就是被众多中外专家学者冠上这四个字而名播海内外的居落文化典型。

耿村本是冀中平原一个不见经传的小村庄。这个创建于明初，因派靳姓七人守护朱元璋义父耿再辰寝陵而形成的村庄，虽然祖辈也过着日出而作、日落而息的农耕生活，却因奇特的历史因素和交通要道及庙会集贸环境影响，而成为民族民间文化和各种民俗事象的聚集沉淀地，以能讲善讲

故事的民风闻名四方。20世纪80年代中期，当国家开展的编纂中国民间文学三套集成作品大普查的热潮卷进这个村庄时，她便犹如一颗被埋藏多年的璀璨明珠很快在发掘队伍的辛勤劳作中呈现在世人面前，吸引着一批又一批文化工作者投入她的怀抱，一批又一批专家学者闻讯前来参观考察，并获得了中外民间文学史上第一个"故事村"称号的赞誉。

在世界居落文化研究中，被称为故事家和故事家群的不少，例如德国的故事家格林兄弟，朝鲜的故事家康敬熙和崔仁鹤，中国辽宁故事家谭振山、湖北故事家李德福等，都是很有名气的故事家并出版了很多有影响的著作，但在耿村故事村发现前，世界学术研究上还没有出现过"故事村"这个概念。因此"故事村"这个称谓，可以说是河北专家学者或者说我国专家学者对世界民间文化发掘与理论研究的一个创造和贡献。

冠名"故事村"是很有讲究和严格条件的。根据我们对耿村故事家群现象的研究和总结，对故事村认定与命名至少要符合下列五个条件：一是传承故事文化现象历史悠久并形成民风；二是故事家成群体现象出现，占村民总数的15%以上；三是全村故事家群要呈"宝塔式"群体，即大、中、小故事家并存，小故事家是大故事家的几何倍数；四是传承脉络清晰、故事内容极其丰富且种类齐全；五是大故事家中有三个以上能讲述三百个以上故事者，且讲述风格、技艺具有浓郁的地域文化特色和影响。当然，对故事村的认定与命名条件也可以列为八条、十条，但上述五个条件是中外专家学者在讨论耿村故事文化现象中所共识的。耿村之所以被认定并命名为"故事村"，是因为在全村1200人中，已发现的男女故事讲述者为230人，占全村人口总数的19%。按照国内外专家对故事家等级划分的标准，耿村能讲50个以内故事的有163人，能讲50个以上100个以下故事的有39人，能讲100个以上故事的有28人。最大的故事家为靳正新（82岁），他能讲800多个故事；其次为靳景祥（81岁），他能讲480多个故事。截至目前已搜集各种民间故事、歌谣、谚语、俚语、民俗资料多达955万字。由上述可以看出，耿村故事家们居住地的人口与故事家们这种比例在世界上是罕见的，故事种类、内容和各种民间文化蕴藏量也是世界上罕见的，由此命名耿村为"故事村"堪称名副其实。这是历史与文化在特定环境和条件下形成的民族居落文化奇观，是中华民族五千多年文明博大精深的一个缩影。

故事是劳动人民在漫长历史长河中集体创作和口耳相传的叙事散文作品。它作为人类对自身历史的一种记忆行为，不仅记录着劳动人民的喜怒哀乐情感，也记录着社会发展史和思想变革史，其内容涉及衣、食、住、行、信和工、农、商、学、兵各领域，承载着民族品格与基因，传播着特定的文化传统和价值观念，传递着民族血脉与精神，构筑着社会特有的文化和形态。人类没有故事将会变得平淡无奇，世界没有故事将会索然无味。一个充满故事的民族必定是一个充满希望的民族；一个充满故事的人生必定是一个辉煌的人生；一个充满故事的村庄必定是一个充满魅力的地方。中国是一个故事大国，也是故事奇迹最引世人瞩目的地方。因此，研究耿村故事及故事村现象，是历史与时代赋予我们当代学者的使命，是构建社会主义核心价值体系的需要，是弘扬民族优秀文化和实现中华民族伟大复兴的需要，更是落实科学发展观和建设和谐社会的需要。从这个意义上讲，杨荣国、毕波、杨清华同志所著的《居落文化的明珠——中国耿村故事》一书很有价值，既从多视角剖析了耿村故事村的奇异文化现象，又为多学科研究提供了翔实丰富的第一手田野资料，这是一件功德无量的事。

附记：研究耿村故事的又一新作

河北藁城耿村故事村的发现和发掘是个奇迹，是众多民间文学普查者数年心血的结晶。1991年5月召开的"中国耿村故事家群及作品和民俗活动国际学术研讨会"使这个居落文化典型成为蜚声海内外的中华文化明珠，造访者络绎不绝。这些年，参加耿村普查的普查者和专家学者们出版了不少普查成果和研究成果，由黑龙江人民出版社2011年2月出版的《居落文化的明珠——中国耿村故事》这部书是中国民协组织编纂的"中国民间口头与非物质文化遗产推介丛书"中的一部。

《河北清明文化研究论文集》序

　　文化作为人类的精神财富，不仅是社会发展的软实力，也是一个国家和民族自立于世界之林的标志和形象。世界各族人民创造和传承的传统节日文化，堪称是最具代表性和典型性、最具活力和影响力、最具民族特色和个性的文化。因此，保护和弘扬优秀传统节日文化既是构建世界文化多元化的必然选择，也是实现人类社会和谐发展的战略举措。

　　我国传统节日是中华民族在漫长历史中形成的文化盛典。她久经沧桑，凝聚历代劳动人民智慧并约定俗成，以群众喜闻乐见的形式传沿不衰，以丰富多彩的民俗文化令中华儿女世代陶醉和向往，以诗情画意寄托

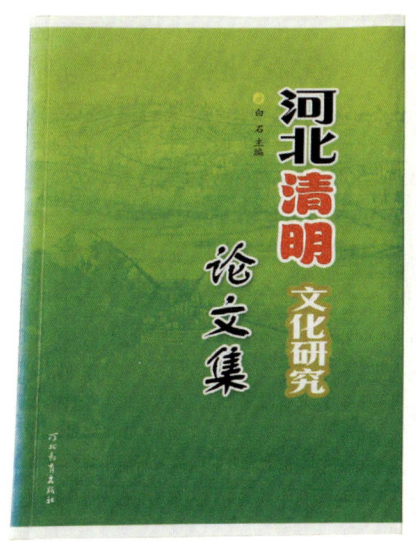
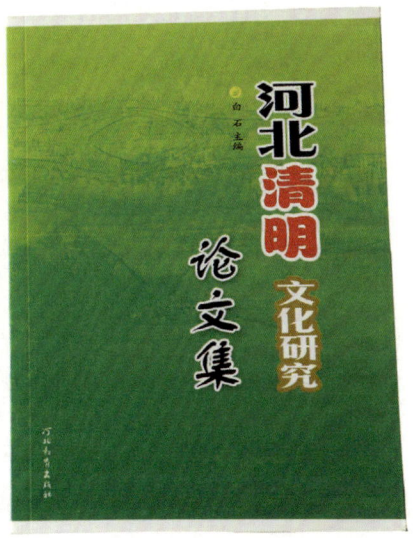

着民族的情感和理想，以庄重和规矩熏陶锤炼着民族品格和个性，以欢乐和谦恭弘扬着民族美德和精神，承载着传承民族血脉生生不息的重任。其教化娱乐价值，安定社会、维系家庭价值，激发情感、升华精神价值，是任何文化形式都难以替代的。博大精深的传统节日，不仅伴随着中华民族开创了具有五千年历史的文明古国，是我们共同的节日；也是构建中国特色社会主义核心价值体系的重要元素和基石，是我们的共有精神家园。

传统节日列入国家法定假日，进一步激发了全国人民的民族文化意识，增强了各级干部和群众的文化自觉、自省和自尊。近年来，全国各地都在以群众喜闻乐见的形式打造着节日文化，许多优秀的传统民俗活动得到了恢复和扶持。我省一大批具有燕赵文化特色和地域文化风情的传统节日文化典型也异彩纷呈、脱颖而出。由省文明办、省文联、省文化厅主办，永年县委、县政府承办，在国家命名的历史文化名城——广府古城举办的"2008年河北省清明节文化活动"就是其中之一。

坐落在晋冀鲁豫四省交界地带的永年县广府古城，为历代郡、府、州、县治所所在地，历史悠久，自然风貌独特，文化积淀深厚，是我国现存的唯一一座保存较完好的府级建制古城。如今，其充满浓郁地域特色和风情的传统民俗活动仍然保存得很完整，特别是当地群众在清明期间组织青少年到烈士纪念碑前举行入队、入团、入党宣誓和讲述革命故事的活动，开展植树造林美化家园、拥抱冀南母亲河——滏阳河等活动，使古老的清明节焕发出与时俱进的时代光辉，呈现出更加诱人的生机和魅力。

清明节文化是以缅怀和祭祀中华人文先贤、革命先烈和家族先人为主题的活动。人们通过对历代先贤功绩品德的追思及游春踏青等活动，激发出爱祖国爱家乡爱生活的情怀和在新时代开拓进取、建功立业的民族精神。为了探讨清明节文化的缘起和发展，内涵和价值，我省专家学者们在广府古城举办了"河北省首届清明节文化论坛"。他们围绕在广府古城流传的清明奇风异俗，依据自己的田野调查和学术知识，从多角度多层面阐释了清明节的文化内涵和在当代精神文明建设中的作用意义。今天，我们将他们的研究成果结集出版，就是希望广大读者能够通过他们的研究成果，进一步弘扬清明节传统美德，倡导移风易俗，树立文明祭祀新风，不断繁荣社会主义文化，共建中华民族的共有精神家园。

2008年10月14日

附记：河北省首届清明节文化论坛留下的史料

《河北清明文化研究论文集》这部书，是由时任中共河北省委宣传部副部长、河北省精神文明建设办公室主任的白石同志主编，河北教育出版社2009年2月出版的。事情的起因是，在弘扬传统节日文化中，由省文明办、省文联、省文化厅主办，中共永年县委、县政府承办，在国家命名的历史文化名城——广府古城举办了"2008年河北省清明节文化活动"和"河北省首届清明节文化论坛"。肇于春秋时期的清明节，河北人虽然年年过，但给这个节日举办专题学术研讨会还是第一次。将这项活动的举办地选在广府古城，是因为这里鲜活保留着"转城墙""城头吹歌""放河灯""亮拳"等罕见、独有的清明奇俗。我是会议的组织者和主持者，为了把专家学者们的真知灼见化为清明节深化发展和创新发展的动力，促使广大群众由自觉节日文化迈向节日文化自觉，会议结束后，便组织编辑出版了《河北清明文化研究论文集》一书。序文既是对传统节日文化价值的认识，也是对举办"河北省首届清明节文化论坛"意义和影响的记述。

《历史与文化的探析》前言

2021年岁末，在协会换届中我终于卸去担任二十五年的河北省民间文艺家协会主席职务。这一年我七十六岁，梳理几十年为事业忙忙碌碌的岁月，突然想到也该为自己做点什么，于是便将近年发表的田野考察感悟和探索研究民族民间文化的理论性文章整理了一下，结成了一个集子，取名《历史与文化的探析》，交给了河北人民出版社。

在此之前，2009年9月，河北人民出版社曾给我出版过一部题名为《历史与文化的沉思》的论文集，书中选录了我1985—2008年间发表的关于民族民间文化研究的一些学术成果。从这个角度讲，《历史与文化的探析》一书，则是我2009—2022年学术研究文章的集萃，也可以说是《历史与文化的沉思》一书的续集和姊妹篇吧。

今天的人所做的任何事情，对明天来说都是历史。在埋头翻阅和校对自己积存的图文资料中，我好像又活在过往的时光隧道里，那些已被尘封的记忆一个个又复活过来，忘却的场景又一幕幕重现眼前，它带来昨日的气息与情感，也带来在从事民族民间文化研究中的坎坷与欢乐，从而提醒我不要忘记曾经的追求与理想。尽管有的文章中一些思维与见解，在今天看来还显得稚嫩和肤浅，但却是自己在学业进取之路上的真实记录与写照。由此，不仅看清楚自己在学业上的差距和进取方向，也对人生价值和民族民间文化的认知有了新的感悟与升华。人呐，看清自己难，解透学业上的疑惑更难，贵在懂得不断总结和反思啊！

文化，是一个民族的精神和灵魂；历史，是一个民族由愚昧走向文明的画卷。作为一个学者，在历史与文化面前永远是学子，因为我们不知道的永远比知道的多。在世界变为地球村的时代，我们一条腿迈向世界，另一条腿必须走向田野，牢牢扎根在中华大地上，那样做出的学问才会有中国特色，那样研究出的学术成果才会释放中华文明的光辉！所以，在相隔十三年的两部书的标题中我都用了"历史与文化"五个字，并

用"沉思"和"探析"分别作为两部书的主题。因为，只有敬畏历史、尊重文化的人，才能触摸到它们的脉搏与密码，感悟到它们的真谛与神奇。

从事民族民间文化研究的人，大多有两个特质：一是文化理想，二是家国情怀，古今如此。文化理想使他们先知先觉，永远站在时代的前沿奔波呼号、笔耕不辍；家国情怀使他们把事业看得大如天，勇于担当、敢为天下先。究其因，因为爱，爱国爱家爱人民，爱到极致，就有了责任，就会许定终身。跳进这条河的人，以苦为乐，以艰为荣，虽手中只有一个笔记本、一支笔、一个照相机，兜里装着药瓶子，却觉得自己是世界上最幸福的人。因为他们追求的不是"器"的享受，而是"道"的梦想。所谓"道"，就是弘扬和创新中华优秀传统文化，让中华文明在与时俱进中释放出更加璀璨的光辉，点亮中国，照耀世界！

本书收录了四十八篇文章，有的是我参加国内外学术研讨会发表的论文，有的是在报刊上发表的专题研究文章，有的是在高校举办学术讲座的

讲稿，有的是对地域文化内涵与价值的探析，有的是田野考察揭秘历史真相的研究，其内容涉及众多学科和领域。我将这些文章结集出版，既是盘点自己人生的心路历程，也是让同仁和读者们评点指正。如果说，这是学术成果，那么这些成果都是站在前人肩上的思索，受众多文化大家名师教诲和广大基层文化工作者启发的结晶。

校对完出版社送来的书稿清样，我感到满足、平静和清醒。回顾人生，虽可以通过这种形式走进往昔的时光岁月隧道，却无法再重来一次。好在今后的路还很长，我知道该怎么走了！于是，便写了这上面的话，权作本书的开篇之言吧。

2022年11月28日写于石家庄一民书屋

附记：正确认识自己是学业进取的法宝

每当仰望夜空，在万里苍穹中人们常能看到流星坠落的奇观。人类社会也是如此，所有的消逝都将成为历史，然而它们确曾真实地存在过。因消逝而珍贵，人类为探寻这种珍贵的真相与价值，一代又一代学者投入回望和探析浩瀚历史长河的事业中，并发掘出无数令世界震惊、令史书汗颜的成果，由此才感慨出"我们知道的，远没不知道的多"的至理名言。生活在这种现实中，面对泱泱中华五千年文明，我觉得无数历史精灵都在向自己招手，无数濒危和破碎的文化事象都在向自己呼救，无数尘封的历史真相等着自己去发掘去研究。然而自己却学浅识薄，因此我将自己对历史与文化的认识和思考称为"探析"。所谓"探析"，就是探索性的学习、探索性的解析，作为一家之言提供给广大读者和专家批评指正，推动历史与文化的研究不断深入发展、推陈出新，服务文化强国强省建设和国家发展战略。

第六辑

《承德新故事作品选》序

　　新故事是反映时代生活的一种文学作品。改革开放以来，伴随着经济文化建设的迅猛发展，我省的新故事创作如雨后春笋且高手如云，屡屡在全国大赛中夺金获银，被专家学者誉为新故事创作大省。历史文化名城承德是这支队伍中的一支劲旅，从20世纪80年代起就新人辈出、佳作频传。本部书收入45位作者的85篇作品，堪称是承德新故事佳作的精品大荟萃。

　　新故事创作是一项很艰辛的劳动。一个好故事，不仅要求作者抓住现实生活中各种有趣的典型事例进行归纳和升华，还要通过曲折复杂的情节来体现人物性格和宣扬的哲理。它写的虽是普通人的喜怒哀乐，表达的却是众人关心的焦点热点和文化心理。解析《红楼梦》《三国演义》《水浒传》《聊斋志异》等文学名著涌现的原因，就是由一个个小故事组成的大故事，或者说是作者运用创作技法把一个个分割的历史（生活）事件（故事）串成了一部大故事作品。然而在现实生活中，有些从事文学创作的人或抱有世俗偏见

的人，总以为搞文学创作的人比从事故事创作的人"伟大""高雅"，并由此产生自卑、歧视和文学、故事高低之争。其实，这是大水冲龙王庙，一家人不识一家人。故事创作就是文学创作，文学创作也就是故事创作，只是在技法和表现形式上各有特色而已。

世人虽常听故事、讲故事，但对什么是故事并不一定了解。故事就是"事"，就是"情节"，就是"事故"。你讲的"事"大家爱听，你写的"事"众人爱看，有"意思"，就是好故事；反之就是不好的故事。故事光顾生活中的每个人，就在你身边，既不神秘也不高深，关键是你是否留心搜集和整理，有无慧眼认识和有无能力将其加工成人民大众喜闻乐读的作品。故事不是当代人的特产，几千年前有故事，几千年后也有故事。自从有了人类，人与人之间就有了"故事"，它伴随着人类走过了一段比文字更为悠久的历史。后来出现了文字，人们把过去和现在的故事用文字的形式记录并展示出来，也就成了"文学"。由于这些"文学"来自民间又传颂在民间，亦称为"民间文学"或"民间故事"。新故事，就是在当代人生活中发生流传的故事。因此，《承德新故事作品选》这部书的最大特点就是贴近时代、贴近生活、贴近人民，具有极大的感染力和诱惑力。

哲学家求同，文学家求异。创作故事讲究超常思维和逆向思维，需要绝处逢生，需要拍案惊奇，需要"九曲十八弯"。构思故事讲究智慧情节，如果你的作品有个"金点子"，你的作品就成功了一半。"金点子"就是故事核，但表现这个"核"则需要根据情节发展运用"巧""趣""辣""怪"等技法，使作品详略得当、纵横自如，"浓妆淡抹总相宜"。与此同时，表述故事的语言要简洁、明快、清新、流利，这样才能完美体现故事的哲学价值和美学价值。本书所载孙瑞林的《二号选手不打折》，讲述一个农村打工仔为了让一辈子没有走出大山的母亲在城里的大饭店享受一回人间的美味佳肴，但善举和血汗钱遭到的却是冷嘲热讽的歧视，然而结局又变成饭店经理和员工们怀着崇敬的心情为其减免费用使他圆满实现孝道夙愿。中国的农民生活艰辛，作者通过一句话、一顿饭，来表达他们孝敬父母的传统美德，震撼人心。这篇故事在上海《故事会》发表后，被读者评选为"2005年最具影响力的故事"，并改编成电视剧先后在江西、福建、华娱等电视台播出。与这篇故事有着异曲同工之美的还有朱彦华创作的《钟点工与大姐大》，讲述一个下岗女工用自己的人格魅力帮助一位在生意场上屡遭失败的"富婆"走出了人生低谷，展示了人世间的人性美，获《故事世界》"2000—2001年世纪之春新故事大赛"一等奖。像上述赢得社会好评的佳作，在这部书中可以说不胜枚举。

中国在富强，社会在发展，由农耕文明迈入工业文明的时代天天都在碰撞出许多五彩缤纷的火花，也给新故事的创作带来百花盛开的春天。全国数以百计的故事刊物久盛不衰，说到底是读者的需要，时代的必然。读者喜欢"快节奏大容量"的短小精悍的作品，作者别无选择，只有顺应时代的要求，去拥抱生活，去妙笔生辉，与读者结为知己，用更加精美的作品奉献社会，体现自己的价值，塑造一个新时代文学家的七彩人生。

回顾历史，承德的新故事创作已走过了三十余年的历程。三十余年中，一批又一批文学新人以新故事创作在这块大地上崛起，坚持不懈为社会主义精神文明建设做贡献，为故乡赢得盛誉，为历史文化名城增添光辉，真是可歌可敬！在《承德新故事作品选》这部大书出版之际，我向各位作者表示衷心祝贺，愿新故事创作之花在承德大地上年年枝繁叶茂、灿烂辉煌！

2008年1月12日于石家庄

266

附记：新故事家群带给河北的荣耀和启示

　　新故事创作是改革开放中涌现的一种文化热潮。这既是社会焦点热点的艺术写照，也是文学艺术工作者与时俱进服务社会的一种新风尚。这种风尚验证了两条真理：一是现实生活永远是作家、艺术家取之不竭的源泉；二是作家、艺术家只有深入生活、扎根人民才能写出深受读者欢迎的精品佳作。河北是新故事创作大省，改革开放以来名家辈出，近年活跃在文坛的新秀可以百计，为了鼓励这种热潮河北曾先后举办培训班、研讨会20余次，并推出朱彦华、周宝忠、梁挺爱、王国新等旗帜性领军人物。承德市收录45位新故事作者的85篇作品，结集出版《承德新故事作品选》，开全省各市之先河。其示范和激励意义，不仅是推动承德的新故事创作迈上新台阶、新层次，也引领全省的新故事创作名作、名人争涌。我为这种现象叫好，也为《承德新故事作品选》这部书站台叫赞。

《抚宁革命斗争故事》前言

　　我读这部书的心情格外愉快和激动，因为抚宁是我多次到过的地方，编者和内文作者都是熟知的朋友，熟地方的朋友们有了新成果，当然值得欣喜和欢愉。而激动，则是被书中所颂扬的抚宁人民那种英勇不屈、前仆后继、可歌可泣的革命英雄事迹所感染。

　　这块环绕著名海滨城市秦皇岛和万里长城起点山海关的宝地，古称骊城。据史册记载和考证，早在六十万年前这里就有人类居住，不仅山河田野富饶壮丽，而且文物古迹众多，素有"北国江南"之誉。一提她，人们便会想到风景如画、宾客如云的避暑度假胜地南戴河海滨新镇，碧波荡漾、山水竞秀的天马湖和天马山，一望无际、芳香四溢的稻田、玉米地和果园。但由于这块秀丽的大地处于华北通往东北的要冲咽喉，历来为兵家必争之地，这曾使抚宁人民屡遭劫难，饱尝忧患，同时也炼就了百折不挠、敢于与天斗、与地斗、与人斗的刚毅坚强、不畏强暴和困难的品格。正是这种品格，使他们创造了令世人赞叹的锦绣山河，涌现出许多辉耀青史的英雄楷模。《抚宁革命斗争故事》一书，就是抚宁人民反抗外来侵略、争取民族解放、创建新中国所进行的艰苦卓绝斗争的真实写照。

　　近几年，随着经济建设的飞速发展，一些人讲物质享受多了，讲传统作风、革命历史和奉献精神少了，甚至忘了今天的幸福生活是无数革命先烈用生命和鲜血换来的。抚宁的文学艺术工作者深知自己在这种形势下的职责，在庆祝中国共产党建党七十周年的前夕，他们走乡串户访问前辈，跋山涉水到当年英雄和先烈们战斗过的地方寻找遗迹，采集整理出抗日战争、解放战争期间发生在抚宁大地上的一桩桩一件件英勇壮烈、感人肺腑的革命斗争故事编辑出版，给社会提供了一部具有地方特色的进行革命传统教育的教科书，实在是一件值得称颂的益举。几年前，在发掘、弘扬民族优秀文化中，该县就因普查、编纂、出版中国民间文学三套集成工作成绩卓著而闻名全国，现在又推出《抚宁革命斗争故事》一书，无疑又是锦上添花，为社会主义精神文明建设做出了新贡献。

我热爱抚宁，因为她是个物华天宝、人杰地灵的地方。我期望生活在这块古老沃野上的文学艺术工作者们，繁花似锦，奇葩纷呈，不断为人民提供精美的精神食粮，为繁荣社会主义文艺事业贡献力量。

1991年5月29日于唐山

附记：在唐山开会时写下的序

地处华北平原与东北交通咽喉的河北省抚宁县（今秦皇岛市抚宁区），自古就是兵家必争之地和长城要塞。金戈铁马的厮杀和争斗不仅给这里留下大量脍炙人口的历史传说故事，也留下许多可歌可泣的革命斗争故事。这些故事陶冶着抚宁人民的血脉，也锤炼着抚宁人民的品格。特别是革命斗争故事中所展现的抚宁人民反抗外来侵略、争取民族解放、创建新中国的英雄事迹，已成了重要的文化遗产。唐家君、孙本荣同志走村串户访问前辈和英雄，整理编辑出《抚宁革命斗争故事》一书，作为庆祝中国共产党建党七十周年的礼物，赠送给全县中小学校和各村党支部，堪称是一项弘扬和传承革命斗争精神的益举。我看到这部书稿的清样时，正在唐山开会，为了不影响印刷时间，便在会中连夜写下此序文给予赞励。

《民间文化之乡宋家庄》序

当瑞犬即将叩响21世纪年关的大门，好友姚世谊冒着严寒从几百里之外给我送来一部书稿：一是征求书名意见，二是写个序。我虽烦写序，还是慨然应允，因为书中所记述的山水、古迹、民俗和人物给我留下的印象太深刻了。至于书名，我意叫"中国历史文化名镇——宋家庄"，理由有三：

在中国称"历史文化名镇"，人们迷信要有一套评审程序，其实不然。是不是历史文化名镇，不应是哪个机关或哪群人说了算，它是客观存在的，是沧桑岁月凝聚的。如果不是这样，那些被命名为"历史文化名镇（乡）"的地方在命名前的历史文化辉煌应称为什么呢？这是其一。其二，在漫漫5000年的历史长河中，古道、西风、黄沙、农牧、要塞、商贾，在宋家庄镇沉淀的丰厚的极具民族特色和研究价值的风情、景观和文化，令中外学者惊叹，

民间文化之乡

宋家庄

蔚县宋家庄镇文化遗产保护抢救委员会

271

这里拜访者如河，还不算有名吗？其三，在经济飞速发展的时代，在960万平方千米的国土上还有多少保存完好的农耕文化景观呢，而宋家庄镇村村有古迹，庄庄有庙和戏楼，其流传的古老花会和民俗"打树花""拜灯山""剪纸和贴窗花""皮影戏""踩高跷""唱秧歌"等活动，不仅具有浓郁的地域文化特色和多学科研究价值，而且有的在全国罕见。把这样的地方称为"中国历史文化名镇"，应该说名副其实！

事实还远不止上述。出土文物显示和专家考证，远在新石器时代宋家庄一带就有人类栖居；北魏建村立寨，隋唐以后这里已是十里一堡、五里一庄的繁华之地了。由于此地处于壶型蔚县盆地南北通商大道的要隘，自古就是兵家必争之地和商家汇聚之所，骡帮驼队的昼夜穿梭，汉兵胡将的攻防争斗，不仅给这里带来多民族的文化融合，也带来物质和精神的繁华。最能反映这一史实的当数那里的古堡和险峰奇峡中的飞狐古道。飞狐峪古道长40多千米，峭崖怪石林立、绿树奇花横生，内通京津和中原，外连蒙古大漠和西北高原，历来就被誉为疆土咽喉置重兵守卫。穿过飞狐峪，便登上被当地群众称为"南山西甸子梁"的海拔2100米高的"空中草原"，因地壳运动而形成的坦荡荡36平方千米的高原上像地毯一样遍布着世界罕见的雪绒花和五颜六色的各种野花名药材。我国文学大师冯骥才先生在《人民日报》发表的一篇《中国的雪绒花在哪里》，使这里成了每年接待十几万人的观光旅游胜地。

所谓古堡，是指古代为防兵灾和匪患而建的护卫村庄的一座座防护墙堡。史志记载蔚县800个村庄800个堡，27座古堡就在宋家庄镇。其中最令学者和游客震撼的是宋家庄和上苏庄。上苏庄建于明嘉靖二十二年（公元1543年），历史变革中把人口迁到村外新居，古堡内至今仍保持着农耕社会原汁原味的生态，在其他地方看不到的碾子、磨、风车、古民居、古庙等，在这里依然鲜活如初。宋家庄建于明洪武初年（公元1372年），四墙高围一门独出，由苏氏将军府、邹氏师爷宅和韩家镖局、韩家大院构成的古民居群，整齐有序排列，呈现"主人"二字的街道建筑造型奇观。一座座青砖起脊、砖雕木刻的庭堂楼阁虽有残破，至今风貌依旧，没有发生新屋破坏历史文化景观现象。该村被列为国家重点文物保护名录的"穿心戏楼"，彰示着生活在这座古堡中不同人群的共同兴趣——看戏的嗜好。其次还有名刹古堡郑家庄、寺庙文化古堡大固城、紫荆关外旱码头北口村等，都以不同的特色呈现着宋家庄镇的深厚文化底蕴和丰富的文化财富，从而被国内外众多专家学者誉为研究塞外风情的"一颗璀璨的文化明珠"。

古村古镇本是一部活生生的人类文化记录簿。宋家庄镇异彩纷呈的历史文化，见证着一方水土古代社会的政治、经济、文化发展的轨迹，反映着农耕社会古老的民俗和生活方式，承载着历史的沧海桑田和荣辱兴衰，张扬着地方的特色和个性，堪称农耕文化多态事象"活化石"。她是宋家庄镇的骄傲，也是中华民族的瑰宝。在全国开展的抢救和保护民间文化遗产工程中，宋家庄镇党委和镇政府采取多种措施使原生态的历史文化在当代经济文化建设中显示出价值和优势，可谓慧眼独具、高瞻远瞩。为此，他们又将多年发掘积累的文化资料汇聚成册，无疑又是一件功在当今、利在后世之举。愿拥有丰富历史文化财富的宋家庄镇人民在当代经济文化建设中，能发挥历史文化资源优势，演绎出辉煌的时代颂歌。

附记：塞外奇村宋家庄

《民间文化之乡宋家庄》一书，是由蔚县宋家庄镇文化遗产保护抢救委员会在2005年编印的，主编是时任宋家庄镇党委书记的姚世谊同志。我与姚世谊相识于20世纪80年代，他那时是蔚县县委书记安俊杰的秘书。2003年我们再次相聚，是因为中国民间文艺家协会在蔚县召开"中国民间文化遗产抢救工程剪纸专项工作会议"。会议规划参观的剪纸专业村南张庄、历史文化名村宋家庄和自然风光飞狐峪、空中草原等，都在宋家庄镇境内。姚世谊是个很有政治眼光和灵性的人，开拓精神十足，他要借全国性的会议和冯骥才、刘锡诚等名家群聚的机会，把宋家庄镇的各种文化遗产和自然风光推向全国，于是日夜加班编撰在会前赶印出《民间文化之乡宋家庄》这部书，广为散发。我作为好友，当然要支持，于是就为这个集子写了序。事情也真如姚世谊所愿，成功的会议给蔚县和宋家庄镇带来络绎不绝的造访者，《民间文化之乡宋家庄》这本书竟成了争相求购的读物。时隔不久，宋家庄镇的上苏庄、宋家庄两个古村也被国家文物局命名为"中国历史文化名村"。这件事使我对时语"机会每天在你窗前走过，就看你能不能抓住"这句话，理解得更深更透了。

《磨砺人生》序

　　人有一种美德，善于对自己的行为与实践进行总结和感悟。总结，使行为与实践凝结成生存繁衍的经验和智慧；感悟，使经验与智慧升华为克艰攻难的勇气和力量。因此，当看到即将迈向七十大寿的好友清泉兄的大作《磨砺人生》书稿时，格外激动和感慨，便有了说说我心目中清泉大哥的冲动。

　　我与清泉兄是初中时代的学友。1958年，我们同时考入内丘中学。他是个大个子，我是个小个子，虽然不在一个班，但他那双聪明睿智的大眼睛和文静干练的举止，却赢得同龄人许多赞慕的目光，给我留下了极深的印象。作为学生中品学兼优的佼佼者，老师和同学都认为他是大学生的生力军，但他初中毕业后却因选拔飞行员的梦破灭而毅然从另一条途径走上了军旅之路——县人民武装部被他决心参军的志向感动，呈报上级特批，破例录用。从此，他便告别了老师、同学和学校，走向别样的人生征途。

　　理想，可以给人生插上翅膀。军人家庭出身的李清泉，理想是当一名身穿绿军装、头顶八一军徽的解放军战士，像父辈那样献身保家卫国的军旅生涯和疆场。但到武装部报到后方知，自己是职员，不穿军装、不是现役军人。面对这种尴尬，是继续回学校读书，还是干下去？在人生的十字路口，他选择了后者，义无反顾将自己投入武装部这个特殊的军事组织大熔炉中，并一干就是三年半。武装部那种艰苦、紧张、团结、严明、奋进的工作氛围，使年轻的清泉兄在人生之路上迅速成长和成熟，先后被评为"五好干部"，加入中国共产党，荣立三等功，三次被嘉奖，被评为学雷

李清泉 著

磨砺人生

锋标兵等，成为一名特殊的解放军战士。这段非同寻常的磨砺，不仅为他的五彩人生奠定了基石，也打开了他人生坎坷而精彩之门。

《警世贤文》中有句名言，叫"宝剑锋从磨砺出，梅花香自苦寒来"。原意是说，要勇于在艰难中多磨砺、不怕吃苦，才能有所收获。回顾清泉兄七十年的经历，恰好是这句古人名句的生动注释和写照。他出生在二十四孝之一"郭巨埋儿"的发生地——内丘县金店村一个普通农家，自幼便沐浴着善、孝、忠、尊、诚、信等传统美德，目睹过爷爷李俭带领全家男耕女织、食不果腹的艰辛生活。五个子女中，他排行老三，却生不逢时（1943年），在日寇铁蹄和伪匪横行中靠小米稀菜粥喂养活命。在那个岁月，故乡"金店"二字，带给人们的不是历史的辉煌和陶醉，而是生与死的灾难和煎熬！国难见忠良。其父李冠群是一名老共产党员、民兵队长，在抗日战争胜利后，为保卫解放区的胜利果实，毅然加入刘邓大军南下投入解放全中国的硝烟战火中。这种童年阅历，使他养成了勤朴、坚毅、勇敢、好学的品格和尊师敬老、善良诚信、知恩图报的美德。因此，他当工人、打字员时不自卑不气馁，当县委副书记、政协副主席、人大常委会副主任时不自傲不凌人，时常怀着一颗善良报恩之心待人处世。不管是工人、农民、乡村干部，还是机关职员、昔日同学老师和在外地工作的内丘籍乡亲、工作中结识的熟人，都愿意与他交谈、共事、说心里话、交朋友。在认识和了解清泉兄的人们心目中，他是一位可信赖的兄弟，可帮助解决困难的朋友，可肝胆相照的亲人，是故乡的一位好管家，是把组织和乡友的托付当作职责和使命的人。所以，无论是办公室还是家里，无论是行走路上还是节假休息，找他的人总是不断，他犹如一个不知疲倦和劳累的牛，用满腔热血和汗水，辛勤耕耘绘制着哺育他的山河和土地，报答着党和人民的信任与重托。

但勤奋和执着，留给人的并不全是喜悦和收获，也伴随着蹉跎和坎坷。1980—1994年，长达十五年的考验和磨炼，对一个年富力强、满怀热血报效党和人民的人来说，那痛苦、失落、无奈和煎熬是可想而知的！庆幸他有一位贤惠、坚强、豁达、挚爱、文静的妻子韩秀芳，陪伴他在人生低谷中度过寒流和风霜。特别是，文稿中字里行间所展现的清泉兄那种在坎坷中对党和人民的坚定信念，对人生矢志不移的不懈追求，勇于从低谷爬起再战的精神，无疑反映了一个共产党员的光辉品格，一个领导干部在身处逆境中不畏艰难和困苦的风采，一个政治家审视世事的坦荡胸怀，而不甘沦落的典范！这不是每个人都能做到的，而是信仰、意志和品格在他身上铸就的奇迹和辉煌！

重新走上领导岗位的清泉兄，虽然头发白了，眼角的皱纹多了，但笑得依然那样灿烂，工作依然那样勤奋执着，待人依然那样和蔼可亲。政协副主席、人大常委会副主任，在一般人看来那是闲职，但他却毫不懈怠，常为分担县委、县政府主要领导的负担请缨而战。他要用有限的在岗岁月，将失去的为人民服务的时间抢回来，他仍然像一头不知疲倦和劳累的牛，来报答培育、信任他的党和人民。在他的筹划运作下，先后组建了县工经联、建成了年产三十万吨的煤矿箕斗井、牵线创办了焦化厂和窑尾煤气发电厂、创建了社团大厦、设立了大学生奖励基金会，成立邢台市邢窑文化研究会等，为内丘建设经济文化强县发挥着献策助力的作用。更令人敬佩的是，他从领导岗位退下后，仍在不遗余力地从事着上述工作，并先后为家乡打井、为学者出书、为邢窑恢复等捐资上百万元。

俗话说，经风雨方显英雄本色。在上述业绩中，人们认识到，李清泉是个始终如一的李清泉，他这个人犹如他的名字，似一泓清泉，清澈可鉴，永远汩汩喷涌不止，是个好党员、好干部、好朋友、好领导、好老兄。对一个经历过各种风与火洗礼的人来说，无情岁月留给他的白发与皱纹，不仅是人生阅历与时光的写照，也是品格与智慧的结晶啊！

对于清泉兄几十年的人品与业绩，故乡和熟识他的人已有口皆碑。作为校友，我为有他这样一位学兄感到骄傲和自豪。他虽没上过大学，但他读了一部许多人自愧不如的社会大学通史。在学习这部通史中，他用心血和汗水铸就了精彩，用智慧和毅力绘出了别样人生，用坎坷和成功将"人"字书写得更大更令人敬仰和尊重。所以，《磨砺人生》一书，奉献给世人的不仅是清泉兄对人生和世事的感悟真谛，也是一个成功者对后人的殷切期望和珍贵馈赠。

祝清泉兄《磨砺人生》一书问世，祝清泉兄和秀芳大姐长寿、健康、快乐、幸福！

2012年12月于石家庄

附记：我的学兄李清泉

李清泉是我的初中同学，也是同乡好友。他品学兼优，初中毕业即被内丘县武装部招录工作，虽没读过大学，阅历却极其丰富，且经历过常人难以想象的磨难。其睿智、其胸怀、其坚毅、其豁达、其勤朴、其忠孝、其真挚、其好施，在故乡内丘一带有口皆碑，是许多上过大学的人自愧不

如的。他的聪明才智得益于社会大熔炉的锤炼，人们常讲他是社会大学培养的高才生和博士后。这样的人总结人生，告诉世人的不仅是个人成长奋斗的酸甜苦辣，还有一个人修身、齐家、治国的必备品格和精神。其语言文字虽朴实无华，所叙其历其事和所发之悟却处处让人感动，他用多彩的人生谱写了别样的华章。我写序就是赞扬他这种品格和精神，让当代更多的人从他的品格与精神中受到启迪。

《哲理楹联》序

　　乙酉三月，当我去拜访富春兄时，他赠我两部书：一部是《我家的记忆》，一部是刚打印成册还散发着油墨芳香的《哲理楹联》。我如获至宝，同时也接受了一项重托，为即将付梓的后部书写几句感语。老实讲，对楹联我没什么研究，但师兄之命难违，也只好班门弄斧了。

　　富春兄是我大学时代休戚与共的同宿舍好友，毕业后虽天各一方，却是时常相互惦念之人。在众多同学中能几十年保持这种情感和友谊的人不多，不是我这个人性格有什么隔涩，而是成长在20世纪60年代的那茬青年人的磨难太多了，大家都在拼命忙着国事、家事和安身立命，古代文人雅士那种传统的缠绵和潇洒自然就少了。但一旦相聚，目光碰击的火花，心

280

灵展现的纯真，举止释放的挚诚，却是任何文学语言都难以表述的深情厚谊。四十多年弹指一挥间，昔日的乌发学子虽变成了两鬓染霜、儿孙绕膝的老汉，富春兄却依然还是那样纯朴、那样深沉、那样好学、那样善良、那样诚真和可敬，只是皱纹见多的脸上平添了许多岁月熔铸的成熟、老练和慈祥，显得更加苍劲和刚强。

在此之前，我自以为了解富春兄。读了他的《我家的记忆》，不禁汗颜惭愧，悲由疼起、泣不成声。他那凄苦的童年，幼年丧母的切肤之痛，忍饥苦读的青春岁月，求贷入大学的坎坷经历，"文革"期间患病遭受的精神和肉体磨难，夫妻恩爱相携敬老教子的艰辛……真的使我震撼和激动了！我敢说，同窗六年的同学中没有谁会知道他这些深藏在心底的经历和苦涩。我读过一些海内外文学巨匠的名著，也涉猎过小说家的精品佳作，真正使我产生触灵动情之感的是富春兄撰写的《我家的记忆》了。这个不足八万字的小册子，真实地揭示出20世纪60年代无数生活在贫困农村的寒门学子的奋斗历程。它语言无华，没有景物环境的渲染和艺术构思的技巧，记录的也只是亲历、目睹的一些宗亲家族的日常生活琐事，告诉世人的却是人生的理念和真谛，传达的是中华民族数千年传衍昌盛的奥秘！可惜当代文学家们缺少这种体验，没有解透驱动这个社会和民族进步的"根"和"魂"，也难怪被时代和群众认可的佳作就屈指可数了。

世上的任何事情都具有两面性。也许正是那些不同凡响的磨难和坎坷，造就了富春兄深沉内向、不拘言谈、坚韧不拔和能够忍辱负重的性格，使他比常人更热爱生活、热爱家庭、热爱亲人，懂得珍惜社会和朋友给他的每一缕阳光，宛如一棵柳树栽在哪里都会抽枝发芽给人群带来绿荫，又像一棵松柏生长在任何环境中都能显示出品格和质量，不会因生活环境困苦而落魄，也没有因担任县委副书记、人大常委会副主任而傲世。这种修炼，这种品德，这种人格，不是每一个有所作为的人都具备的。虽然人常讲，对成功者来说他所经历的每一次苦难都是令人羡慕的经验和财富，但只有经历和品尝过这种苦难的人才知道，那其中的每一点醒悟和探索都是由心血和痛苦而烧结锤炼的啊！

有了上述的感叹，富春兄退休后致力于研究和编选《哲理楹联》书稿的行为和用意就不言而明了。楹联，是中华民族悠久历史和文明凝聚的重要文化财富，是传播民族精神和理念的重要载体之一。特别是其中所蕴含的博大精深之哲理，堪称是民族优秀文化的精华和典范。在漫漫岁月中，文人雅士用它言志醒世，释道儒家用它感悟弟子徒众，普通百姓用它教化子孙、检言励行。富春兄在数十年生活和工作中淘沙集裘、钩沉稽古，筛选整理出的《哲理楹联》一书，不仅是他对世事百态的总结和道德思想观念的写照，也是对民族优秀文化的弘扬和对后世子孙的寄望啊！

人都有自己的爱好，但当把爱好变成了文字，其所传达的意思就已远远超过了行为的本身了。因此，当我们捧读富春兄的《哲理楹联》时，我们便会感到沉甸甸的。他告诉我们的不仅仅是如何做人处世、治学修身，也教会了我们如何面对艰辛和困苦。人生本无平坦路，生活不会像你想象的那样到处阳光灿烂，也不会像你畏惧的那样到处坎坷不平，懂得哲理，便犹如装上永动机和方向盘，虽苦也甜，成绩面前不会忘乎所以，挫折面前不会气馁夭折。这就是哲学大师们常讲的所谓"大其心，容天下之物；虚其心，受天下之善；平其心，治天下之事；潜其心，观天下之理；定其心，应天下之变"。穷则独善其身，达则兼济天下。富春兄用他坎坷多难的一生实践了哲理楹联，研究了哲理楹联，也感悟和升华了哲理楹联的巨大社会价值。在他离开领导岗位之后，将自己多年探索积累的文化财富——哲理楹联汇集成册，可谓是一件用心良苦、寓意深远、功彪时代的善举。我喜欢这部书，也期望每位读者都喜欢。

2005年4月于石家庄

附记：一部让人感慨万千的书

历代先贤创造了许多修身、齐家、治国的至理名言，哲理楹联就是其中之一。这些楹联，有的写在纸上，有的写在廊柱、木板上，有的镌刻于牌匾、砖石上，是熏陶民族品格、鞭策人自律成长的精神食粮。师兄张富春几十年用哲理楹联解决人生之惑、激励修身进取，颇有感悟和收获。退休后，他将多年从全国各地名山古刹、寺庙厅堂、古城古镇、府第名宅搜集记录的哲理楹联，分门别类整理成《哲理楹联》一书，自费印刷分发给亲友、同事。他告诉我说："几十年从政，我没贪金也没贪银，给孩子们和亲友留下的最大财富，就是这本小书，期望他们把它当作一面镜子，照亮自己的未来和人生。"我为这样的著作写序，实际也是以师兄张富春为榜样，用哲理楹联检视自己。这部小册子虽不是出版物，其价值却沉甸甸的，能为这样的书作序，我感到荣幸和自豪！

郑一民序文选集

《塞外笑话集》序

笑话，是让人快乐发笑的喜剧性故事。笑话与小品、相声等文学艺术相比，虽未登大雅之堂、大红大紫，确是每个人生活中不可缺少的精神食粮。她滋生在广大民众中，是劳动人民用集体智慧和才能创造并传承的艺术品。其受众阶层之广，传讲地域之阔，是人类创造的任何文化事象都无法比拟的。因此，被誉为文学艺术宝库中的奇葩和长青树。

纵观古今中外的笑话，虽有文人的再创作，但多滋生于民间。传统笑话常讲不衰，与时俱进的新作品更是如雨后春笋。她依附于时代，又超越于时代；孕于人与事的启迪，又超越人与事的事象本身；寓幽默诙谐于谈笑，藏讽刺鞭策于娱乐，被专家学者称为人民群众文化生活的"轻骑兵"和规范人生道德行为的"利刃"。

笑话，就是要逗人乐、令人笑，不能使人身心得到娱乐享受的故事不是笑话。但笑并非目的，而是一种手段和形式。目的在于通过轻松愉快来表现爱与恨、褒与贬、扬与弃的思想感情，以笑来批判、鞭挞社会生活中不良思想行为与陋风恶习。也就是说，笑话虽在表面上采取活泼、诙谐、幽默的形式，而其思想本质却是庄重严肃的，颂扬旗帜鲜明，嘲讽辛辣尖刻，揭露一针见血，昭示含蓄感人。尽管笑话中也有格调低下或不健康之作，但绝大部分表达了劳动人民真实朴素的爱憎情感和是非观念。从这一意义讲，笑话既是抨击社会上一切邪恶与不正之风的锐利武器，也是启迪人类文明与进步的针灸与食粮，同时也是自我批评、自我醒悟的教育工具。

塞外城乡是中华民族重要发祥地之一，也是古今笑话滋生与汇聚的沃土。在漫长历史进程中，无论是酷暑寒冬，还是春去秋来，人们在茶余饭后或亲朋聚宴，讲笑话已成乡风民俗。笑，可以使人忘记或冲淡艰辛农牧生活的劳苦和忧愁，也可以使人迎来快乐健康和生发对美好未来追求的力量。笑话的这种特殊功能与价值，使她在塞外大地如拾不尽的花朵、饮不尽的甘露，形成了奇特的塞外民风和文化财富。

郑一民序文选集

《塞外笑话集》的编著者杨成是位土生土长的作家。他长期生活在塞外的城乡，深刻感受到塞外笑话的魅力与真谛。于是，他数十年如一日潜心搜集与研究流传在塞外的各行各业的各种民间笑话，并经过精心筛选加工，编著成《塞外笑话集》，可谓情有独钟、积沙成塔。其集子虽把笑话只划为七个方面，却涉及社会的各个层面和领域，人物形象涵盖工农商学兵各类人物。其作品虽源于生活，其品位却高于生活，集思想性、艺术性、人民性于一炉又具有浓郁地域特色，堪称佳作荟萃、精品争辉！该书读后不仅令人捧腹大笑，产生强烈喜剧效果，还会令人回味无穷、感慨万千，受益匪浅，真是一部好书！

2007年1月8日于石家庄

附记：塞外笑话的文化特色

　　《塞外笑话集》一书由杨成编著，内蒙古人民出版社于2007年6月出版。所谓"塞外"，即指长城以北的地区，那里的笑话既有从内陆流入的佳作，也有当地群众世代创作流传的地域精品，经过塞外方言土语的润色和装饰，堪称别具风采和艺术价值。我不认识杨成，但我看重笑话是文学艺术百花园中不可缺的一员，所以当他托张家口市文联领导带来他的书稿清样和求序的信时，我还是成全了作者。文学艺术繁荣是全方位的，任何有助事业发展的成果，都应给予支持。

《缘分》序

出于朋友之间的相互鞭策激励，我曾应邀为人写过一些所谓"序"的文章，文虽拙却皆出于衷心的祝贺。接到张德恩让我为其大作《缘分》一书写个序的电话时，我却感到唐突和愧疚。唐突，是已近二十年与这位曾干过共同事业的同志没联系了，他还记着我；愧疚，是这位即将出版专著的作者竟把与我相识的事也归入"缘分"之列，而我却对他没什么值得提及的帮助。

张德恩，顾名思义，获德而知恩者也。这位与新中国同龄的作家，祖籍河北唐县，涿州师范毕业后曾供职于望都县文联。20世纪80年代末90年代初，在国家开展的中国民间文学三套集成工作中，他因搜集整理民间文学作品成就突出，被推荐到辽宁大学中文系进修民俗学研究生课程。张德恩为人朴实、勤奋刻苦，作品多次荣获国家级和省级奖。我与他的相识就是在这段事业中。人生的路各异，张德恩虽然在以后的岁月里工作岗位发生了变化，但不为社

会风气所蔽，不为时尚潮流所惑，仍坚持在文学道路上笔耕不辍的精神是值得赞佩的。

常言道，书山有路勤为径。张德恩在人生的道路上吃了多少苦，我说不详尽，但翻阅他用心血编纂和岁月积累的书稿却体会到，那一篇篇佳作，一行行文字，都是他十余年勤奋耕耘的最生动写照。我阅读过不少书稿，以"缘分"为书名，向"曾给予我无私关爱和帮助的父辈、恩人、老师及众多的亲友们"表达"心语"的方式很有新意。世上表达感激的方式千千万，将自己精心栽培、积沙成塔的文学成果汇集成书出版，向曾关爱和帮助自己的朋友亲人们汇报、表达感恩之情，可谓独辟蹊径。它展现了一位文化人的胸怀和心灵，塑造了一位中华儿女处世治学应有的品性和理念。

张德恩同志在自序中把自己的一切成就都归结于"缘分"。其实缘有三生，即前世缘、今世缘、后世缘，最美最令人陶醉和感叹的当数今世缘。他用自己的实践验证了这条真理，谱写了一曲脚踏实地又五彩缤纷的人生之歌。在他的大作《缘分》一书出版之际，我用上述的话表示祝贺，也鞭策自己，愿张德恩同志在今后的岁月能结交更多的朋友和师长，创造出更多佳作和业绩！

2007年8月28日于石家庄

附记："缘分"是人生之宝

民谚说："机遇是等来的，缘分是撞上的。"我与作家张德恩本是不相识的人，但国家开展的中国民间文学三套集成工程却使我们成为一个战壕的战友。因此，在20世纪80年代末，辽宁大学中文系在河北招收民俗学研究生时，我便推荐了他。那一届研究生，河北共推荐十一人，张德恩很看重这次进修机会，不仅以优异成绩完成学业，毕业后还不断在省内外报刊发表佳作。2007年，当他把自己多年发表的作品结集为《缘分》一书，交出版社付梓之前，让我拜读并写序时，断了二十年的缘分又续新缘。缘分成就了我们的人生友谊，《缘分》也成就了张德恩的别样人生。

郑一民序文选集

《啼血杜鹃》序

　　人说朋友相交有机缘，我与吕新生同志就是在机缘中相识的朋友。我们共有两次相聚，第一次是在2001年9月，在福建《故事林》杂志社于坝上张北举办的"草原笔会"上；第二次是2002年5月，在廊坊召开的"河北省新故事创作研讨会"上。他朝气蓬勃、热情淳厚的风貌和立意新颖、构思精巧的作品，都给我留下了深刻的印象。

　　俗话讲，人逢机缘就有真情生。从此，我与吕新生联系不断，两人相隔数百里，电话便成了我们交流友谊的桥梁。新生很有悟性，年纪虽轻，对新故事创作却常有独到的见解。于是他的作品和人生就成了我关注的一部分。这是我的工作职责，也是朋友情感所至。

　　河北有许多新故事大家、创作高手，名作精品屡获盛誉。新生就是这支队伍中的佼佼者。他潜身于生活，探索于实践，创作出一篇又一篇令世人交口称赞的扛鼎之作，不仅体现了人生的价值，也为河北的文艺事业争得了荣誉，并由此成为文艺界一颗日益走红的新故事创作新星。

　　成功在于勤奋。为了心中的理想，吕新生犹如一只忙碌的工蜂，用心血和才智不知疲倦地编织着创作的宝塔。近来，他将其发表的精品汇集成《啼血杜鹃》一书出版，既是对社会的一个新贡献，又是他文学生涯的一个里程碑。纵观这些作品，虽然题材不同，形式有异，在弘扬时代主旋律的旗帜下，都呈现出鲜明的艺术特色和强烈的文学个性。在我看来，主要展现在如下三个方面：

其一，取材多样，立意新颖。对故事的取材立意，理论家著述很多，还常有争论见诸报端。其实，用老百姓的话讲，就是用艺术的手法技巧"说大事、小事、普通人的身边事，讲闲话、实话、老百姓的心里话"，这就是故事创作的宗旨和意义。吕新生创作的故事之所以受到读者欢迎，获得社会好评，就是因为他长期生活在改革开放的第一线，作品涉及的人和事都是现实生活中与老百姓息息相关的典型事例。写农村，"山野风情"尽如画卷；写城市，市井百态皆融笔下；诉民意，奇俗异风熠熠生辉，读者犹入其境，亲切自然，心悦神新，也势在必然了。

其二，幽默诙谐，妙趣横生。幽默是故事的灵魂，妙趣是故事的温床。读吕新生的作品，犹看精彩的小品演出，常让人发笑，或捧腹或会心或窃喜，酣畅淋漓，不能自抑。例如，《成名之路》中的主人公张俊峰，歌唱得好，人长得帅，几经努力就是出不了名。他苦思冥想找了一家包装公司，改怪名、穿怪衣、染怪发、讲哆话，这本是荒谬怪诞之举，结果却一炮走红，并大红大紫。作品无情地讽刺和鞭挞了娱乐圈某些令人发指的行为，读后感慨唏嘘，发人深省。

其三，构思精巧，耐人寻味。作品构思是作者艺术造诣的体现，也是一位作家终生追求的目标。研究吕新生的作品会发现，他在这方面进行了艰苦而卓有成效的探索。其作品对人和事的组合之奇巧，常出乎意料，又在情理之中，耐人寻味；故事一波三折，包袱悬念迭起，结尾几句点睛之笔，不是留下耐人寻味的结局，就是让扑朔迷离的曲折故事真相大白。原发于《喜剧世界》并被多家报纸杂志转载的故事作品《名声》，写的是一位人称"赵一刀"的外科医生，他技术高超、声名远扬，收红包的恶习也是人人皆知。一次，他做完手术时发现刚刚收到的几份红包被盗而生气，而病人家属也因给他准备的红包被盗而着急。赵一刀以为被盗的红包中有病人家属送的，手术做得很认真；病人家属以为人家不收红包手术做得这样好，是社会上冤枉了好人，就给赵一刀送了一块上书"不收红包医德好"的大匾。周围的人都很羡慕赵一刀获此殊荣，赵一刀却抱头大哭起来。有人说是激动的，有人说是高兴的，但其实是他怕不收红包的名声传开去，再也收不到红包，心里难过才哭出泪的。故事情节虽简单平凡，人物心理却跌宕起伏，深刻揭示了行业不正之风的丑恶嘴脸，读后回味无穷。

当然，金无足赤，人无完人。吕新生的作品虽说佳作如云，且连连获奖，但也并非无可挑剔。我期望新生同志能借《啼血杜鹃》一书的出版，把创作水平推上一个新的台阶，为社会奉献更多更好的故事佳作，将创作之路走得更宽阔更辉煌。

附记：文学新星吕新生

我认识吕新生是因为工作，我与吕新生成为朋友还是因为工作。他是新故事作家，生活在基层，扎根于生活，其作品既接地气又击中时代焦点热点，在20世纪末和21世纪初屡获省和国家大奖，被评论家们誉为当代文学艺术界"走红的新星"。我曾主持过他的作品研讨会，也曾走访过他所在的单位和家庭，被他的勤奋和拼搏精神所感动。我作为一名多年在省文联工作的老文艺工作者，关心这样的文艺新秀是职责和使命，所以当他将自己发表的作品结集为《啼血杜鹃》，在2004年夏天送交中国文史出版社出版之际，让我为其写个序，我义不容辞。这是他出版的第一部专著，也是他构筑的遨游创作海洋的坚固基石。

《沽乡童话》序

金秋十月是一个收获的季节。好友傅建国带来他即将付梓出版的大作《沽乡童话》，令人惊喜不已。我们是大学同窗，几十年情深谊笃，在迈向耄耋之年的岁月，他仍然笔耕不辍再结硕果，真是可喜可贺！

人，都有自己的追求。对于退休的人来说，有的以颐养天年为乐，有的以遍游天下胜景为豪，有的以子孙绕膝为福，有的以拥财位尊而骄，傅建国却几十年如一，以纯朴勤奋、勇于担当谱写着华彩人生。在岗，他干一行专一行，在多个岗位上都取得骄人成就，特别是在司法厅工作期间发表的多篇具有开创性建树的法学论著和潜心十载创作的具有很强现实意义

的历史题材电视剧《汤葭》，受到业界高度关注和好评，多次获奖并被评为先进工作者；离岗后，他重拾对文学创作的爱好，在过去编导和发表众多歌曲、诗歌、散文、评论、杂文的基础上，钩沉对故乡和童少年时代往事的回忆整理，经多年磨砺、六易其稿，推出新作《沽乡童话》。

究"沽"字，本为"海河"别称，意指海河岸畔草水丰美、鱼欢虾跳的富饶秀丽之地。书名中"沽乡"二字，即作者位于海河之畔的故乡大王庄。在这种天然生态环境中出生并成长的他，童少年时代所经历的那一幕幕、一件件生动而有趣的往事，犹如刀刻斧凿般深深镶嵌在他的脑海里，不管离家读书、当兵还是任教、从政，那里永远都是他魂牵梦绕的"乡愁"所在。在幼年，那是欢乐和童趣的天堂；在老年，那是锤炼自己成长的熔炉和财富。作者将人生的这种参悟和童少年时代所亲历的各种最有趣的轶事、趣事、乐事、游艺、亲情、乡情等原汁原味地奉献给读者，让世人分享他童年的快乐。在整理记述这些遥远往事中，作者还多次返乡访老问友考证记忆的谬误，以求真实完美再现故乡那天人合一的神奇与醉美。

常言道，文如其人。傅建国为人纯朴、为事清正，为文也同样朴实无华。受浮躁世风影响，不少作者在文学创作中以华丽辞藻和故弄玄虚为美，傅建国却以本真和朴实彰显着文学的魅力。通览全书，无论以事归类将故事划分为乡俗、助家劳动、打鱼捉蟹、采摘灭蝗捉雀、游戏玩乐和外四篇等六个部分，还是行文造句叙事，皆采用平铺直叙的写作方法，犹如好友相聚、叙家常一般，虽无大起大落和醍醐灌顶之感，却句句发自肺腑，字字出自心声，在不经意间宣泄出对浓浓乡情、亲情、友情的无限怀恋和美好记忆。其在行云流水中道出故事内涵与真谛的艺术手法，大有著名作家赵树理终生追求的"山药蛋"文风。这是《沽乡童话》特有的文学价值所在，也是作者人品与文品的生动写照！

细品《沽乡童话》一书，看似写事，其实在写人。作者通过自己童少年时代所亲历的一个又一个顽皮稚拙、令人开怀发笑的悲欢喜乐故事，鲜活刻画出一个天真无邪的童子面对大千世界如何涉足人生、如何做事想事、如何待人处事、如何解难释惑、如何从懵愕茫然逐渐成长的历程。篇篇故事引人遐想，件件往事令人深省，字里行间处处闪烁着人性真善美的光辉。其人其事虽是一个普通农家童少年的阅历，却展现了新中国初建时期社会风情和自然环境的亮丽画卷。青少年读之，不仅可以从这本书中了解到老一辈人童年、少年时期的真实生活，还能感受到中华民族勤劳朴实、勇于探索、与人为善、不畏艰难的优秀品格是如何造就的，从而生发出爱国、爱家情怀，启迪人生激发励志奋进的激情；成年人品味这些故事，在感慨岁月如梭、时代变迁中，会找回自己久别的美好童年生活和养育自己的故乡"乡愁"家园。从作者上述撰写此书的深邃立意和作品所展现的社会文化价值审视，《沽乡童话》一书堪称是一部视角独特的集知识性、趣味性、励志性为一体的充满正能量的好书！

时谚云，不忘初心。傅建国同志几十年锲而不舍，用勤劳和激情构筑童年梦的同时，还向社会发出保护环境和家园的呼声，充分体现了当代国人建设社会主义美好家园的强烈责任感和使命感，使《沽乡童话》一书更具时代风采和别样意蕴。学海无涯，愿作者创作青春永驻，不断为社会奉献新的精品力作。抒怀之言，以求共勉。

2016年10月28日

郑一民序文选集

附记：一位耄耋老人的童年情结

人都有童年，但在迈向耄耋的岁月能将童年的趣事忆结成书问世，堪称是宝刀不老，壮志可嘉。傅建国先生几十年笔耕不辍，是大学同窗中很有成就的作家。2016年夏，当他骑着自行车把即将付梓的《沽乡童话》书稿给我拜读时，我望着他的白发和满脸汗水，肃然起敬。人都有自己的追求，傅建国先生撰写的《沽乡童话》一书，记述的虽然是自己的故乡和童年趣事，生发的却是对当代青年爱国爱家和奋发探索的厚望。因此，本书在2017年2月由河北人民出版社出版后，受到读者好评。

《童乐拾趣》序

青年曲艺家袁冀民的大作《童乐拾趣》书稿尚在撰写中，便在业界朋友传阅中引起一片赞美和叫好声。赞美，是因为书的内容立意独特、思维新奇少见；叫好，是因为书中所展现的一件件历久弥新的儿时往事鲜活生动又感人至深，拨动了读者的心弦，引起了心灵的共鸣。

一部作品能受到热议，一是作者对生活素材的科学组合和深刻解析，二是情感真切和叙述方法巧妙独特。近年在国家抢救保护民族非物质文化遗产工作中，致力于童谣童戏的作品不少，但能在社会和业界引起反响的作品并不多。因此，当好友、省曲协副主席兼秘书长陈小平先生向我介绍、推荐《童乐拾趣》这部书并请我为其作序时，我是有疑虑的：一是这部书真像他说得那么好吗；二是我不懂曲艺，不愿因自己的浅薄和陋学亵渎佳作的圣洁。但当我翻阅书稿，我却被其中一幅幅感人至深的民俗风情和天真无邪、顽皮可爱的童乐童趣画面所吸引和感染，竟像众多读者一样产生了一股股莫名的兴奋和冲动，便有了想写点感受的欲望。

袁冀民的作品多采撷于故乡卢龙县。那片地处中原大地与北方少数民族接壤的咽喉之地，是个古老而神奇的地方。在中国历史长河中唯一立世千年的商周时代的著名侯国——孤竹国都城就坐落在这个县境内，并由此衍生出伯夷、叔齐让国、扣谏、采薇等史实，这些史实被后世编为佳话而被世代传颂。历史的辉煌不仅给这块大地带来国风"德"之源的赞誉，也沉淀积累了大量极富民族特色的育儿娱儿文化。例如《车嘞嘞与拉大锯》《遛圈儿》《过家家》《挖野草》《砸大官》《打宝儿》《堵窟》《砸炮枪》《撞拐》《弹弓子》《洋火枪》《跳房子》《转猴儿》《枺秸马》等童谣童戏。这些具有浓郁地域风情的佳作，既是对农耕困苦岁月儿童生活的真实写照，也是天真儿童苦中作乐追求和向往美好生活画卷的由衷抒发。对这些耳熟能详的童谣童戏，虽然历代文人不乏记录和整理者，但运用记述自己亲身与有名有姓同伴念唱童谣、制作玩具、玩耍游戏的全过程及感受的方法，来描述童谣童戏的无穷乐趣和陶醉情况，袁冀民恐怕还是第一人。特别是作者对乡土语言运用之精妙，文风之朴实，情感之真挚，确实令人耳目一新。因此，读之不仅使人穿越历史隧道回到鲜活的往昔生活中，唤醒了同样的天真与顽皮的回忆，还对心灵产生震撼和无尽的甜美回味。这既是该书能打动读者心灵的成功之处，也是作者善于深化生活素材和巧妙运用叙述技法的体现。

特别值得一提的是，作者在记述童年时代的游戏生活时，没有满足于浅尝辄止地停留在游戏的玩法、玩具的制作方法上，而是溯源引典和进行不同地域对同一游戏的比较、探讨，从而总结出不同游戏对儿童的心理、性格、志向、生理、身体成长等所起到的积极作用，堪称独辟蹊径、别具匠心。例如《捉知了》，作者通过幼时"捕捉知了"的方法竟上溯到三国曹植《蝉赋》中用胶粘蝉的方法，将两者相联系；又如在《摔窟》中，他将自己家乡的儿风俚俗与东北、青海的《摔盆》游戏相比较；再如在《顶梆梆》中，作者解析了"撞拐"这种游戏在全国各地称为"捣拐""碰拐""顶拐""斗鸡""碰腿"等不同称谓，并从韩国前总统卢武铉在军营中与战友游戏的一张照片上联想到这种游戏在海外的影响等等，无不展现一位曲艺家所具有的博学多思、聪颖睿智的精彩。这种既会画龙，又会点睛的写作方法，是每位文人毕生都在追求的目标。袁冀民做到了，而且运用得炉火纯青。如果说，他记述的亲身感受的童谣童戏是打动读者的万花筒，那么解析童谣童戏功能、源头和影响的描述，就是作者在文学修养上慧眼独具和思维高妙之所在了。这种功力展现在青年曲艺家袁冀民身上，带给世人的是对曲艺家们参悟和归纳民俗事象的独特视角和技巧的刮目和尊敬。

　　人，都有自己回味无穷的难忘童年。进入不惑之年的袁冀民将故乡的俚语乡风、民音童情奉献于世，不仅是对流逝岁月的追思，也是对哺育抚养自己的故乡的深切怀恋。我们在读《难忘家乡话》《粉饹馇》《手艺人》《过年》《零食》等篇章时，谁能不为这份远离故乡的赤子之情所感动，谁能不为那片滋养曲艺家的土地产生敬慕和向往呢！那一首首稚嫩有趣的童谣，一项项益智健体的游戏，一件件沾满泥土和童汗的粗糙玩具，一桩桩历久弥新的亲情往事，虽在成年人看来幼稚可笑，却是儿童时代熏陶锤炼民族品性和塑造人生志向的重要"食粮"呀。《童乐拾趣》一书向世人揭示了这样一个真理：一个民族的品格源于民族文化的传承，而文化传承是自人呱呱坠地那刻就开始的，并伴随终生。中华民族能够自立于世界之林，我们所展现给世人的品格和风貌，就是在这种古老的民风民俗中熏陶和铸就的。从这个意义上讲，回忆记录和研究解析儿时的轶闻趣事，不仅是传递弘扬民族文化血脉和历史的大事，也是启迪和探讨当代儿童教育如何与时俱进的大课题。因此，我期望有更多像袁冀民这样的作家，奉献更多像《童乐拾趣》一样的佳作，用作家的责任和使命，使当代儿童的生活过得更丰富、更美好、更加斑斓！

2011年3月7日

附记：袁冀民的童谣童戏世界

童谣童戏是伴随每个人成长的难忘记忆，历朝历代都有记述和研究者。特别是改革开放以来，发掘、抢救和保护这种文化遗产的仁人志士不少，但长期深入一个地方，将自己从幼年就沐浴的童谣童戏进行分析研究，并与各地同类童谣童戏对照比较，溯本探源，图文并茂阐释其真谛与价值的，袁冀民可谓第一人。人都有童年，但把童年所历童谣童戏编纂成著作、奉献给社会，是需要毅力、功夫和学问的。童谣童戏看似简单，却牵涉人文历史、科学技术、乡俗俚语等学科知识。我推崇这部书，既是对书的内容和作者的敬重，也是期冀作家们能为时代和青少年贡献更多精美有趣的读物。

《扁鹊》序

壬辰三月，几年不见的故乡老友韩秋长送来新作《扁鹊》书稿，让我为他即将付梓的长篇小说写几句话。捧着沉甸甸、凝聚他三年心血的书稿，我顿时肃然起敬。世说，人过六十百事淡，休闲养身度颐年，但这部书稿却让我看到一个老骥伏枥、不用扬鞭自奋蹄的身影。

韩秋长是个"写家"，在故乡内丘是个很有名气的作家和文化人。他幼年丧母，成长坎坷，长期生活在基层，因此笔下的人物山河、故事情怀也多以故土的历史文化、火热生活为素材和背景。那些参悟古籍方志获得的真谛和田野考察发现的奇闻轶事，经他刻画塑造、提炼升华而成的文学作品，成为一方民众争相传阅和热议的话题。所以，当他告别工作岗位时，很多人感到惋惜，觉得失去了一个"笔杆子"，失去了一位钟情于一方热土的"秀才"。许多人认为，刻苦奋斗几十年、在工作岗位上落下腿疾和多种疾病的韩秋长，该好好休养生息了，然而寂寞几年后的今天，他又撰写出一部长达

几十万字的长篇小说《扁鹊》，并开始另一部长篇小说《大唐瓷都》的创作。真可谓笔耕不辍、志远千里。

被誉为"神医扁鹊"的秦越人，是中华医学的始祖和奠基人之一。对这位医技精湛并通晓内、外、妇、儿、五官等科医术且具有丰富实践经验的伟大医学鼻祖，司马迁虽在《史记·扁鹊仓公列传》中记述了他诊脉"独取寸口"、奇诊赵简子、救虢国太子起死回生、四望齐桓侯、游医天下随遇而治、斗巫倡医等感人事迹，大河两岸世代流传的民间传说故事更是脍炙人口，但要将这个人物通过章回小说的形式再现人间，仍需查阅大量史料和进行广泛深入的田野调查。因为古籍史书对这位生活在战国时期的人物一生事迹的记述太简略、太粗糙，不仅有神话粉饰的嫌疑，还有时间矛盾的费解和争议。完全遵循史册的记载和民间传说故事去塑造秦越人的形象，一些地方（如《史记·扁鹊仓公列传》中所载"饮是以上池之水三十日，当知物矣"，民间传说扁鹊能见人的"五脏六腑"等）会出现脱离历史环境的"超人"或"张冠李戴"的现象。研究类似文学作品的成功经验，它们对历史人物及事迹的文学创作思维，大多以可考的史料记述为依据，人物所承载的优秀品德和精神为灵魂，以历史条件和环境为背景，以曲折坎坷的动人故事为肌肤骨肉来展现历史人物的光辉形象。融会贯通历史碎片，提炼升华杂乱的民间口碑文化精华，不仅需要翻阅参悟大量史料和研究文史知识的深厚功底，还需扎实进行田野调查和文学功力修养，否则很难实现创作宗旨和将历史人物以小说形式科学鲜活地化为文学精品。韩秋长同志在这方面作了很多有益的尝试和探索，尽管作品中还有不少值得推敲和商讨之处，但对一个年过六旬仍然在"累土而不辍，丘山崇成"的作家来说，是应该褒奖和鼓励的。

俗话讲，观其文，知其人。韩秋长同志出生于20世纪40年代，虽然"文革"使这位"老三届"高中毕业生失去了进入大学深造的机遇，但是他在勤勉刻苦中给自己赢来了一个又一个人生的喜悦。一个出身普通农家的子弟，靠自己不懈的努力和工作实绩担任县文联主席、县志办公室主任，本身就是个奇迹。也许人生的艰辛带给他的感悟太多了，从而使他养成工作敢拼命、追求不认输、处事敢直言、作文勇攀峰的性格和作风。因此，他的文章语言丰富，质朴无华又充满浓郁的生活气息；思维开阔敏捷，敢思常人不敢思之事，敢为常人不敢为之举，并将人生的热望、追求与感知化为文学语言和形象蕴藏于一部部作品中的字里行间。如果评价其人其事，勤于学，笃于行，敏于事，勇于闯，应是他人生的写照，当然也是他做人的风格和为文的风格。纵观韩秋长众多创作成果，虽然各有造诣和可歌之处，但长篇小说《扁鹊》问世，无疑使他在文学创作道路上又攀上一个新的台阶。

时光荏苒，岁月不居。与我同龄的同学乡友同事，大多都过着携孙淡世观景的夕阳红生活，然而韩秋长却在夕阳红中放出属于自己的光芒和风采。此情此景正应他的名字，收获的季节格外长，所以大名叫"秋长"。父辈人起名时也许没想这么多，但事实却给"秋长"二字赋予了许多耐人寻味的新意。古诗云："平生不解藏人善，到处逢人说项斯。"草草数语，虽道不尽胸中的感慨和敬意，也算对老友大作问世的一份衷心祝贺吧！愿他将"秋"字拉得更长，收获更多的果实，向社会和人民奉献更多更甜更美的精神食粮。

附记：韩秋长与他的长篇小说《扁鹊》

在我认识的乡友中，韩秋长是个很有个性的人。他不仅待人处世有个性，工作和学业进取也很有个性，几十年出版了不少书，内容大多取材于他生活工作的家乡河北内丘，即便是文学创作也是家乡历史文化和当代社会火热生活的升华之果。2012年5月，由作家出版社出版的他与其女韩朝霞合著的长篇小说《扁鹊》，就是其中之一。扁鹊在内丘是个家喻户晓的先贤、人人敬仰的中华医祖。1984年我曾在北京新华出版社出版《神医扁鹊的故事》一书。秋长同志抱着书稿请我写序时，我刚完成四十三集电视连续剧《神医扁鹊》的文学剧本。共同的爱好，对家乡历史文化的由衷热爱，使我有感而发成序文。

《赵子龙传奇》前言

为人作序，本是名家学者之责，作家王京瑞却偏偏找我这个小人物来写，我实在诚惶诚恐之极。俗话说挚情难却，遇到这样看得起的朋友登门下令，也只好遵命而为了。好在著作的水平不在序文的拙劣，大胆说几句心里话，只求不给他的大作抹黑，能给读者抛砖引玉。

古城正定，英才辈出，人杰地灵，素有"藏龙卧虎"之誉。历史上的龙，指的是汉高祖钦封的南越王赵佗；虎，就是家喻户晓、妇孺皆知的三国名将赵云了。赵云，字子龙，善使一杆闪亮银枪，智勇双全，浑身是胆，千军万马之中取敌将首级如探囊取物，纵横曹操几十万大军中犹如风扫残云，英武壮慨，威慑敌胆。对这样一个充满传奇、深受群众赞叹的历史英雄，民间自然留下了许多脍炙人口的传说。这些传说虽不为正史所载，却是历代劳动人民为一代名将所树的丰碑。

王京瑞同志怀着对故乡英萃的热爱，多年来致力于赵子龙传说的搜集整理。当我认识这位朴朴实实、勤勤恳恳、入迷如痴在历史文化海洋中披沙拣金、勤奋耕耘的同志时，已是1985年了。也许是有着共同的志向和爱好吧，自相识之日起，我们就成了无话不说的莫逆之交。爱"友"及乌，他搜集整理赵子龙的传说，也成了我关注和希冀早日问世的成果。1989年春暖花开之时，当他把用几年心血撰写的《赵子龙传奇》书稿抄写得工工整整送来征求意见时，我欣然答应做了该书的责任编辑并作序祝贺。

《赵子龙传奇》是一部用民间传说资料撰写的章回人物传奇专著。故事从赵子龙少年刻苦学艺起，到他历经磨难和坎坷，成为一代威震沙场的

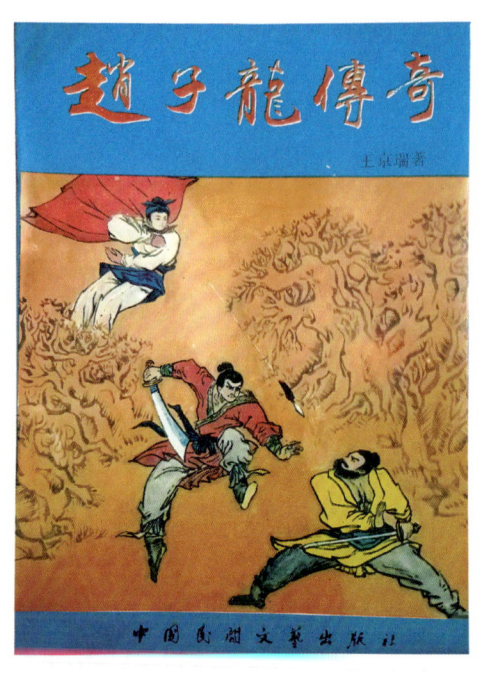

名将结束。全书文笔清新，结构紧凑，情节跌宕起伏，扣人心弦。特别是在民间语言的运用和传说故事的取舍加工上，处处洋溢着滹沱河泥土的芳香，在娓娓叙事和紧锣密鼓中使青少年时代的赵子龙栩栩如生地呈现在读者面前。人们会从他的勤奋好学中受到启迪，从他的磨难成长中受到教益，从他的英雄气概和正义豪情中受到鞭策和鼓舞。可以毫无愧色地说，这是一幅具有常山古郡风情，气势磅礴的历史英雄画卷，是一部弘扬民族文化和民族精神的优秀通俗读物，定会受到广大读者和青少年朋友们的喜爱和好评。

京瑞同志近年创作丰收，这部书问世又将他推向一个新的台阶。进无止境，学无休日。作为朋友，我期望他奋取不止，有更多佳作问世。

1990年3月于石家庄

附记：文章和书法皆美的一部手写书稿

在中国历史名人长河中，三国名将赵子龙是个备受国人尊崇的人物。在他的故乡常山郡（今河北正定），自古就流传着他历经种种磨难和坎坷成为一代名将的传奇故事。作家王京瑞多年致力于赵子龙青少年史料和民间传说故事的搜集。他是个讲究精工出精品的人，通过对各种史料的梳理研究，构思创作出长篇通俗章回小说《赵子龙传奇》，由中国民间文艺出版社于1990年3月出版。这是一部激励青少年树雄心、立壮志、学英雄、做英雄的佳作。以民间传说故事为素材，创作广大读者喜欢的通俗文学读物的人，王京瑞虽不是第一位，他却用实践引领着这项事业的风采。特别是他那一笔一画抄写工整的隽秀清美的手写文稿，简直就像一篇篇硬笔书法字帖，既让我敬佩不已，又让我不忍下笔修改校订。古语讲，字如其人。从中不仅看出京瑞兄的文字功力和人品，也让我欣赏到硬笔书法的艺术之美，至今仍历历难忘。

《邢襄名人传》序

当历史老人推开21世纪大门，神州大地盛传着一句响亮时语，叫"太行山最绿的地方"。这是当代人对五朝故都邢台锦绣山河和改革开放成就的最美赞词，也是对邢台世代英贤守护和塑造家园最生动的诠释与赞赏！

古语讲，不凡之地必有不凡之人和不凡之事。地处太行山东麓中段、古黄河北岸的邢台，是因地壳变动由大陆泽演化的一片神奇沃土，自古就是英贤辈出之地。探索这片大地世代繁荣昌盛的文化密码，人们常用威武不屈、刚毅果敢、勤劳智慧、创新进取等词汇来形容，而凝练和锻造这种品格与精神特质的源泉，就是生长和战斗在这片大地上的历代人民和圣哲先贤。他们用自己的言行与业绩，演绎出无数波澜壮阔、威武雄壮、刚正不阿、以廉为本、勤谨奉公、革奢务俭、彰善惩恶等脍炙人口的治国安邦的佳话和高风亮节的轶事，被尊奉为中华优秀儿女的楷模与典范，被世代传讲颂扬。

在人类历史的长河中，一个城市名人辈出、英贤众多，那是兴旺发达的标志。这些在悲壮历史和坎坷经历中涌现的杰出人物，犹如金光四射的星座，世代闪烁在地域人民的心中，成为地域人民的骄傲与自豪。人们崇拜他们，怀念他们，传颂他们，因为他们是一个城市的旗帜，是彰显一个地域族群精神与灵魂的代表性符号。历史虽不能重演，但从他们所创造的一项项震古烁今的业绩，谱写的一曲曲"革故鼎新""求变图强"的大争精神中，人们可以吸取前进的鼓舞力量，可以激发爱国爱家的热情，可以增强民族的自尊、自信与自豪感，可以熏陶战胜一切天灾人祸和艰难困苦的品格与精神。在弘扬邢襄历史文化的过程中，中共邢台市委宣传部在编辑出版《邢襄名人谱》系列丛书后，又推出了《邢襄名人传》这部文化宏著，真是可喜可贺！

一部书的价值在于育人与铸魂。世界在变革，中国在变革，我们祖先所追求的许多美好梦想以及他们连想也不敢想的事，在今天都变成了现实。古语讲，长江后浪推前浪。当代人弘扬历史名人文化，是站在前人的肩上，用前人的品格与精神，谱写更加精彩壮丽的人生与事业辉煌。翻阅《邢襄名人传》中一个个耳熟能详的邢台名人，既栩栩如生又鲜活生动，犹如穿行在历史隧道，再浴先贤们的智慧荣光，不由让人热血沸腾、精神振奋！热血沸腾在于邢襄名人事迹感人至深，精神振奋在于从《邢襄名人传》这部书中看到当代邢襄人的胸怀、境界与追求。

在实现中华民族伟大复兴的征途上，邢襄学者在《邢襄名人传》一书中解析邢襄名人的深刻与精彩，在于跳出邢台看邢台，跳出历史看历史，将古人古事放到整个中华文明长河中去审视，用时代高度、世界视野发掘出每位邢襄名人独有的社会价值与个性特质，使他们从多角度多层面多时段共同构成一部展现邢襄大地不同凡响的英贤史卷，激励当代邢台人用历史辉煌创造现在辉煌和未来辉煌。这种良苦用心与思维，既是中共邢台市委宣传部创造性弘扬优秀传统文化的经验，也是此书编纂者们史海钩沉、严谨求是、推陈出新的一项有分量的文化硕果。

我从邢台走出来，又常回邢台走走，对于家乡有一种与生俱来的亲切感和关爱感。那里的每一项成就，每一个佳音，都牵着我的心，往往说着说着我就会涌出泪水或浮出笑容。遥望苍穹，好像早晨的风，晚上的雨，蓝天上的白云和空气中的芬芳，都来自那片"太行山最绿的地方"——故乡邢台。但有情不等于有知，我说不好邢台，建议大家去读一部书，那就是《邢襄名人传》。这是一部既令人激情澎湃又意义非凡之著。

在《邢襄名人传》即将付梓之际，霍会敏部长受戎阳部长之托，嘱我为此书写个序，信笔所言，权当读感心语吧。

祝贺宏著问世，祝福故乡邢台昌盛繁荣！

2020年6月3日于石家庄

附记：寻找邢襄悠久的渊源

由河北人民出版社于2020年出版的《邢襄名人传》，是中共邢台市委宣传部弘扬优秀历史文化、构筑文化大市形象的一部精品力作。书中为邢台历史上最具影响力的历史文化名人立传，以丰富的史料和感人的事迹展现历史文化名人的品格与精神，让世人更加赞叹和钟爱这片大地的非凡与神奇。市委宣传部部长戎阳知道我是邢台人，关心邢台的文化建设，指名让我为此书写个序。说实话，闻言后我很吃惊，从邢台走出的成就显赫的文化名家很多，这样的差事咋会落到自己头上呢？我理解，这是故乡人民惦念我这个游子，鞭策我多为故乡做贡献，于是我写了上面的话。故乡犹如一杯浓醇的老酒，使人提笔就热泪涌目，历历往事齐涌心头，那片天、那片地、那片空气，是我永远的爱、永远的"乡愁"。这个序是我情感的由衷抒发，也是我对故乡今天和未来的由衷祝福。

后　记

人生是个多棱镜，方方面面都镌刻着所历的沧海桑田，所谓序文便是其中之一。

在我阅读过的古今中外文集中，许多文集都把序文列为一个分卷，有的还以专集、专著的形式单独出版。究其因，序文是一个学者学识、境界和才华的结晶，是智慧与理想的浓缩。由此可知，序文不仅是一个人学养与成就的重要组成部分，也是一位作家、艺术家的思想、知识、品格、追求和精神造诣的写照。

古语讲，温故而知新。将多年撰写的序文结集出版，这不仅是梳理历史、将散落的轶文编印传世，更是从一篇篇不同岁月、不同环境为不同作者、不同作品撰写的序文中，探觅人生成长的足迹与规律。为此，本书选入的序文，不以是否是公开出版物为条件，而以序文的内容和价值为原则。特别是在"附记"的撰写上，跳出了序文内容的束缚，突出了"情"和"景"两个字，读之思之，不仅使人浮想联翩，还会使人掩卷仍有余香在之感。这不是标新立异，而是为读者提供立体思维和更多评点史料而已。

本书在成书过程中，得到河北省民协副主席兼秘书长周鹏、河北省民协副秘书长张林等领导的大力支持，同时有老友、河北画报社原社长王恒茂和摄影家郭勇帮助拍摄书照，河北教育出版社以严谨专业的编校工作为本书的出版付出了努力，借此一并表示衷心感谢！

郑一民

2024年6月11日